黃衣之王

The King in Yellow

受詛咒的邪異書籍，
讀過之人都陷入瘋狂，
錢伯斯的恐怖之作

羅伯特·W·錢伯斯｜著

李鏞｜譯

ROBERT W. CHAMBERS

我沉入了深淵，聽到黃衣之王對我的靈魂悄聲說道：
「落入活著的神手中，實在是一件可怖的事情！」

兩顆太陽沉入哈利湖中，黑色星辰高懸在天空中的卡爾克薩
金黃的王冠與蒼白的面具，冰冷柔軟的手和破爛的斗篷
讀過此書的人還請小心，這名為了黃色印記而來的「王」……

目錄

Now faith is being sure of what we hope for and certain of what we do not see.

—— HEBREWS 11：1（希伯來書11：1）

特別感謝

美國藝術家 M. Grant Kellermeyer 先生，他為本書奉獻了多幅內文插圖作品。旅日藝術家劉尚先生，他為本書奉獻了哈斯塔雕塑作品的照片。大哥陽、參玖和幸子三位中國藝術家，他們各為本書奉獻了一幅插圖作品。英國藝術家 John Coulthart 先生，他為本書提供了兩幅內文插圖作品。西班牙藝術家 Geber Luis 先生，為本書提供了一幅封面插圖作品。

感謝不願透露姓名的老朋友 M 先生，在他的幫助下，編輯部如獲至寶般地獲得了包括 Balliol Salmon、Hannes Bok、Neil Austin、Alva C. Rogers、Virgil Finlay 等多位已故藝術大師的絕版插圖，還有一些因年代久遠，創作者已難考證的插圖作品。最後，感謝王曉坤先生在本書出版過程中的無私奉獻。

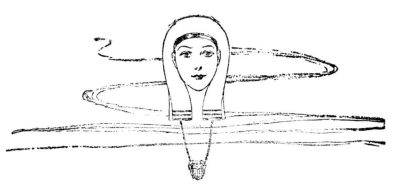

Robert W. Chambers
《The King In Yellow》
據倫敦 Chatto&Windus，西元 1895 年譯出。

特別感謝

Robert W. Chambers

正在作畫的羅伯特·W·錢伯斯。
除寫作外，錢伯斯也是一位畫家，
《黃衣之王》出版之前，
他曾於法國巴黎國立高等美術學院學習繪畫。

作者與愛犬在位於紐約州布羅爾達賓市的自家別墅前留影，攝於 1909 年。

錢伯斯大部分的創作都是在這棟擁有二十五間房間的自家別墅中完成。

特別感謝

如今，這棟別墅幾經轉手成為了當地教會的產業，得以保留。

去世後，錢伯斯被葬在離家不遠的家族墓地中。

特別感謝

首版《黃衣之王》封面圖，由錢伯斯自己繪製。
原畫被美國著名科幻雜誌編輯
福里斯特·J·阿克曼
（Forrest J. Ackerman）收藏。

今日已經非常罕見的英 Chatto&Windus
出版公司西元 1895 年首版。

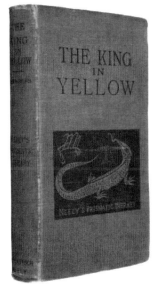

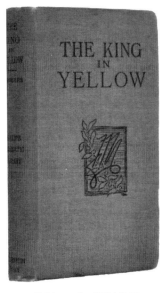

美國 Neely 出版公司
西元 1895 年「鱷魚」版封面。

美國 Neely 出版公司
西元 1895 年「草花」版封面。

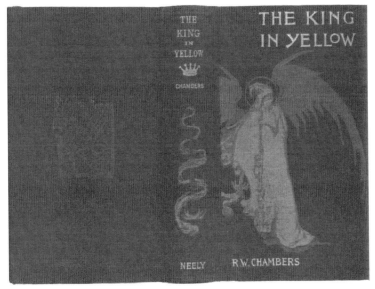

美國 Neely 出版公司西元 1895 年「插圖」版封面，
收藏界在這三個版本究竟哪一個是真正的首版至今爭論不休。

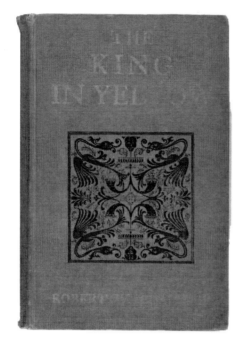

美國 Harper&Brothers
出版公司 1902 年插圖版。

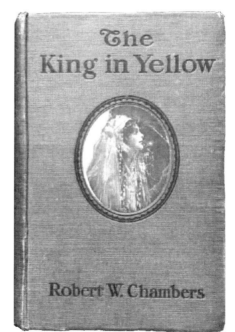

英國 Archibald Constable
出版公司 1909 年插圖版。

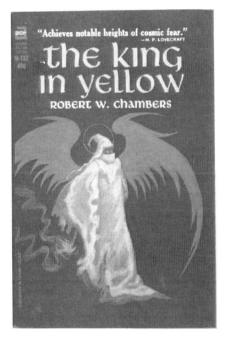

Ace 出版公司著名的廉價平裝版。

錢伯斯去世後，他的生前好友
魯珀特・休斯（Rupert Hughes）
於 1938 年出版的紀念版，
並為此版撰寫前言。

特別感謝

HASTUR THE UNSPEAKABLE.

黃衣之王作為不可名狀者哈斯塔的化身，後被H.P.洛夫克拉夫特（H. P. Lovecraft）在自己的作品中提及，在「克蘇魯神話」體系中不可或缺，一百多年來一直是備受讀者推崇的虛構角色。

錢伯斯去世近十年後,《黃衣之王》中的三篇重要作品＜少女德伊斯＞、＜黃色印記＞、＜面具＞,分別在「二戰」時期美國的「紙漿雜誌」《著名奇幻懸疑》(*Famous Fantastic Mysteries*) 的1942年11月刊、1943年9月刊,和1943年12月刊上重新發表,非常明顯地提高「黃衣之王」的知名度。

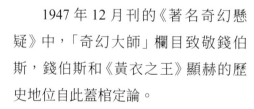

1947 年 12 月刊的《著名奇幻懸疑》中,「奇幻大師」欄目致敬錢伯斯,錢伯斯和《黃衣之王》顯赫的歷史地位自此蓋棺定論。

隨著近年來流行的復古風尚,眾多藝術家以《黃衣之王》為藍本或靈感泉源創作的聲音作品,也被壓製成黑膠唱片或 CD 唱片出售,包含有聲書、氛圍音樂和死亡金屬等,在小眾市場備受青睞。

BI NOSTALGIA
The King in Yellow

(S)
1912

ROBERT W. CHAMBERS: THE YELLOW SIGN

THE YELLOW SIGN

出自《克蘇魯神話：眾神典藏圖集》

特別感謝

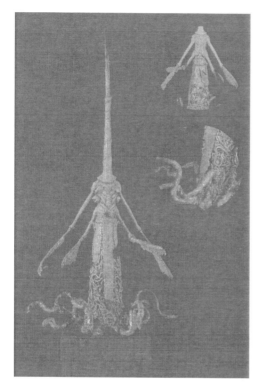

由旅日藝術家劉尚先生
創作的雕塑作品哈斯塔。

© John Coulthart

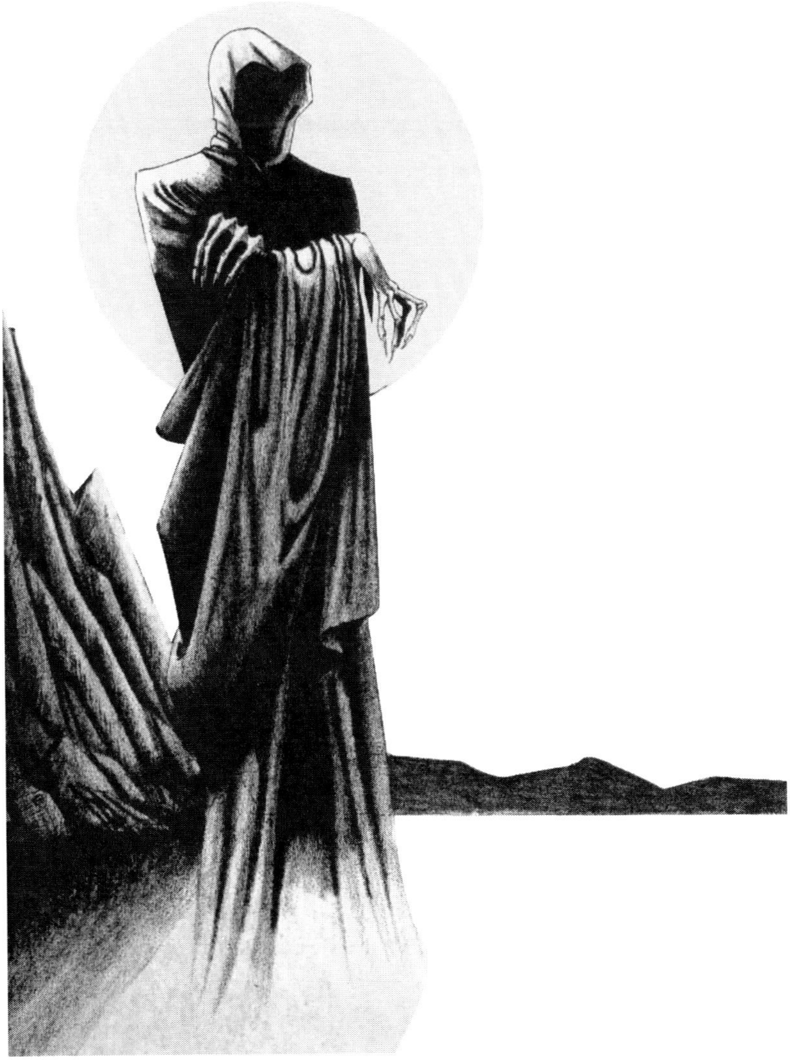

特別感謝

羅伯特·W·錢伯斯與「黃衣之王」
── H.P. 洛夫克拉夫特

▍寫在前面

　　我們知道，「克蘇魯神話」中種類繁多的諸神來自於洛夫克拉夫特及其身邊多位相識作家的合力創作。而在這其中有一個特殊的例子，便是「黃衣之王」。這一形象的誕生有些特殊，它的原創作者另有其人，洛夫克拉夫特雖然將其引入了自己的「神話」中，卻沒有機會和這位名叫羅伯特·W·錢伯斯的原作者連繫。後來，洛夫克拉夫特將錢伯斯列入了自己關於恐怖文學研究的大師名單中，他在著名的論文＜文學中的超自然恐怖＞（*Supernatural Horror in Literature*）中對錢伯斯的怪奇創作大為讚嘆，同時又深深地惋惜於錢伯斯此後在創作上的轉型。

　　對「黃衣之王」這一怪奇形象的創造，於錢伯斯本人來說猶如曇花一現，雖然他一生著書甚多，但最終被後世所銘記的也僅僅是讀者目前手捧的這一本書而已。這本名為《黃衣之王》（*The King in Yellow*）的書，是羅伯特·錢伯斯西元 1895 年出版的一部短篇小說集，總共包含十篇小說。其中前四篇短篇裡提到了一部名為《黃衣之王》的劇本，據說讀到它的人都會發瘋；而這部劇本又與一個名叫「黃衣之王」的超自然生物有關。洛夫克拉夫特到 1927 年才讀《黃衣之王》，並將其中的一些元素，如「哈利湖」和「黃色印記」，加入到他的作品《暗夜呢喃》（*The Whisperer in Darkness*）中。「黃衣之王」本身則以哈斯塔的形象出現在了「克蘇魯神話」中。所以嚴格意義上來說，「黃衣之王」是一個包含多層次含義的怪奇形

象，伴隨著其被納入「克蘇魯神話」，也就跟隨著「克蘇魯神話」的腳步一起發展了（比如在元素論劃分中，「黃衣之王」被賦予了風元素等等）。

雖然錢伯斯本人作品繁多，但怪奇類的創作稀少，由於文學本身的抽象性，以及文字表達含義的限制性，使得《黃衣之王》這本怪奇小說集中有很多值得深挖之處，經過一個多世紀全世界讀者的不斷解讀和傳揚，便能證明這本書的文學價值，也足以使羅伯特·W·錢伯斯躋身現代怪奇小說大師之列。

羅伯特·W·錢伯斯生平

羅伯特·W·錢伯斯（Robert W. Chambers，西元 1865 － 1933 年），出生於美國紐約市的布魯克林。他的族譜很有歷史淵源，祖輩中很多人都是北美大陸殖民時期的重要人物。錢伯斯的曾祖父威廉·錢伯斯（生卒年不詳）是英國皇家海軍的一名中尉，後與羅德島州議會成員、羅德島州西風鎮創辦人的曾孫女阿米莉亞·桑德斯（Amelia Saunders，西元 1765 － 1822 年）結婚。婚後二人從西風鎮離開，先後搬至麻薩諸塞州的格林菲爾德和愛爾蘭的高威，最後定居紐約，他們的兒子、羅伯特·W·錢伯斯的祖父 —— 威廉·錢伯斯（William Peace Chambers，西元 1798 － 1874 年）就在紐約出生。威廉十八歲從紐約的聯合學院畢業，後於波士頓報考了一所大學的醫學專業。畢業後，他與伊萊扎·P·艾倫（Eliza P.Allen，西元 1793 － 1880 年）成婚，而伊萊扎·艾倫則是美國歷史上著名的宗教領袖人物、羅德島州普洛威頓斯最早的殖民者羅傑·威廉斯（Roger Williams，西元 1603 年－ 1683 年）的直系後裔。

羅伯特·W·錢伯斯最早在紐約大學坦登工程學院接受教育。他愛好繪畫，在二十歲左右的時候，進入紐約藝術學生聯盟學習。著名插畫

藝術家查爾斯・達納・吉布森（Charles Dana Gibson，西元 1867 － 1944 年）是他的同學，二人成為好友，並且在日後還互有影響。錢伯斯於西元 1886 年至 1893 年前往法國巴黎國立高等美術學院學習美術，並在那裡獲得了一定的成就，西元 1889 年還在巴黎進行了個人藝術作品沙龍展。

西元 1893 年回到紐約後，他為《生活》(*Life*)、《真理》(*Truth*)、《時尚》(*Vogue*) 等幾家著名雜誌擔任插畫編輯，同時將自己的插畫賣給了這幾家雜誌。他的插畫風格受到友人吉布森的影響，後者最著名的作品是「吉布森女孩」，這一系列的插畫作品影響力非常大，甚至成為美國社會 20 世紀早期美麗獨立女性的代表性形象。錢伯斯的插畫受其影響，畫中女性形象也被當時的人們戲稱為「錢伯斯女孩」。

同一時期，錢伯斯不知出於什麼原因，突然決定要當一名作家。他把自己的時間都花在了寫作上，創作了他的第一部小說《在居住地》(*In the Quarter*)，是一部反映巴黎學生生活的言情小說，小說於完稿後的第二年成功出版。

與錢伯斯出版自己的處女作差不多同一時間，安布羅斯・比爾斯 (Ambrose Bierce，西元 1842 年出生，1913 年失蹤) 的兩本小說集也相繼出版，並且反響巨大。比爾斯的作品影響到了錢伯斯的創作，錢伯斯開始把注意力轉向了超自然與恐怖怪奇這類題材的創作上。於是在西元 1895 年，錢伯斯出版了他最著名的，也是後世流傳最廣的作品：短篇小說集《黃衣之王》。這本書中包括多部著名的怪奇短篇小說，這些短篇小說的共同主題都是關於一部虛構的戲劇劇本，該劇本有著使人發瘋的神奇力量，還涉及一些神祕恐怖的超自然之物。

美國著名編輯、書目學家、科幻幻想文學學者埃弗雷特・富蘭克林・布萊勒 (Everett Franklin Bleiler) 把《黃衣之王》稱為「美國超自然題材文

伯斯的早期恐怖作品，不過作者如今卻因在另一個毫不相關的題材中傑出演繹而聞名於世。《黃衣之王》，一系列間接相連的短篇故事有著同一個背景──一本細讀後會招來惶恐、瘋狂與恐怖慘劇的詭異禁書。雖然其中收錄的作品品質參差不齊，況且由於刻意營造因杜穆里埃（George du Maurier）的《特里爾比》（*Trilby*）而流行的法式學院派氣息而顯得著實繁瑣，這些作品仍然達到了宇宙恐懼的高度。最為印象深刻的當屬＜黃色印記＞（*The Yellow Sign*），其中出現了一位緘默可怖、面龐如同臃腫的蛆蟲一般的守墓人，一位與這怪物有過爭執的男孩在回憶某些細節時依然面帶嫌惡、惶恐不安：「當我推他的時候，他抓住了我的手腕。先生，當我扭過他那黏糊糊、軟綿綿的拳頭時，他的一根手指斷在了我手裡。」一位畫家在看見他之後，當晚便做了個有關一輛午夜駛過的靈車怪夢，之後更是被守墓人的聲音所驚擾：那聲音模糊不清，好像從煉油缸中飄出濃厚而又油膩的煙霧，又或是腐爛惡臭一般充斥著他的腦海──而這模糊不清的低語僅僅是：「你找到黃色印記了嗎？」

　　一個刻有奇怪象形文字黑瑪瑙護身符，被這位畫家的友人在街上發現，贈給了畫家。在無意間發現並閱讀了這部邪惡的禁書之後，兩人終於得知──除了其他各種心智健全之人不應得知的祕密以外──這個護身符的確就是那不可名狀的黃色印記，經由哈斯塔的瀆神邪教世代相傳──從貫穿於整部合集中的上古之城卡爾克薩，與在全人類潛意識中潛伏著夢魘般的不祥記憶之中而來。很快他們便聽到了那架黑色靈車的響動，而面龐如死屍般蒼白臃腫的守墓人隨即衝入夜幕下的房屋尋找黃色印記，一切門閂鎖鍊在他的觸碰之下均迅速生鏽朽爛。當人們終於在一聲非人的尖叫之後湧進屋內時，他們看到地上躺著三具軀體──兩人已死，一人奄奄一息。其中一具死屍早已高度腐爛──他便是那位守墓人，而醫生驚呼道：「這個人肯定已經死好幾個月了。」值得注意的是，作者筆下與源自記憶中的恐怖之地相關的名稱與典故，均來源於安布羅斯·比爾斯的作品。錢伯斯先生其他具有怪奇恐怖元素的早期作品包括

《月亮的製造者》（*The Maker of Moons*）與《未知的探求》（*In Search of the Unknown*），不過他未能繼續在這一領域發展卻著實使人惋惜 —— 憑他的天賦，成為舉世聞名的恐怖大師並非難事。[01]

錢伯斯的怪奇作品相當程度上受到了安布羅斯·比爾斯的影響，而比爾斯的作品中經常涉及的恐怖和死亡，則又可以追溯到愛倫·坡（Edgar Allan Poe）。錢伯斯在自己這部最有代表性的作品《黃衣之王》中，便引用了多個出自比爾斯作品中的特有名詞，比如哈斯塔、卡爾克薩、哈利湖等等。

錢伯斯到了晚年，創作過一些回歸過去風格的怪奇小說，比如 1920 年時，他寫出了怪奇作品《屠魂者》（*The Slayer of Souls*）。然而，洛夫克拉夫特在讀過後對此的評價卻是：「著實令人失望 —— 二十五年的暢銷書經歷使他再也無法回到《黃衣之王》時期的心境了。」抱有此類看法的並不止洛夫克拉夫特一人，編輯及作家庫珀（Frederic Taber Cooper）也對錢伯斯有過類似的評價：「錢伯斯先生的很多作品都令人惱火，因為他明明可以寫得更好。」

錢伯斯的怪奇作品得到了廣泛的研究，除了上面提到的洛夫克拉夫特之外，英國科幻作家布萊恩·斯塔布爾福德（Brian Stableford）在《聖詹姆斯恐怖、幽靈和哥德式作家指南》（*St. James Guide to Horror, Ghost and Gothic Writers*）一書中，以及 S.T. 喬希（S. T. Joshi）的怪奇文學研究書籍《怪奇故事的演變》（*The Evolution of the Weird Tale*）中都用專門的篇章來論述錢伯斯的怪奇文學。《黃衣之王》毫無疑問是錢伯斯最有影響力的作品，受這部作品影響的作家眾多，包括 H.P. 洛夫克拉夫特、C.A. 史密斯、卡爾·愛德華·瓦格納（Karl Edward Wagner）等數十位優秀作家。

---

[01] 翻譯 Setarium，譯文引自《死靈之書》，H.P. 洛夫克拉夫特著，北京時代華文書局 2018 年出版。

「黃衣之王」與「克蘇魯神話」

　　《黃衣之王》是羅伯特·錢伯斯於西元 1895 年出版的短篇小說集，包括了十篇短故事，整個合集的多篇故事以一個鬆散的結構串聯起來，保持著一種令人毛骨悚然的基調。故事中涉及眾多人物，有藝術家也有流浪者，故事的範圍橫跨歐美大陸。前四個故事關係緊密，故事中的「黃衣之王」有三個層次的含義：

　　一、一部以書面形式寫成的兩幕戲劇的劇本《黃衣之王》，第一幕戲劇平平無奇，但是從第二幕開始劇本中的內容變得令人毛骨悚然，看過的觀眾都發瘋或者被嚇死。

　　二、一個超自然的、神祕的、邪惡的未知物，被稱為「黃衣之王」。

　　三、一個被稱為「黃色印記」的神祕符號。

　　第一和第四篇故事是以想像中 1920 年代的美國為背景，第二和第三篇故事發生的背景則是在巴黎，這些故事的主題都涉及一個神祕的「黃色印記」，故事裡的角色都在試圖尋找它。而在後面的六篇故事裡，這個怪異而恐怖的「角色」開始被作者逐漸淡化，直到最後，風格轉向了錢伯斯最常見的浪漫主義小說風格。這幾篇故事都是透過一些生活在巴黎的藝術生角色之間的互動，和前面的故事串連起來。

　　錢伯斯從比爾斯的《一個卡爾克薩城的居民》(*An Inhabitant of Carcosa*)和《牧羊人海塔》(*Haita the Shepherd*)兩部短篇小說裡借來了名詞，構成《黃衣之王》的三個主要名詞：卡爾克薩、哈利湖和哈斯塔。在＜面具＞一篇中，「陌生人」被要求摘下面具的情節，被認為是錢伯斯致敬愛倫·坡的《紅死病的面具》(*The Masque of the Red Death*)，而考慮到愛倫·坡這部作品的影響力，這樣的想法不無道理。

隨著《黃衣之王》這部作品的影響力不斷擴大，越來越多的作者都向其致敬和借鑑，於是它的內涵越來越豐富。H.P. 洛夫克拉夫特在 1927 年第一次讀到了《黃衣之王》後，便在自己 1931 年的作品《暗夜呢喃》中引用了「哈利湖」、「哈斯塔」和「黃色印記」。洛夫克拉夫特沿用了錢伯斯的創作方式，僅僅只是含糊地提及這些超自然的地點、實體和事件。除此之外，洛夫克拉夫特也把「黃衣之王」的三重含義完全融入自己的「神話」體系中。在洛夫克拉夫特筆下，《黃衣之王》的戲劇劇本成為了足以和《死靈之書》(Necronomicon) 並駕齊驅的神祕著作。他特別在短篇小說《〈死靈之書〉的歷史》(History of the Necronomicon) 中把這兩部作品連繫了起來，當然這屬於後續的補充創作，因為洛夫克拉夫特在讀到《黃衣之王》前五年就已經創造了《死靈之書》的概念。

洛夫克拉夫特完全把錢伯斯的「黃衣之王」納入到了自己的作品所建構的世界中，除了上面提到的《暗夜呢喃》外，他的十四行詩《來自猶格斯的真菌》(Fungi from Yuggoth) 以及小說《夢尋祕境卡達斯》(The Dream-Quest of Unknown Kadath) 中也都引用了這一形象。

「哈斯塔」這一超自然形象，在洛夫克拉夫特筆下依然還是含糊不清。洛夫克拉夫特並沒有明示「哈斯塔」是什麼（他和錢伯斯一樣，把這個稱呼與人名或星系名混用，僅僅當作一種超自然的「存在」來描繪）。但是隨著後來的作者們對「克蘇魯神話」的進一步創作，「哈斯塔」的形象也開始發生變化。比如奧古斯特·德雷斯 (August Derleth) 在由他總結整理並頗具爭議的「洛夫克拉夫特宇宙」(Lovecraft's universe) 中，把「哈斯塔」歸為「舊日支配者」，身披黃袍的國王是其具體形象（化身）。德雷斯賦予「哈斯塔」的形象和具體設定成為了模板，並且隨著「克蘇魯神話」不斷傳播，後世的眾多衍生創作也便是由此而來。

　　除了洛夫克拉夫特之外，尚有很多其他作者向這部作品致敬。雷蒙德·錢德勒（Raymond Chandler）在 1983 年創作的一部偵探小說裡，就提及了錢伯斯的《黃衣之王》。同時隨著「克蘇魯神話」的不斷擴大，與其連結在一起的「黃衣之王」也不斷地被後續創造和引用。史蒂芬·金（Stephen King）在他的小說《銷形蝕骸》（*Thinner*）中就提到了「黃衣之王」，另外他的「黑暗塔」系列中的「血王」形象，在一定程度上也借鑑了「黃衣之王」。

　　除了文學領域，「黃衣之王」也跟隨「克蘇魯神話」的步伐進入了遊戲領域。混沌元素公司發行的《克蘇魯的呼喚》（*Call of Cthulhu: The Official Video Game*）角色扮演遊戲中，「黃衣之王」是其擴大補充的規則和設定中一個重要內容。混沌元素公司還進一步細化和創造出諸多新的設定——比如寫了一段「黃衣之王」取下面具後的原創情節。

　　遊戲設計師羅賓·D·勞爾斯（Robin D.Laws）在佩爾格蘭公司（Pelgrane Press）出版的角色扮演遊戲《克蘇魯迷蹤》（*Trail of Cthulhu*）中，基於錢伯斯的作品續寫了一系列故事，被取名為《黃印新編》（*New Tales of the Yellow Sign*）。隨後，在以四篇錢伯斯的故事為基礎的背景下，他還編寫了《黃衣之王》的角色扮演遊戲。

　　艾倫·摩爾（Alan Moore）在他 2015 年至 2017 年出版的系列漫畫《普羅維登斯》（*Providence*）中大量引用和借鑑了「黃衣之王」的內容。此系列漫畫是艾倫·摩爾編寫的以「洛夫克拉夫特」和「克蘇魯神話」為主題的多部系列漫畫之一。

　　HBO 電影於 2014 年出品的原創電視劇《無間警探》（*True Detective*），其第一季的核心就是圍繞著「黃衣之王」展開，劇中也大量引用《黃衣之王》中的語彙。

最後

　　每一個處在歷史節點中的人，都可以從兩個方向被追溯 —— 向前或者向後。洛夫克拉夫特和「克蘇魯神話」更是如此，向後我們可以看到大批的後來者續寫或者受到啟發而創作的故事。而向前我們也可以追溯那些更加豐富多彩的源頭。實際上，這兩個方向都是可以無限延伸的，後來者源源不斷，先驅者也多不勝數。由此看來，錢伯斯在某種意義上，也可以算是洛夫克拉夫特的先驅者了。

丑客

獻給我的兄弟。

© M. Grant Kellermeyer

湖水岸邊，雲浪奔湧崩裂，兩顆太陽沉入湖水後面，陰影漸漸延長……這便是卡爾克薩。

奇異之夜，升起黑色繁星，詭怪月輪紛紛繞空而行，但更詭異的是……失落的卡爾克薩。

畢宿星團的歌聲唱起，君王的碎布飄擺，必將悄然消逝在……幽暗的卡爾克薩。

吾聲已死，吾魂之歌便如未曾灑落的淚滴，不得歌唱，只會乾枯，死於……失落的卡爾克薩。

──《黃衣之王》中的「卡西露達之歌」

第一幕，第二場

名譽修復者
The Repairer of Reputations

I

　　到 1920 年底，美國政府實際上已經完成了溫斯羅普總統執政最後幾個月開始的計畫。[02] 當時整個國家都呈現出一片平靜祥和的景象。每個人都知道，關稅和勞工問題已經得到解決。和德國人的戰爭，以及對薩摩亞群島的爭奪都沒有在公眾情緒中留下明顯的傷痕。諾福克軍港被軍隊短時間占領之事也被淹沒在了海軍不斷取得勝利的喜悅中。隨後，馮·加登勞貝將軍率領的侵略軍在紐澤西陷入困境的大好訊息更是令人歡欣鼓舞。對古巴和夏威夷的投資已經得到了百分之百的回報。薩摩亞群島作為一個海路儲煤站也值得國家付出代價將其占領。

　　現在整個國家都處在一種極佳的狀態中，擁有充足的自衛能力。每一座海岸城市都擁有築壘防禦工事。軍隊依照普魯士軍事體系進行了整編，處於總參謀部的嚴格管控之下。正規軍規模擴充到了三十萬人，更有上百萬人的預備役。由巡洋艦和戰列艦組成的六支規模龐大的艦隊遊弋在控制關鍵航線的六片海域中。同時還有一支數量充足的蒸汽艦艇被分艦隊控制在國土近海水域。來自西部的紳士們至少不得不承認，一座用於訓練外交官的學院就像訓練律師的法律學校一樣有建立起來的必要。

　　因此，我們在國外的代表不再是無能的愛國者。這個國家空前繁榮昌盛。芝加哥在第二次大火之後曾一度陷入癱瘓，隨後又重新屹立在自己的廢墟之上，變成一座盡顯帝國氣派的白色城市，比西元 1893 年為了

---

[02]　本書原版於西元 1895 年出版，書中提到的 1920 年代等情節，為作者虛構的未來。

世界博覽會所建造的那座白城更加美麗。全國各地，優秀的建築都在取代原先那些劣質簡陋的房屋，就連紐約也不例外。公眾突然對於美好事物興起的渴望將很大一部分現實的恐懼一掃而光。街道被拓寬夯實、鋪設平整。路兩旁豎起路燈，種植樹木。一座座廣場被設定在城市各處。雜亂的高架橋被拆除，由地下軌道取而代之。新的政府建築和軍營呈現出優美的外形結構。環繞曼哈頓全島的一長串石砌碼頭變成了公園，為在此居住的人們提供了一份意外之喜。州政府對於電影和歌劇的資助獲得了豐碩的成果。美國國家設計學院和同類型的歐洲機構已經非常相似。沒有人會再羨慕藝術部長的職位，哪怕他在行政體系內有著很高的位階，甚至在內閣中有自己的一席之地。相比較而言，森林和野生動物保護部長的日子要舒坦得多，這全都要感謝新的國家騎警系統。

與法國和英國簽署的最新條約讓我們獲利豐厚；排除外國出生的猶太人，成為了國家自我保全的一項重要手段；蘇安尼州作為新的黑人獨立州得以建成；對移民的審查；新的入籍法案；行政權力的逐漸集中，所有這些都有助於國家的安定與繁榮。當政府解決了印第安人的問題，在一位戰爭時期前部長的運作下，一支支身穿土著服裝的小規模印第安騎兵隊代替了那些看似規模龐大，但早已名不副實，嚴重缺編的印第安人團。這也讓整個國家大大鬆了一口氣。在宗教國民大會之後，偏見和狹隘被埋入墳墓，善良和仁慈開始將紛爭不斷的各教派團結在一起。許多人認為新的千年終於到來了，至少在他們的美洲新世界裡是這樣。畢竟，這塊大陸本身就是一個獨立的世界。

對於美國而言，自我保全成為了立國的首要律法。但這也讓合眾國只能滿懷歉意，卻又無可奈何地看著德國、義大利、西班牙和比利時在無政府的混亂中痛苦掙扎。而高踞於高加索山脈上的俄國則伸出自己的利爪，將它們逐一攫取。

紐約市在西元 1899 年夏天的重大事件是高架鐵路的拆除。1900 年夏天作為一個週期的結束，留在了許多人的記憶中。道奇雕像在那一年被移走了。隨後的冬季，人們開始鼓動廢除自殺禁令。這一活動在 1920 年 4 月取得了最終成果。當時的華盛頓廣場上設立了第一家政府創辦的死亡屋。

那天我從麥迪遜大街上阿切爾醫生的家中走出來 —— 這只是一次禮節性的拜訪。自從四年前我從馬背上摔下來，就時常會感到腦後和脖頸疼痛難忍。不過現在這些痛楚已經離開我有幾個月之久了。醫生送我出來的時候說我已經不需要再治療。這樣一句話根本不值得我付給他的診療費，這一點我也知道。但我還是絲毫不吝於這筆錢。一直讓我耿耿於懷的是他最初犯的錯誤。當時我躺倒在硬質地面上，失去了知覺，人們把我抬起來。有人好心地用一顆子彈射穿了馬的頭顱。我被送到了阿切爾醫生那裡。他宣布我的大腦受到了影響，將我安置在他的私人精神病院裡，迫使我作為一名精神失常者接受治療。直到很久以後，他才認為我一切正常。我當然知道我的腦子一直都像他的一樣好，或者可能比他的更好。他卻只是開玩笑地說我是「為他付了學費」。在離開精神病院的時候，我微笑著告訴他，我會和他算這筆帳。他卻由衷地大笑起來，並請我隔段時間就給他打個電話。我照做了，並希望能夠有機會把這筆帳結清。他一直都沒有給我機會。我告訴他，我會等下去的。

我很幸運，從馬背跌落並沒有給我留下嚴重的後果。實際上，這次事故反而徹底改變了我，讓我的性格變得更好了。我不再是一個懶散的城鎮青年，而是變得積極主動、精力旺盛、懂得自我節制，而更重要的是 —— 這一點的確遠比其他方面更重要 —— 我變得雄心勃勃。現在只有一件事仍然讓我感到困擾。我對這件事的擔心和不安甚至會讓我恥笑自己，但我還是會感到困擾。

© M. Grant Kellermeyer

在身體逐漸康復的過程中，我購買並第一次閱讀了《黃衣之王》。我記得讀過第一章以後，就覺得自己最好應該停下來。於是，我直接將那本書朝壁爐扔了過去。那本書撞上壁爐口的鐵柵，落在爐臺上的火光中。如果我沒有在敞開的書頁上瞥到第二章的詞句，我可能再也不會讀它了。但當我俯身將那本書撿起來的時候，我的眼睛立刻就盯死在了開啟的扉頁上。隨著一聲恐懼的叫喊 —— 或者也許是因為過於鋒利的喜悅感刺痛了我的每一根神經，我急忙將這本書從煤塊堆中搶出來，渾身顫抖著悄悄溜進我的臥室。我在那裡將這本書看了一遍又一遍，又是哭又是笑，因為恐懼而全身顫抖。

這種恐懼直到現在還是會向我突然發動襲擊，這才是最讓我感到困擾的 —— 我無法忘記黑色星辰高懸在天空中的卡爾克薩。在那裡，人們思想的陰影會在午後逐漸延長。兩顆太陽沉入哈利湖中，我的意識將永遠無法擺脫關於蒼白面具的記憶。我祈禱上帝詛咒寫下那本書的人，因為那個人用他美麗而驚人的創作詛咒了這個世界 —— 這件造物中所陳述的真相是如此簡潔，如此充滿誘惑，它也因此而變得極盡恐怖 —— 讓整個世界都在黃衣之王的面前顫抖。

當法國政府控制了剛剛流傳到巴黎的譯本時，倫敦的人們已經在如飢似渴地閱讀它了。人們都知道這本書如何像傳染病一樣四處傳播。從一座城市到另一座城市，從一片大陸到另一片大陸，在這裡成為禁書，在那裡被查抄銷毀，同時被新聞媒體和神職人員公開譴責，甚至被最激進的文學無政府主義者所排斥。這些邪異的篇章裡並沒有對任何道德準則的實際冒犯。它們也不曾宣揚任何教義和學說。在這本書中找不到任何可以明確讓人感到憤慨的內容。人們無法根據任何已知的標準對它進行批判。人們不得不承認，《黃衣之王》中包含著關於藝術的至高無上的

註解，但所有人都感覺到，人類弱小的心靈不可能承受書中內容所造成的壓力，更無法從這部書中找到健康和成長的力量，因為潛伏在這一字一句之間的乃是最純粹的劇毒。的確，這部書的第一章看似乎淡無奇，天真無邪，但這只是為了讓隨後的衝擊具有更加可怕的效果。

我記得是在 1920 年 4 月 13 日，第一座政府死亡屋出現在華盛頓廣場的南側邊緣，就位於伍斯特街和南第五大道之間。這個街區原先有許多老舊的建築被改造成招待外國人的咖啡館和餐廳。西元 1898 年冬，這片土地的所有權被政府獲得。法國人和義大利人開的咖啡館和飯店全都被推平了。整片街區被鍍金的鐵欄杆圍住。變成了一座遍布草坪、花卉和噴泉的可愛花園。在這座花園的正中央樹立起一棟白色的小建築。它完全符合經典建築結構。周圍被一叢叢鮮花環繞。六根愛奧尼亞風格的圓柱支撐起屋頂。房子唯一的門戶用青銅鑄就。門前矗立著一組華麗的大理石群像——「命運三女神」。這是年輕的美國雕刻家鮑里斯・伊凡的作品。他二十三歲的時候就在巴黎去世了。

當我走過大學區，進入廣場的時候，剛好看到它的開業典禮。我尋隙穿過寂靜的觀眾人群，卻在第四大街被一名維持禁行線的警察攔住了。一個團的合眾國槍騎兵排列成方形陣列，環繞在死亡屋周圍。在一座面對著華盛頓公園的高臺上站立著紐約州的州長。他的身後是紐約市長和布魯克林的長官、警察局長、州屬軍隊司令利文斯頓上校，以及合眾國總統的軍事助手布朗特將軍，其指揮駐地位於總督島 [03]，還有負責指揮紐約和布魯克林衛戍部隊的漢密爾頓少將、北河艦隊司令布夫比上將、衛生部長以及國家免費醫院負責人蘭斯福德、紐約州參議員懷斯和富蘭克林，再加上公共工程專員。那座高臺由國家衛隊的一支輕型機車兵中隊環繞著。

---

[03]　紐約港中的一座小島。

衛生部長顯然是剛剛做了簡短的致辭，現在州長做回應性的講話，他的發言也到了尾聲。我聽到他說：「禁止自殺並對任何嘗試自我毀滅的人施加懲罰的法律已經被廢止了。政府承認，人們有可能會感到繼續生存下去已經變成無法忍受的苦難——這可能是因為肉體的痛苦，也可能是出於精神的絕望。因而政府也認為，我們應該承認人有權利結束無法忍受的生存狀態。我們還相信，將這樣的人排除出人群也將有利於社會。自從相關法律頒布以來，合眾國的自殺人數並未有所增加。現在政府決定在所有都市、城鎮和鄉村建立死亡屋。因絕望而陷於自我毀滅的人類生物每天都在死去。至於他們是否會接受這種救濟手段，還有待觀察。」他停頓一下，轉向那幢白色的死亡屋。講臺下面依然是一片絕對的寂靜，「沒有痛苦的死亡就在那裡等待著再也無法承受此生哀傷的人。如果那樣的人歡迎死亡的到來，那麼他就能在那裡找到解脫之道。」然後，他猛然轉向總統的軍事助手，「我宣布死亡屋向公眾開放。」最終，他再次面對人群，用清晰的嗓音高聲說道，「紐約和美利堅合眾國的公民們，我在此代表政府宣布死亡屋正式開始營運。」

肅穆的沉默被一聲嚴厲的喝令打破。輕型機車兵們列隊跟隨在州長的座車後面。槍騎兵轉向沿第五大街列隊，等待衛戍司令官的命令。騎警跟隨在他們身後。圍觀的人們都還在耷拉著腦袋，仔細端詳用白色大理石建成的死亡屋。我離開人群，走過第五大道，沿著大道西側前往布利克街，然後向右一轉，停在了一家形制簡樸的商店前面。這家店的招牌上寫著：**霍伯克，盔甲匠人。**

我向店門裡瞥了一眼，看見霍伯克正在他的小店鋪深處忙碌著。就在我的目光投向他的時候，他也抬起頭，一下子便看到了我。他渾厚而熱情的嗓音立刻響了起來。「進來，卡斯泰涅先生！」他的女兒康絲坦斯

起身來迎接剛剛走過門檻的我，伸出她一隻漂亮的小手來攙扶我。但我能夠從她臉頰上失望的紅暈看出來，她等待的是另一位卡斯泰涅，我的堂親路易斯。我向困惑的她露出微笑，讚揚了一條她正在依照一幅彩色拼圖進行刺繡的絲帶。老霍伯克正坐在那裡，鉚接一副破舊的護脛甲。那應該是一套古代盔甲的元件。他手中的小錘子在這家古香古色的店鋪中不斷發出令人愉快的叮噹聲。他放下錘子，又拿起一把小扳手忙活了一陣。甲片輕微的撞擊聲讓我全身湧過一陣戰慄的喜悅。

我喜歡聽到鋼鐵相互摩擦的旋律、木槌敲打在護脛甲片上的圓潤聲音，還有鎖鍊甲凌亂的細碎聲響。這是我來看望霍伯克的唯一原因。他這個人從沒有引起過我的興趣。康絲坦斯對我也沒有什麼吸引力。對我而言，她最重要的意義就是愛戀著路易斯。這一點的確引起了我的注意，有時候甚至會讓我在夜晚無法入睡。但我心裡明白，一切都會變好。我應該安排好他們的未來，就像我要安排妥當我的好醫生約翰·阿切爾。無論如何，就像我說過的那樣，如果不是那些敲敲打打的旋律對我有著莫大的吸引力，我是絕不會費力在這個時候拜訪他們的。我會在這裡坐上幾個小時，聚精會神地聽了又聽，直到一縷西斜的陽光落到這些鑲嵌鋼甲上。

這個地方給我的感覺太強烈了，幾乎讓我無法承受。我的全部身心都沉浸在喜悅之中。一雙眼睛失神地凝視著前方，不由自主地越睜越大。這喜悅延伸到了我的每一根神經裡，幾乎讓我的精神徹底崩潰，直到那位老盔甲匠人的一些動作遮住了陽光。我便暗自戰慄著，向後靠坐在椅子裡，仔細傾聽拋光布摩擦甲片的聲音 ——「嗞！嗞！」鏽斑被從鉚接好的甲片上打磨下來。

康絲坦斯將絲帶放在膝頭，繼續她的刺繡，不時會停下來，更加仔細地檢視來自於大都會博物館的那幅彩色拼圖。

「這是做給誰的？」我問道。

霍伯克告訴我，他得到委任，成為了大都會博物館的盔甲藝術家，所以現在他的主要工作之一就是修繕那家博物館的盔甲藏品，另外他還得到了幾位富有的收藏家的委託。現在他正進行修理的是一副著名盔甲上遺失已久的護脛甲。是他的一名委託人在巴黎塞納河畔凱多賽碼頭上的一家小店裡找到的。霍伯克親自去與那家店主談判，才爭取到了這副護脛甲，讓整套盔甲得以恢復完整。他越說越高興，不由得放下了小錘，和我聊起了這副盔甲的歷史。它能夠一直追溯到西元 1450 年，從一個主人之手換到另一個主人之手，直到托馬斯·班布里奇最終獲得了它。當班布里奇的豪華收藏被出售的時候，霍伯克的這名委託人將它買下。從那時起，霍伯克就一直在尋找失蹤的護脛甲，直到幾乎是在偶然的情況下，他終於在巴黎如願以償。

「你甚至還不確定這副護脛甲是否真的存在，但仍然一直在堅持尋找它？」我問道。

「當然。」他毫不在意地回答道。

這是我第一次對霍伯克這個人產生了興趣。

「你一定是知道它值不少錢吧。」我又試探著說道。

「並不，」霍伯克笑了起來，「我尋找它的樂趣在於它本身就是我的獎品。」

「難道你對財富沒有野心嗎？」我微笑著問。

「我的一顆野心是成為這個世界上最優秀的盔甲工匠。」他嚴肅地回答道。

康絲坦斯問我是否看到了死亡屋的開業儀式。她今天早晨注意到騎兵從百老匯經過。那時她就很想去看看在華盛頓廣場舉行的儀式。但父

親要求她留下來把絲帶繡完。她只好服從了父親的命令。

「你在那裡看到你的堂親卡斯泰涅先生了嗎?」她問道。我察覺到她柔軟的眼睫毛在以最微弱的幅度顫抖。

「沒有,」我有些不太在意地回答道,「路易斯的團正在被調往韋斯特切斯特縣。」說完我就站起身,拿起了帽子和手杖。

「你還想去樓上看看那個神經病嗎?」老霍伯克笑著問道。如果霍伯克知道我是多麼不願意聽到「神經病」這個稱呼,他肯定絕不會在我面前這樣說。這個詞總是會引發我內心中一種特殊的情緒,一種我不想去解釋的情緒。不管怎樣,我還是低聲做了回答:

「我覺得,我應該去看一下懷爾德先生。」

「那個可憐人,」康絲坦斯一邊說,一邊搖了搖頭,「生活對他來說一定非常艱難。一個人孤苦伶仃地過了一年又一年,貧困、殘疾,還幾乎精神失常。你的心真好,卡斯泰涅先生,願意常常來看看他。」

「我覺得那個傢伙不是什麼好人。」霍伯克說著,再次舉起了他的錘子。我聽到護脛甲片上再次響起那美妙的叮噹聲。等到他敲打了一番之後,我才說道:

「不,他並不壞,而且沒有半點精神失常。他的意識就像一個神奇的房間。他能夠從那裡拿出珍貴的寶物。如果能取得那樣的寶物,你和我會寧願付出數年的生命。」

霍伯克大笑起來。

我有些失去耐心了,不過還是繼續說道:「他知道許多其他人一無所知的歷史。無論多麼瑣碎細微的東西,都無法逃脫他的搜尋。他的記憶是絕對不會有錯漏的,可以精確到每一個細節。如果人們知道在紐約有這樣一個人,他將會得到無窮無盡的榮譽和尊敬。」

「胡說。」霍伯克喃喃地說著，一邊在地上尋找一顆丟失的鉚釘。

「那麼這會是胡說嗎？」我努力抑制住自己的心情，「當他說，通常被稱為『王子紋章之甲』的鍍琺瑯盔甲遺失的腿甲和護腿能夠在一個塞滿了生鏽的劇院道具、破爛的爐子和拾荒者堆放垃圾的閣樓裡找到，而那個閣樓就在佩爾街的時候，這還會是胡說嗎？」

霍伯克的錘子掉在了地上。不過他極為鎮定地將錘子撿起來，並問我是怎麼知道那副腿甲和左側護腿與「王子紋章之甲」分離了。

「是懷爾德先生向我提起，我才知道的。他說它們就在佩爾街 998 號的閣樓裡。」

「胡說。」霍伯克喊道。但我注意到他的手在皮圍裙下面微微顫抖。

「那這也是胡說嗎？」我愉快地問道，「當懷爾德先生不斷稱你是阿文郡侯爵，稱康絲坦斯小姐……」

不等我把話說完，康絲坦斯已經站起身，滿臉都寫著恐懼。霍伯克看著我，慢慢撫平了他的皮圍裙。「這不可能，」他說道，「懷爾德先生也許知道許多事情……」

「比如關於盔甲的事情，關於『王子紋章之甲』。」我微笑著插口道。

「是的，」霍伯克繼續緩慢地說道，「也許他也懂得盔甲。但他對阿文郡侯爵的事講錯了。就像你所知道的，阿文郡侯爵在多年以前殺死了誹謗他妻子的人，然後去了澳洲。在那裡，他先於妻子去世了。」

「懷爾德先生錯了。」康絲坦斯也喃喃地說著。她的嘴唇一片蒼白，但她的聲音甜美而平靜。

「如果你們高興，那我們盡可以達成一致，在這件事上，懷爾德先生錯了。」我說道。

II

我爬上三段殘破的樓梯。在這裡，我爬上爬下已經有許多次了。然後我敲了敲走廊盡頭的那道小門。懷爾德先生開啟門，我走了進去。

他將門上的兩把鎖閂好，又推過一只沉重的箱子將門頂住，然後才坐到我身邊，用他那一雙淺色的小眼睛看著我的臉。他的鼻子和臉頰上出現了五六道新的傷痕，支撐他人工耳朵的銀絲也錯了位。我覺得他的樣子從沒有這樣迷人，又這樣令人毛骨悚然。他沒有耳朵，那雙套在細銀線上的人工耳朵突出在他的頭側，是他的弱點之一。它們是用蠟做成的，被塗成略帶淺黃的粉紅色。但他的整張臉是黃色的。他也許可以因為自己左手上的那幾根人工手指而感到得意。其實那隻手根本就沒有手指，但看樣子這絲毫沒有造成他的任何不便。而且他對自己的蠟質耳朵似乎也很滿意。

他的個子很矮小，幾乎比十歲的孩子高不了多少，但他的手臂肌肉相當發達，大腿更是像運動員一樣粗壯。而懷爾德先生最令人感到奇異的還是他的頭——一個擁有驚人智力和學識的人竟然會有這樣一顆頭顱。他的前額扁平，頭頂尖小，就像是許多因為弱智而被關在精神病院裡的不幸人們一樣。有許多人說他是瘋子，但我知道，他就像我一樣心智健全。

我並不否認他有些古怪。他固執地留下了那隻母貓，還有些狂熱地不斷逗弄牠，直到牠像魔鬼一樣撲到他的臉上。這一點肯定相當怪異。我從來都不明白為什麼他會豢養那隻貓，也不知道他將自己和這隻脾氣又壞又凶的食肉獸一起關在房間裡有何樂趣可言。我曾記得有一次，我正在牛油蠟燭的光亮下研讀一份手稿，當時我抬頭瞥了一眼，看見懷爾德先生正一動不動地蹲在他的高腳椅上，眼睛裡閃耀著興奮的光芒。那

隻貓從火爐前站起來，匍匐著向他爬過去。牠的肚子貼在地上，蜷縮起來，身體微微顫抖。不等我有所動作，牠猛地向懷爾德先生的臉上竄過去。一人一貓嚎叫著、吐著白沫在地上翻滾，抓撓踢打，直到那隻貓尖叫一聲，逃到了櫥櫃下面。懷爾德先生仰面朝天躺在地上，四肢緊縮在身體旁邊，就像是瀕死蜘蛛的腿。他可真是奇怪。

懷爾德先生這時又爬上了他的高腳椅，將我的臉仔細審視了一番，拿起一本頁角捲起的帳簿，將它開啟。

「亨利·B·馬修斯，」他念道，「懷索特簿記員，懷索特公司，教堂裝飾品商人。於 4 月 3 日來訪。名譽在賽馬場受損。被別人知道是一名逃債者。名譽將於 8 月 1 日得到修復。預付費用五美元。」他翻過一頁，用人造指節劃過密密麻麻的字跡。

「P·格林尼·杜森博里，紐澤西州菲爾比奇的福音牧師。名譽在博維利受損。要求盡快修復。預付費用一百美元。」

他咳嗽了一下，又念道：「於 4 月 6 日來訪。」

「看樣子你不會缺錢了，懷爾德先生。」我帶著探詢的口氣說道。

「聽著。」他又咳嗽了一聲。

「C·漢密爾頓·切斯特太太，紐約市切斯特公園。4 月 7 日來訪。名譽在法國第厄普受損，將於 10 月 1 日得到修復。預付費用五百美元。」

「注意：C·漢密爾頓·切斯特，美國『雪崩號』船長，預定 10 月 1 日從南海中隊返家。」

「看樣子，」我說道，「名譽修復者的收入還真不錯。」

他淺色的眼睛盯住我。「我只是想向你證明，我是對的。你說當一位名譽修復者不可能成功。即使我完成了特定的案例，我所付出的也會超

過獲得的。到現在為止，我已經僱傭了五百人。他們的薪水很低，但他們都很有工作熱情——這份熱情有可能來自於他們的恐懼。這些人會進入每一片陰影，每一個社會階層。其中一些甚至是最高階社會的支柱；另一些則是金融世界的支撐和驕傲；還有一些人在夢幻與才華的世界中擁有毋庸置疑的影響力。從回應我的廣告人們之中，我可以從容不迫地把他們挑選出來。這很容易，他們全都是懦夫。如果我願意，我能夠在二十天之內將我的僱員數量擴充三倍。所以你看，那些人保住了自己良好公民的聲譽，我則獲得了報酬。」

「他們也許會與你為敵。」我做出合理的推測。

懷爾德先生用拇指揉搓了一下變形的耳朵，調整了這件蠟製品的形狀，若有所思地喃喃說道：「我覺得不會。我很少會使用鞭子，而且也只會用一下。更何況，他們喜歡他們的報酬。」

「你是怎樣使用鞭子的？」我問道。

片刻間，他的臉色看起來很糟糕，一雙眼睛彷彿縮小成了兩點綠色的火花。

「我邀請他們過來，和我聊聊天。」他輕聲說道。

一陣敲門聲響起。懷爾德先生立刻恢復了那種和藹可親的表情。

「是誰？」他問道。

「思泰萊特先生。」門外的人應道。

「明天再來。」懷爾德先生說。

「不可能。」門外的另一個人開了口。但懷爾德先生的一聲屬喝讓他立刻恢復了沉默。

「明天再來。」懷爾德先生重複道。

我們聽到有人從門前走開，轉過了樓梯拐角。

「那是誰？」我問道。

「阿諾德‧思泰萊特，偉大的《紐約日報》所有者兼主編。」

他用沒有手指的手輕輕敲了一下手中的帳簿，又說道：「我給他的薪水非常低，但他認為這是一筆好交易。」

「阿諾德‧思泰萊特！」我驚愕地重複了一遍。

「是的。」懷爾德先生得意地咳嗽了一聲。

在他說話的時候，那隻貓又走了過來，抬起頭看著他，發出一聲咆哮。懷爾德先生從高腳椅上爬下來，蹲在地上，將那隻怪物抱在臂彎裡，輕輕愛撫牠。貓停止了咆哮，轉而發出響亮的「嗚嗚」聲。隨著懷爾德先生的撫摸，這種聲音也越來越大。

「那些記錄在哪裡？」我問道。他朝桌上一指。我第一百次拿起了那一捆手稿，看到上面的標題：**美利堅王朝**。

我一頁一頁地閱讀著這些磨損嚴重的手稿。它們的磨損全部來自於我。雖然從一開始，我就已經對這些手稿中的內容了然於心，從「來自於畢宿星團的卡爾克薩，哈斯塔，以及畢宿五」到「路易斯‧德‧卡瓦多斯‧卡斯泰涅，出生於西元 1877 年 12 月 19 日」，我無不熟知。但我還是會如飢似渴、全神貫注地閱讀它，偶爾會將它的某一部分朗讀出來。尤其讓我凝神細讀的是「希爾德雷德‧德‧卡瓦多斯，第一繼承人」，等等。

我讀完之後，懷爾德先生點點頭，又咳嗽起來。

「說到你合法的野心，」他問我，「康絲坦斯和路易斯如何了？」

「康絲坦斯愛他。」我只回答了這樣一句。

懷爾德先生膝頭的那隻貓忽然轉身來抓他的眼睛。他將貓扔掉，爬

上我對面的椅子。

「還有阿切爾醫生！不過這件事你隨時都可以處理掉。」他又說道。

「是的，」我說，「阿切爾醫生的事情可以等一等。我現在要注意的是我的堂親路易斯。」

「是時候了。」他從桌上拿過另一本帳簿，迅速翻看裡面的內容。

「我們現在和一萬人有連繫，」他嘟囔著，「在第一個二十八小時裡，我們能夠依靠的有十萬人，到了四十八小時，這個州會被完全調動起來。隨後是這個國家。但這一部分不行，我說的是加利福尼亞和西北部。那裡也許再也不應該有居民了。我不會給他們黃色印記的。」

血湧上了我的頭頂。但我只是說道：「一把新笤帚可以把房間打掃乾淨。」

「凱薩和拿破崙的野心也無法與他相比。除非控制了所有人的意識，甚至是他們還沒有出現的想法，否則它絕不會善罷甘休。」懷爾德先生說。

「你是在說黃衣之王。」我顫抖著呻吟了一聲。

「他是一位以皇帝為奴僕的君王。」

「侍奉他將令我滿足。」我回應道。

懷爾德先生用自己殘疾的手揉搓著耳朵，忽然猜測道：「也許康絲坦斯並不愛他。」

我想要說話，但下方的街道上突然奏響的軍樂淹沒了我的聲音。是第二十龍騎兵團。他們原先駐紮在聖文森特山，現在他們從韋斯特切斯特縣換防回來，要前往東華盛頓廣場的新軍營。這是我的堂親所在的團。他們團裡都是一些好青年，頭戴威武的毛皮高帽，穿著淺藍色的緊身上裝和有黃色雙條紋的馬褲。這讓他們的四肢顯得更加強壯有力。團

裡的每支騎兵隊都裝備著騎槍，金屬槍尖上飄揚著黃色和白色的燕尾旗。軍樂隊走過街道，演奏著團隊行軍曲。隨後是上校和參謀。他們的坐騎排成密集隊形，馬蹄有節律地踩踏著地面。他們動作一致地點著頭，燕尾旗在他們的槍尖上飛舞。騎兵們坐在漂亮的英國馬鞍上，因為在韋斯特切斯特的農田中進行的那些不流血的戰役，現在他們的面孔看上去就像漿果一樣紫紅而健康。他們的佩劍撞擊馬鐙，形成一種整齊的奏鳴。馬刺和卡賓槍的輕微撞擊聲混雜在其中，讓我感到異常愉悅。

我看到路易斯和他的中隊走在一起。他是我見過的最英俊的軍官。懷爾德先生騎坐在窗前的一把椅子上，也在一言不發地看著路易斯。路易斯在隊伍中轉過頭，直盯著霍伯克的店鋪。我能夠看到他被太陽晒黑的面龐上泛起了紅暈。我相信康絲坦斯一定也在透過窗戶看著他。一排排士兵從我們面前經過。終於，最後一面燕尾旗也消失在南第五大道中了。懷爾德先生從椅子上爬起來，將頂門的箱子拉開。

「好了，」他說道，「你應該去看看你的堂親路易斯了。」

他開啟門鎖。我拿起帽子和手杖，進入走廊。樓梯一片漆黑。我摸索著，一腳踏在一團柔軟的東西上。那東西嚎叫一聲，朝我吐口水。我朝那隻貓發出充滿殺意的一擊，但我的手杖抖動了一下，在樓梯扶手上撞碎了。那隻怪物跑回到了懷爾德先生的房間裡。

再次走過霍伯克的房間門口，我看見他還在敲打盔甲。但我沒有停下腳步，而是直接來到布利克街上，又一直走到伍斯特街，從死亡屋旁邊穿過華盛頓花園，回到我在本尼迪克的家裡，舒服地吃了一頓午餐，看了《先驅日報》和《流星日報》。最後我來到臥室的鋼製保險櫃前，設定好時間組合。這三又四分之三分鐘是必須等待的。當時間鎖開啟的時候，那將是我的黃金時刻。從我設定好時間的那一刻，直到我抓住把手，將牢固的

鋼製門板拉開的時候，我都處在一種狂喜的期待中。在天堂中度過的時刻一定就是這樣的。在這段時間結束時，我知道自己會找到什麼。我知道這個巨大的保險箱裡為我收藏著什麼 —— 只為我一個人。當保險櫃門開啟時，這種來自於等待的強烈喜悅不可思議地進一步得到了加強。這時我會從天鵝絨軟墊上捧起一頂純金鑄造的王冠，上面鑲嵌的鑽石讓它更加光輝燦爛。我每天都會這樣做，而這種等待和終於觸碰到王冠的喜悅每天都在增強。這是萬王之王的冠冕，它只屬於皇帝的皇帝。黃衣之王也許對它不屑一顧，但他忠實的僕人終將戴上這頂王冠。

我將王冠抱在懷中，直到保險箱上的鬧鐘發出刺耳的鈴音。隨後我只能溫柔而驕傲地將它放回到保險箱裡，關上鋼製箱門，再緩步走回到我的書房中，俯身在窗臺上，眺望對面的華盛頓廣場。下午的陽光透過窗戶傾瀉在房間裡。一陣微風撥動了公園中的榆樹和楓樹的樹枝。現在那些樹枝上還都是幼芽和嫩葉。一群鴿子在耶德遜紀念教堂的塔樓周圍盤旋，有時落在紫色屋瓦上；有時一直轉著圈飛到大理石拱門前的蓮花噴泉旁邊。園丁們正在噴泉周圍的花床上忙碌著。剛剛被翻過的土壤散發出有些刺激性的甜美氣味。一部除草機被一匹肥壯的白馬牽拉著，叮叮噹噹地駛過翠綠的草坪。灑水車將細雨般的清水灑落在瀝青道路上。那個應該是代表朱塞佩·加里波底的怪異雕像[04]，已經在西元 1897 年被彼得·史蒂文森[05] 的雕像所取代。現在許多孩子正在那座雕像旁的春日陽光中玩耍。一些照顧嬰兒的年輕女孩子推著精緻的嬰兒車，卻絲毫不在意車中那些面色蒼白的小嬰兒。她們的注意力也許都在那六位懶洋洋地坐在長椅上的龍騎兵身上。透過樹梢，我還能看見華盛頓紀念館在陽光中像白銀一樣閃閃發亮。更遠處，位於廣場的東部邊緣就是用灰色石

---

[04]　現在仍然是紐約的著名雕像之一，位於華盛頓廣場。
[05]　西元 1647 年至 1664 年擔任新阿姆斯特丹（紐約前身）的主管將軍。

料建成的龍騎兵軍營。旁邊的白色花崗岩炮兵馬廄裡顯得非常熱鬧。各種色彩正在那裡不停地往來穿梭。

我看著廣場對面角落裡的死亡屋。有一些滿懷好奇的人還在鍍金的鐵欄杆外面流連。不過通向白色小屋的道路上空無一人。我看著水光粼粼的噴泉。麻雀們已經找到了這個新的浴池。現在噴泉的池子裡擠滿了那種鐵鏽色羽毛的小東西。兩三隻孔雀正走過草坪。一隻色彩單調的鴿子一動不動地站在一位命運女神雕像的手臂上，看上去就像是那座石雕的一部分。

就在我不經意地轉過頭時，那些在死亡屋圍欄門口好奇觀望的路人中發生了一點騷亂。我的注意力也立刻被吸引過去。一位年輕人走進了鍍金的鐵欄杆，正沿著通向死亡屋青銅大門的碎石小路前進。我能看出他的步伐很緊張。在命運女神的雕像前，他停了一下，抬起頭看向那三副神祕的面孔。那隻鴿子從雕像的手臂上飛起來，轉了幾圈，向東方飛去了。年輕人用雙手捂住面孔，猶豫著跳上了大理石臺階。沒過多久，青銅門就在他的身後關閉了。半個小時以後，那些在外面觀望的人全都沒精打采地走開了。只有那只受到驚擾的鴿子回到命運女神的手臂上。

在晚餐前，我戴上帽子，去公園稍作散步。當我走過廣場中央的大道時，一隊軍官從我身邊經過。他們之中的一個人喊道：「你好，希爾德雷德。」然後他走回來和我握手──是我的堂親路易斯。他微笑著，用他的馬鞭輕敲著帶馬刺的鞋跟。

「我們剛剛從韋斯特切斯特回來，」他說道，「過了一陣田園生活，你知道的，許多牛奶和酸奶油，戴著遮陽帽的擠奶姑娘。你對她們說她們很漂亮，她們就會說『是嗎？我可不這麼覺得。』我在吃一大塊肋眼牛排的時候差點被撐死。有什麼新聞嗎？」

「什麼都沒有，」我愉快地回答，「今天上午我看到你的團回來了。」

「是嗎？我沒有看見你。你在哪裡看到的？」

「在溫德爾先生家的窗戶。」

「哦，天哪！」路易斯變得有些急躁起來，「那個人根本就是個瘋子！我不明白你為什麼……」

他看出了自己的失言讓我感到氣惱，便急忙請求我的原諒。

「真的，老朋友，」他說道，「我不是要誹謗一個你喜歡的人，但根據我的人生經驗，我完全看不出你和懷爾德先生有什麼共同之處。就算是說得再好聽，他也不是一個教養良好的人。他畸形得可怕，只有犯罪的瘋子才會有他那樣的頭。你自己也知道，他曾經在精神病院待過……」

「我也在那裡待過。」我平靜地打斷了他。

片刻之間，路易斯顯得既驚訝又困惑。不過他很快就恢復了過來，在我的肩頭重重地拍了一下。

「你被完全治癒了……」他的話剛說到一半，又被我打斷了。

「我想，你的意思應該是醫生也承認，我從來沒有發過瘋。」

「當然，這……這就是我的意思。」他笑著說。

我不喜歡他的笑聲，因為我知道他是在強迫自己笑出來。不過我還是和藹地點點頭，問起他要去哪裡。路易斯抬頭看看他的兄弟們。現在那些軍官已經快要走到百老匯了。

「我們想要去嘗嘗布爾什維克雞尾酒。不過和你說實話，我很想找個理由去看看霍伯克。來吧，你來當我的理由好了。」

我們發現霍伯克正穿著一身整潔的春裝，站在他的店鋪門口嗅著空氣。

「我剛決定在晚飯前帶康絲坦斯去散散步。」他如此回答了路易斯一連串的問題，「我們想要在北河邊上的公園臺地走一走。」

就在這時，康絲坦斯出現了。當路易斯俯身親吻她戴著手套的纖細手指時，她的臉色忽而變白，忽而又變成幸福的薔薇色。我想要找個藉口離開，宣稱我在上城區還有一個約會。但路易斯和康絲坦斯完全不聽我說些什麼。我意識到，他們想要我留下來，吸引霍伯克的注意。不過這樣我也能盯住路易斯。於是，當他們叫住了一輛馬車要去春日街的時候，我便跟他們上了車，坐到盔甲匠的旁邊。

公園的景色相當漂亮，尤其是能夠俯瞰北河碼頭的花崗岩臺地。它從 1910 年開始修建，到 1917 年秋季才宣告完工。現在這裡已經成為了這座大都市中最受歡迎的休閒散步場所之一。它從炮臺一直延伸到 109 號大街。從這裡不單能夠欣賞河岸的景色，還能一直眺望到紐澤西岸邊的風光，甚至於對面的高地。這裡的樹林中零星分布著不少咖啡館和飯店。每週兩次，駐防在這裡的軍樂隊會在工事矮牆上的涼亭中演奏樂曲。

我們坐在謝里丹將軍騎馬的雕像腳下的長椅上晒太陽。康絲坦斯讓遮陽傘傾斜過來，遮住眼睛，和路易斯輕聲絮語。別人根本不可能聽到他們在說些什麼。老霍伯克倚在自己的象牙頭手杖上，點燃了一支上等雪茄。他也遞給我一支雪茄，被我禮貌地拒絕了。我的臉上掛著空洞的微笑，看著太陽漸漸低垂到史泰登島的林地上方。整片港灣被染上了一層金色的光暈。水面上的船帆對映著陽光，變成一個個溫暖的亮點。

雙桅船、縱帆船、遊艇、笨重的渡船。所有這些船的甲板上都站滿了人。鐵路駁船上面載著一串串褐色、藍色和白色的貨運車廂。豪華莊重的郵輪、外觀簡陋的貨輪、近海小輪船、挖泥船、平底船，還有港灣

中無所不在、肆意橫行的小拖船不停地噴著白煙，拉響汽笛。目力所及之處，波光粼粼的水面不斷被這些船隻攪動著。只有一支白色艦隊默默地停泊在水面上，一動不動，和這些匆匆忙忙的帆船、輪船形成了有趣的對比。

康絲坦斯高興的笑聲將我從白日夢中驚醒過來。

「你在看什麼？」她問我。

「沒有……在看艦隊。」我微笑著說。

路易斯開始向我們講解那些艦船。他以總督島上的紅堡為基點，依照艦船的遠近位置逐一進行解說。

「那艘像雪茄一樣的小傢伙是魚雷艇。」他說道，「這裡一共有四艘這樣的魚雷艇，分別是『大海鰱』、『獵鷹』、『海狐』，和這艘『章魚』號。前面的炮艇是『普林斯頓』號、『查普蘭』號、『靜水』號和『伊利』號。旁邊是巡洋艦『法拉格特』號和『洛杉磯』號。前面是戰列艦『加利福尼亞』號和『達科他』號。『華盛頓』號是旗艦。停在威廉姆城堡旁邊的那兩艘體型短粗的是雙炮塔淺水重炮艦『可怖』號和『壯麗』號。後面是撞擊艦『奧西奧拉』號。」

康絲坦斯看著他，一雙美目中閃耀著深深的讚許。「一個軍人竟然要懂得這麼多東西。」她說道。我們全都笑了起來。

路易斯站起身，向我們點了一下頭，隨後就向康絲坦斯伸出一隻手臂。他們沿著河邊的矮牆漫步向遠處走去。霍伯克看了他們一會兒，然後向我轉過頭。

「懷爾德先生是對的。」他說道，「我找到了『王子紋章之甲』丟失的腿甲和左側護腿，就在佩爾街一個堆滿舊垃圾的破爛閣樓裡。」

「998 號？」我微笑著問。

「是的。」

「懷爾德先生是一個非常聰明的人。」我說道。

「對於這個極為重要的發現，我要向他致以感謝。」霍伯克說道，「我還打算請他享受這件事為他帶來的名譽。」

「他不會為此而感謝你的。」我嚴厲地說道，「請不要對此多費唇舌。」

「你知道它的價值有多大嗎？」霍伯克問。

「不知道，也許五十美元吧。」

「它價值五百美元。而如果有人能夠讓『王子紋章之甲』恢復完整，它的擁有者願意付給那個人兩千美元。這份獎金也應該屬於懷爾德先生。」

「他不想要！他拒絕接受！」我惱怒地說道，「你對於懷爾德先生有什麼了解？他不需要這筆錢。他很富有 —— 或者如果他願意，他會比除了我以外的任何活人都更加富有。我們為什麼要在乎錢……我們所在乎的，他和我，只要等到，等到……」

「等到什麼？」霍伯克驚疑地問道。

「你會看到的。」我又恢復了警惕。

他瞇起眼睛看著我，很像是阿切爾醫生的樣子。我知道他認為我的精神有些問題。不過他沒有說出「神經病」這個詞。這也許是他的運氣。

「不，」我回答了他沒有說出口的問題，「我並非是精神有缺陷。我的意識就像懷爾德先生一樣健康。我只是不屑於細說還沒有到手的東西。這項投資的回報可不僅僅是黃金、白銀和珍貴的寶石。它將確保一個大陸、半個地球的快樂與繁榮！」

「哦。」霍伯克說道。

「而且最終，」我壓低聲音繼續說道，「它將確保整個世界的快樂。」

「順便也能成就你自己和懷爾德先生的快樂與繁榮？」

「沒錯。」我微笑著說道。但這名盔甲匠的腔調真讓我想要掐死他。

他靜靜地看了我一會兒，然後以非常溫和的口吻說：「卡斯泰涅先生，為什麼你不放棄你的書本和研究，去山裡或者其他地方做一次遠足？你曾經很喜歡釣魚。你可以在蘭利奇釣幾條鱒魚啊。」

「我已經不再喜歡釣魚了。」我的聲音中已經沒有了任何火氣。

「你曾經對許多事情都感興趣，」他繼續說道，「運動、遊艇、射擊、騎馬……」

「自從那次落馬以後，我就再也不對騎馬有興趣了。」我平靜地說。

「啊，是啊，那次落馬。」他重複著我的話，將目光從我身上轉開。

我感覺這些胡說已經夠多了，便將話題轉回懷爾德先生。但霍伯克再一次審視我的臉，而且他的態度顯得非常無禮。

「懷爾德先生。」他說道，「你知道他今天下午幹了什麼？他來到樓下，在前廳大門上釘了一塊招牌。就在我的招牌旁邊。那上面寫著：**懷爾德先生、名譽修復者、第三道鈴**。你知道名譽修復者能做些什麼嗎？」

「我知道。」我壓抑住內心的怒火回答道。

「哦。」他又這麼說了一聲。

路易斯和康絲坦斯不緊不慢地走了回來，問我們是否願意和他們一起走走。霍伯克看了看自己的表。與此同時，一股青煙從威廉姆城堡的窗戶噴射出來。落日炮的轟鳴在水面上翻滾而過，又得到了對面高地的回應。旗幟從旗杆頂上落下。戰艦的白色甲板上響起了喇叭聲。紐澤西岸邊亮起了第一批電燈。

當我與霍伯克返回城裡的時候，我聽到康絲坦斯低聲對路易斯說了

些什麼。具體內容我完全沒有聽清。不過路易斯悄聲說了一句「親愛的」作為回應。透過廣場的時候，我再一次與霍伯克走在前面。我聽到身後又傳來喃喃的「甜心」和「我的康絲坦斯」。我知道，是時候和我的堂親路易斯說些重要的事情了。

▌III

五月初的一個早晨，我站在臥室裡的鋼製保險櫃前面，試著戴上了那頂黃金寶石王冠。我轉向鏡子，看到那一顆顆鑽石對映著火光。精心打造的金冠如同我頭頂上一圈燃燒的光環。我記得卡米拉痛苦的尖叫，還有迴盪在卡爾克薩昏暗街道上那些恐怖的辭句，它們是第一章的結尾。我不敢去想後面的內容，即使是在春日的陽光中，在我自己的房間裡，被熟悉的物品所包圍，窗外傳來讓人安心的街頭噪音，僕人們的聲音也不時出現在外面的走廊中，我還是不敢。那些有毒的一字一句一滴滴緩緩落進我的腦海，就如同死亡的甜蜜汁液滴落在床單上，立刻被吸收乾淨。

我顫抖著，從頭上取下王冠，抹了抹前額。但我還是忍不住地想著哈斯塔和我應有的野心。我回憶起自己上一次離開懷爾德先生時他的樣子。他的面孔全都破爛了，被那個邪惡的怪物抓得鮮血淋漓。他所說的——啊，他說的那些話！保險櫃中的警鈴開始發出刺耳的尖鳴。我知道時間到了，但我不會在意這種事。

我將閃閃發光的冠冕戴在頭上，挑釁地轉向鏡子。我在鏡子前站了很長一段時間，用自己的眼睛觀察臉孔變化。這面鏡子映照出一張很像我的臉，但更加蒼白，而且是那樣消瘦，讓我幾乎認不出來他是誰。與此同時，我一直緊咬牙關重複著：「日子到了！日子到了！」保險櫃中的警鈴還在吵個不停。鑽石閃閃發光，火焰在我的眉毛以上燃燒。我聽到一扇門被開啟，但並沒有留意去看。直到我發現兩張臉出現在鏡子裡——另一張臉來到我的肩膀後面，另外兩隻眼睛盯住了我的眼睛。我像閃電一樣轉過身，抓起梳妝檯上的一把長匕首。我的堂親面色蒼白地向後跳去，高聲喊道：「希爾德雷德！上帝啊！」隨著我的手落下，他又說道，「是我，路易斯，難道你不認識我了？」我一言不發地站立著。彷彿我一輩子都沒有說過話。他走上來，從我手中拿走了匕首。

「這到底是怎麼回事？」他溫和地問道，「你生病了嗎？」

「沒有。」我回答道。但我懷疑他是否會認真聽我的話。

「來吧，來吧，老朋友，」他喊道，「摘下這頂黃銅王冠，到書房去待一會兒。你要參加化裝舞會嗎？這些戲臺上的玻璃珠又是怎麼回事？」

一方面，我很高興他以為這頂王冠是用黃銅和玻璃製造的。但我還是不喜歡他這樣想。我讓他從我的手中將王冠拿走，知道現在迎合一下他才是最好的辦法。他將華美的王冠拋向半空，再用手接住，然後微笑著轉向我。

「它至少值五十美分，」他說道，「它是做什麼用的？」

我沒有回答，只是從他的手中拿過王冠，放進保險櫃，關緊厚重的鋼製門……地獄般的警鈴聲立刻停止了。他好奇地看著我，卻似乎沒有注意到突然中止的警鈴。而且他似乎認為那個保險櫃只是餅乾盒子。我害怕他會檢查保險櫃的密碼組合，便領著他走進我的書房。路易斯倒在沙發上，用他從不離手的馬鞭揮趕著蒼蠅。他還穿著那套軍人制服——穗帶裝飾的上衣和華麗的帽子。只不過現在這身衣服顯得有些凌亂，我注意到他的馬靴上全都是紅色的汙泥斑點。

「你去哪裡了？」我問他。

「去紐澤西的小溪裡跳泥巴來著。」他說道，「我還沒有時間換衣服。不過我更著急來見你。難道你這裡就沒有一杯喝的？我快渴死了。我在馬鞍上坐了二十四個小時。」

我從藥箱裡拿了些白蘭地給他。他喝了一口，面露苦澀。

「這東西真該被詛咒。」他說道，「我給你一個地址，那裡能買到真正的白蘭地。」

「這已經可以滿足我的需要了。」我冷漠地說，「我會用它按摩胸口。」他愣了一下，又揮起鞭子趕走了一隻蒼蠅。

「聽著，老朋友，」他改換了話題，「我有些話想對你說。你把自己像貓頭鷹一樣關在這裡已經有四年時間了。現在你不去任何地方，不參加任何有益健康的活動，除了把頭埋進壁爐臺上的那些書本裡，你該死的什麼事情都不做。」

他朝壁爐臺上的一排書架瞥了一眼。「拿破崙、拿破崙、拿破崙！」他一本本地念著書脊上的標題，「老天在上，難道你這裡除了拿破崙以外什麼都沒有了？」

「我希望它們都是用金線裝訂的，」我說道，「不過等等，是的，這裡還有另一本書，《黃衣之王》。」我不動聲色地看著他的眼睛。

隨後我又問道：「你讀過嗎？」

「我？沒有，感謝上帝！我可不想變成瘋子。」

我看到他話剛一出口，就為自己的失言而感到後悔。這世界上只有一個詞讓我比「神經病」更加痛恨，那就是瘋子。但我控制住了自己，並詢問他為什麼認為《黃衣之王》是危險的。

「哦，我不知道。」他急忙說道，「我只記得它曾經在公眾中造成異常的興奮，並且被神職人員和新聞雜誌嚴屬批駁。我記得這本書的作者在搞出這個怪物以後吞槍自殺了。對不對？」

「我知道他仍然活著。」我回答道。

「可能吧，」路易斯嘟囔了一句，「子彈也殺不死這樣的魔鬼。」

「這是一本關於偉大事實的書。」我說道。

「是的，」他沒有退讓，「正是那些『事實』讓人們發了瘋，毀掉自己的生活。我不在乎這東西是不是像他們說的那樣，是至高無上的藝術精華。寫下它就是一種犯罪。我絕不會翻開它的任何一頁。」

「這就是你要來告訴我的？」我問道。

「不，」他說，「我來是要告訴你，我打算結婚了。」

我相信自己的心臟在這一刻停止跳動。但我還是緊盯住他的臉。

「是的，」他繼續說著，臉上露出幸福的微笑，「和地球上最甜美的女孩結婚。」

「康絲坦斯·霍伯克。」我機械地說道。

「你怎麼知道的？」他驚訝地喊了一聲，「我還是直到四月分的最後

一個晚上才明白的。就是我們那次晚餐前在路堤上的散步。」

「什麼時候?」我問道。

「本來預定在九月分。不過一個小時以前,我們團收到一份調令,要去聖法蘭西斯科的普雷西迪奧。我們明天中午出發。明天!」他將這個時間重複了一遍,「想想看,希爾德雷德,明天我就會成為這有趣世界中能夠呼吸的生命裡最快樂的一個。康絲坦斯會和我一起走。」

我向他伸出手,以示祝賀。他用力握住我的手,完全像是他偽裝成的那種好心腸傻瓜。

「而且我要晉升成隊長了,這會是我們的結婚禮物。」他還在喋喋不休地說著,「路易斯·卡斯泰涅隊長以及其夫人。如何,希爾德雷德?」

然後他告訴了我婚禮會在哪裡進行,都有誰參加,還要我承諾會去,並且一定要保持最好的儀態。我咬牙聽著他孩子氣的嘮叨,沒有顯露出我的心情。但我實際上已經到了忍耐的極限。當他跳起身,把馬刺撞得叮噹作響,說他必須走了的時候,我沒有挽留他。

「有一件事我想請你答應。」我平靜地說道。

「說吧,我會答應的。」他笑著說。

「我想要你在今晚和我見一面,聊上一刻鐘。」

「當然,如果你願意,」他不無困惑地說道,「在哪裡?」

「就在公園裡吧。」

「什麼時候,希爾德雷德?」

「午夜。」

「這是怎麼回事?以上帝……」他話說到一半就住了口,然後贊同地向我笑了笑。我看著他走下樓梯,快步離開。他的佩劍隨著邁開的大

步左右搖擺。他拐彎走進了布利克街。我知道他是要去見康絲坦斯。我給了他十分鐘。等他的身影消失之後，我便跟到了他後面。這一次我戴上了寶石王冠和繡有黃色印記的絲綢長袍。沒過多久，我也拐進布利克街，一下子便走進那道熟悉的門戶。門上還掛著那面招牌：**懷爾德先生、名譽修復者、第三道鈴。**

我看到老霍伯克在他的店鋪中忙活，覺得自己聽到康絲坦斯的聲音從他們的客廳中傳出來。但我避開他們兩個，快步走上搖搖晃晃的樓梯，來到懷爾德先生的公寓。敲門之後，我沒有等待裡面的人應聲就走了進去。懷爾德先生正躺在地上呻吟著。他的臉上全都是血，衣服被撕成了碎片。地毯上到處灑落著血滴。明顯是剛剛發生不久的打鬥把這塊地毯也撕破了幾處。

「那隻被詛咒的貓。」他停止了呻吟，將幾乎無色的眼睛轉向我，「我睡覺的時候，牠攻擊了我。我相信牠是要把我殺死。」

這太過分了。我走進廚房，從儲藏櫃中拿出一把短柄斧，開始尋找那隻來自地獄的怪獸，準備一勞永逸地把牠解決掉。我的搜尋毫無成果。過了一會兒，我放棄了尋找，回到房間裡，發現懷爾德先生正蹲踞在桌邊他的高腳椅上。他已經洗過了臉，又換了衣服，用火棉膠敷上了貓爪子在他的臉上留下的深深傷口，又用一塊布捂住了喉嚨上的傷口。我告訴他，如果我遇到那隻貓，就會殺了牠。但懷爾德先生只是搖搖頭，又專心地去看面前那本帳簿了。他讀出一個接一個的名字。這些人都是為了自己的名譽來找他的。他所做出的成績真是令人吃驚。

「我會不時把這些螺絲釘擰上。」他解釋說。

「總有一天，他們之中會有人能夠幫到你。」我堅持說。

「你這樣認為？」他一邊說，一邊揉搓著殘缺的耳朵。

和他爭論是沒有用的。於是我拿起了那份標題是「美利堅王朝」的手稿。上一次我就應該在懷爾德先生的書房裡把它抄錄下來。我仔細閱讀它，因為喜悅而戰慄不已。等我讀完之後，懷爾德先生接過手稿，轉身走進了從他的書房通向臥室的黑暗過道，同時高聲喊道：「萬斯。」這時我才第一次注意到一個人正蜷伏在那裡的陰影中。我在找貓的時候怎麼會沒有注意到他？這一點我完全無法想像。

　　「萬斯，進來。」懷爾德先生喊道。

　　那個人站起身，躡手躡腳地向我們走過來。當他向我抬起頭，面孔被自窗戶透進來的光線照亮的時候，我就再也無法忘記這張臉了。

　　「萬斯，這位是卡斯泰涅先生。」懷爾德先生說道。不等他把話說完，這個人就撲倒在桌子前面的地上，喘息著哭喊道：「哦，上帝啊！哦，我的上帝啊！救救我！原諒我……哦，卡斯泰涅先生，讓那個人離開。你不可能，你不可能是這個意思！你不一樣……救救我！我已經崩潰了……我曾經在精神病院裡，而現在……當一切即將恢復正常……當我已經忘記了那位君王……黃衣之王……但我又要瘋了……我要瘋了……」

　　他的聲音隨著一陣窒息的咯咯聲結束了。因為懷爾德先生跳向他，用自己的右臂環繞住了那個人的喉嚨。當萬斯癱倒在地板上的時候，懷爾德先生又靈巧地坐上了自己的椅子，用拇指揉搓自己變形的耳朵，然後轉向我，要我把帳簿拿給他。我從書架上取下帳簿交給他。他將它開啟，在優美的字跡中搜尋片刻，滿意地咳嗽一聲，指住了「萬斯」這個名字。

　　「萬斯，」他高聲念道，「奧斯古德·奧斯沃德·萬斯。」隨著他的聲音，地上的那個人抬起頭，將抽搐的面孔轉向懷爾德先生。他的眼睛因為充

血而變得通紅。他的嘴唇腫脹起來。「4 月 28 日來訪，」懷爾德先生繼續念道，「職業，錫福斯國家銀行出納，曾因犯偽造罪在興格監獄服刑，後又從那裡被轉送至精神病罪犯收容所。在 1918 年 1 月 19 日被紐約州長赦免，從精神病收容所被釋放。名譽在羊頭灣受損。有傳聞說他的收入遠遠無法維持他的生活方式。名譽立刻得到修復。預付費用一千五百美元。」

「注意：從 1919 年 3 月 20 日至今，貪汙款項已經高達三萬美元。有著優秀的家人。因為叔叔的影響才得以獲得現在的職位。父親是錫福斯銀行的董事長。」

我看著地上的這個人。

「起來，萬斯，」懷爾德先生溫和地說道。萬斯彷彿被催眠一樣站起身，「他現在會完全按照我們的話行事。」懷爾德先生開啟手稿，讀過整部美利堅王朝的歷史，然後用充滿撫慰感的溫和聲音向萬斯逐一講述重點。萬斯則只是呆愣地站在原地。他的眼神茫然空洞。我覺得他已經失去了智力。我將這個想法告訴懷爾德先生。他說這沒有關係。我們非常耐心地向萬斯指出在這件事中他要擔當什麼樣的角色。過了一段時間，他似乎是理解了。

懷爾德先生仔細講解了手稿，利用大量紋章學的知識支持他的研究成果。他提到了卡爾克薩王朝的建立，能夠連結到哈斯塔的湖泊，畢宿五和畢宿星團之謎。他提起卡西露達和卡米拉，玳瑁狀雲霧繚繞的深淵，還有哈利湖。「黃衣之王的一條條襤褸袍服中一定永遠隱藏著耶提爾。」他喃喃地說道。但我不相信萬斯聽到了他的聲音。然後，他又在一定程度上引領萬斯了解了這個王朝家族的分支，直到烏歐特和塔勒，從瑙塔巴和真相幻影到奧登尼斯。然後他將手稿和註解都扔到一旁，開始講述關於最後君王的神奇故事。我在迷醉和戰慄中看著他。他揚起頭，

伸出一雙長長的手臂，盡顯高傲和力量。他的雙眼深陷在眼窩裡，如同兩枚光芒璀璨的翡翠。萬斯愚鈍地傾聽著。但我的感受則全然不同。當懷爾德先生終於講述完畢，向我一指，高聲說道：「王的親屬！」我的頭立刻興奮地搖晃起來。

我用超人的力量控制住自己，向萬斯解釋為什麼只有我有資格戴上這頂王冠，為什麼我的親戚必須被流放或者死亡。我讓他明白了，我的堂親絕對不能結婚，哪怕他宣布放棄自己的一切權利。而他最不應該做的就是娶阿文郡侯爵的女兒，讓英格蘭捲入這一問題。我向他展示一張有成千上萬個名字的名單。這是由懷爾德先生擬出的。上面的每一個人都接受了黃色印記 —— 這是任何活人都不敢輕視的印記。這座城市，這個州，這一整片大陸都已準備好在蒼白面具之前起身顫抖。

時間到了。人們應該知道哈斯塔之子。整個世界都要向高懸在卡爾克薩天空中的黑色星辰拜倒。

萬斯靠在桌邊，將頭埋進雙手。懷爾德先生用一枝短鉛筆在昨天的先驅日報邊緣畫了一張草圖。那是霍伯克家的房間格局。然後他寫下命令，蓋上印章。我顫抖得像中風的病人一樣，在我的第一份處決令上簽下我的名字 —— 希爾德雷德·雷克斯。

懷爾德先生爬到地上，開啟櫥櫃上的鎖，從第一層架子上拿出一個長方形的盒子，放到桌上開啟。一把嶄新的匕首就躺在盒子中的棉紙上，我將它拿起，遞給萬斯，還有我的命令和霍伯克家的格局草圖。然後懷爾德先生告訴萬斯可以走了。萬斯蹣跚著走出房間，就像是貧民窟中的一個流浪漢。

我又坐了一段時間，看著太陽一點點隱沒在耶德遜紀念教堂的方形塔樓後面。終於，我收拾起手稿和註釋，又拿起我的帽子，向門口走去。

© M. Grant Kellermeyer

懷爾德先生靜靜地看著我。我踏進走廊的時候又回頭看了一眼。懷爾德先生的小眼睛還在緊盯著我。在他身後，陰影正隨著消褪的陽光而變得愈加濃重。我關上門，一直走到昏暗的街道上。

自從早飯之後我就什麼都沒有吃。但我並不感覺到餓。一位可憐的，看上去已經快餓死的傢伙正站在死亡屋的街對面，看著那幢白色建築。他注意到了我，便向我走來，告訴我一個悲慘的故事。我給了他一些錢，我不知道為什麼要這樣做。他沒有感謝我就走開了。一個小時以後，另一名流浪漢走過來，開始哭訴他的故事。我的衣兜裡有一張白紙，上面畫著黃色印記。我將那張紙遞給他，他愚蠢地對著那張紙看了一會兒，然後有些不太確定地瞥了我一眼。以在我看來是過分誇張的小心態度將那張紙疊好，放進胸前的口袋裡。

街上的路燈亮了起來。新月閃耀在死亡屋上方的天空中。在廣場上等待實在令人感到疲憊。我從大理石拱門蹓躂到炮兵馬廄，又回到蓮花噴泉前。這裡的花草散發出的馥郁芳香讓我有些不舒服。噴泉的水流在月光中搖曳。水滴落下時響起的旋律讓我回憶起霍伯克店鋪裡鎖鍊甲的叮噹聲，但落水聲遠沒有那樣迷人。月光照在水面上形成的昏暗漣漪，也不像霍伯克膝頭的胸甲鋼片在太陽下閃耀時帶給我的那種愉悅感精緻。我看到蝙蝠在噴泉池的水生植物上面飛舞穿梭。牠們急驟的飛行讓我感到神經緊張。我再一次向遠處走去，漫無目的地穿行在樹木之間。

炮兵馬廄一片黑暗。不過騎兵營房中軍官宿舍的窗戶還是燈火通明。營房大門口全都是穿著工作制服的士兵。他們扛著稻草和馬具，還有裝滿餐具的籃子。

營房門口的騎馬哨兵已經換了兩批。我還在柏油路上來回踱步。我看看自己的錶，時間快到了。營房裡的燈光正逐一熄滅。柵欄營門也關

閉了。每過一兩分鐘，都會有一名軍官從側門走過，在黑夜中留下一陣裝備和馬刺磕碰的嘈雜聲音。廣場上變得特別安靜。最後一個無家可歸的流浪漢已經被穿著灰衣的公園警察趕走。沿著伍斯特街的車道上空蕩蕩的。只有騎馬哨兵的坐騎踢踏蹄子和佩劍撞在馬鞍上的聲音偶爾會打破這裡的寧靜。在軍營裡，軍官宿舍還亮著燈。窗戶處能看到他們的僕人來回走動的影子。聖方濟各・沙勿略大學的新尖塔上傳來十二點的鐘聲。隨著那韻調哀傷的鐘鳴結束最後一響，一個人影走過軍營側旁的小門，同哨兵迎面而過，隨後就穿過街道，進入廣場，朝本尼迪克公寓樓走去。

「路易斯。」我喊道。

那個人轉動帶馬刺的鞋跟，直接朝我走來。

「是你嗎，希爾德雷德？」

「是的，你很準時。」

我握了握他伸過來的手。然後我們兩個朝死亡屋緩步走去。

他還在不停地念叨著他的婚禮和康絲坦斯有多麼可愛。他們會有怎樣美好的未來。他還讓我看他的隊長肩帶，他袖子上和高帽子上的三道金色花飾。和他這種孩子氣的喋喋不休相比，我倒是更喜歡他馬刺和佩劍發出來的叮叮聲。終於，我們站到了第四大街角落裡，死亡屋正對面的榆樹下。他笑著問我找他有什麼事。我示意他坐到路燈下的長椅上，自己也坐到他身邊。他好奇地看著我。那種探尋的眼神就和那些醫生們一樣，讓我既恨又怕。我感覺到他目光的冒犯，但他卻對此一無所知。我只好小心地隱瞞自己的心情。

「嗯，老朋友，」他問道，「我能為你做些什麼？」

我從衣服口袋裡拿出「美利堅王朝」的手稿和註釋，看著他的眼睛

說道：

「我會告訴你的。但你要先以自己軍人的身分起誓，答應我會從頭到尾讀完這份手稿，不要問我任何問題。答應我以同樣的方式讀完這些註釋。答應我隨後認真聽我必須對你說的話。」

「我答應，如果你想要這樣。」他愉快地說道，「把那些紙給我吧，希爾德雷德。」

他開始閱讀。因為困惑而挑起眉弓，讓他的表情顯得異常古怪 —— 這也讓我不得不為了壓抑住怒火而全身顫抖。隨著他一條條讀下去。他的眉毛緊鎖在一起，嘴唇一開一合，看樣子彷彿是在說：「垃圾。」

然後他變得有些無聊，顯然是為了我才不得不繼續讀下去。他也想對手稿中的內容產生興趣，最終卻變成無效的努力。他在密集的文字中看到自己的名字時愣了一下。看到我的名字時，他放下了手稿，用犀利的目光審視我一會兒。但他沒有食言，繼續閱讀下去。我任由他的疑問卡在他的雙唇之間，沒有給他任何回答。最後，他看過了懷爾德先生的簽名，便將手稿仔細疊好，交還給我。我又把註釋遞給他。他坐進長椅裡，將軍帽從前額推上去。我清楚記得他這個孩子氣的動作 —— 他在學校的時候就是這樣。當他閱讀的時候，我看著他的臉。他一讀完，我就收回了註釋，將它和手稿一同放進衣袋裡。然後我打開一張有黃色印記的卷軸。他看到黃色印記，卻彷彿沒有認出來。我用有些嚴厲的語氣讓他仔細看著這個印章。

「嗯，」他說道，「我看到了。這是什麼？」

「這是黃色印記。」我惱怒地說。

「哦，正是，可不是嗎。」路易斯用那種奉承的語調說道。阿切爾醫生就是這樣對我說話的。如果我不把他處理好，他也許還會這樣對我說話。

我壓抑住怒火，用盡可能穩定的聲音回答道：「聽著，你要履行你的諾言嗎？」

「我正在聽，老朋友。」他帶著安慰的口吻對我說。

我開始非常鎮定地說了下去。

「阿切爾醫生透過某種手段，得到了關於王朝繼承人的祕密。他企圖剝奪我的權利。他宣稱之所以要這樣做，全都是因為四年前我從馬背上摔落下來，導致精神出現缺陷。他意圖將我囚禁在他的房子裡，希望以這種手段將我逼瘋，或是毒殺我。我沒有忘記這件事。昨天晚上，我拜訪了他，那是我們最後一次見面。」

路易斯的面色變得非常蒼白，但他沒有動。我繼續以勝利者的姿態說道：「現在還有三個人需要處理。因為他們也關係到懷爾德先生和我的利益。他們就是我的堂親路易斯、霍伯克先生、還有他的女兒康絲坦斯。」

路易斯跳起身。我也站了起來，同時將帶有黃色印記的紙扔在地上。

「哦，我不需要用這個來告訴你我必須說的事情。」我帶著勝利的笑聲嚷道，「你必須放棄王冠，將它讓給我。聽到了嗎？讓給我！」

路易斯帶著一種驚詫的情緒緊盯著我。但他很快就恢復了平靜，溫和地對我說：「當然，我放棄……我必須放棄什麼？」

「那頂王冠。」我怒不可遏地說。

「當然，」他回應道，「我放棄它。好了，老朋友，我們走走，我陪你回你的房間去。」

「不要用那種醫生的方法來對付我。」我在怒火中顫抖著，高聲喊

道，「不要以為我是個瘋子。」

「那真是胡說，」他說道，「來吧，現在已經很晚了，希爾德雷德。」

「不，」我喊道，「你必須聽我的，你不能結婚，我禁止你這麼做。你聽到了嗎？我禁止。你要放棄王冠，作為回報，我允許你流亡，但你拒絕的話，就只能死掉。」

他竭力想要讓我冷靜，但我終於爆發了。我抽出長匕首，擋住他的去路。

然後我告訴他，阿切爾醫生就在一間地下室裡，喉嚨已經被割開了。我想到萬斯和他的匕首，還有我簽署的命令，不由得衝著他的臉大笑起來。

「啊，你現在是王，」我喊道，「但我將成為王。你是什麼人？竟然想要讓我遠離帝國，遠離那宜居的土地。我出生時是一位王的堂親，但我將會成為王！」

路易斯面色蒼白，身體僵直。突然間，一個人沿著第四大街跑過來，衝進死亡聖殿的黃金圍欄，全速向那道青銅門跑去，發瘋喊叫著進入那致命的房間。我大笑著，抹去眼睛上的淚水。我認出那是萬斯，知道霍伯克和他的女兒已經不再是我的障礙了。

「去吧，」我向路易斯喊道，「你已經不再對我構成威脅了。你永遠也不可能和康絲坦斯結婚了。如果你在流亡中娶了另一個人，我會去拜訪你，就像我昨晚對我的醫生那樣。懷爾德先生明天會照管你。」然後我轉過身，衝進南第五大道。路易斯發出一聲恐懼的叫喊，丟下他的腰帶和佩劍，像風一樣追上我。在布利克街的拐角處，我聽到他逐漸逼近我的背後。我衝過霍伯克招牌下面的門洞。他喊道：「停下，否則我開槍了！」但是當他看到我沒有進入霍伯克的店鋪，而是直接上了樓梯，

便沒有再管我。我聽到他用力的敲門聲和叫喊聲，彷彿那樣就能將死人喚醒。

懷爾德先生的屋門敞開著。我衝進去喊道：「完成了，完成了！讓諸國起來，仰望他們的王！」但我找不到懷爾德先生。於是我先跑到櫥櫃那裡，拿出那頂輝煌燦爛的王冠。我又穿上那件繡有黃色印記的白色絲綢長袍，將王冠戴在頭頂。我終於是王了，以我對哈斯塔的權利而成為了王。以我對畢宿星團的知識而成為了王。我的意識已經觸及到了哈利湖的深淵。我是王！第一縷黎明時的灰線將掀起一場震撼兩個半球的暴風雨。就在此時，我的每一根神經都達到最緊張的狀態。我因為喜悅而感到暈眩，我的思想中充滿光輝。但在黑暗的過道裡突然傳來了呻吟聲。

我抓起牛油蠟燭，朝門口跳過去。那隻貓像惡魔一樣從我身邊經過。牛油蠟燭熄滅了。但我的長匕首要比牠的速度更快。我聽到牠發出一聲尖叫，知道我的匕首擊中了牠。片刻間，我聽到牠在黑暗中跌倒翻滾的聲音。很快，牠狂亂的掙扎停止了。我點亮一盞燈，舉過頭頂。懷爾德先生躺在地板上，喉嚨被割開了。一開始，我以為他死了。但就在我的注視下，一點綠色的光亮出現在他深陷的雙眼中。他殘疾的手在顫抖著，嘴巴隨著一陣痙攣，一直咧開到耳根處。片刻間，我的恐懼和絕望變成了希望，但是當我俯下身，只看到他的眼珠向上翻起。他死了。

我站起身，心臟被憤怒和絕望刺穿。我看到我的王冠、我的帝國、所有希望和一切野心、我的整個人生都和這個死去的主人一起僵臥在那裡。

他們來了，從後面抓住我，把我緊緊捆縛起來，直到我的血管像繩子一樣從皮膚下凸起。我說不出話，只是突兀地發出一陣陣狂暴的嚎

叫。在他們的圍攻之中，我仍然滿心怒火。雖然流著血，我卻進行著猛烈的反擊。不止一個警察感受到我鋒利的牙齒。當我再也無法動彈的時候，他們才再次靠近我。我看到老霍伯克，他的身後是我滿面驚恐的堂親路易斯。更遠處的角落裡有一位女人，是康絲坦斯在輕聲哭泣。

「啊！我明白了！」我尖叫著，「你們奪取了王位和帝國。你會受苦！儘管你戴上了黃衣之王的王冠，但你注定會承受災難！」

（原始編輯注：卡斯泰涅先生昨日死在了精神病罪犯收容所。）

面具
The Mask

陌生人：真的？

卡西露達：真的，時刻到了。除你以外，我們全都除掉了偽裝。

陌生人：我沒有戴面具。

卡米拉：（在恐懼中對卡西露達低聲說）沒有面具？沒有面具！

——《黃衣之王》第一幕，第二場

I

儘管對化學一無所知，但我還是如醉如痴地傾聽著。他拿起一束復活節百合。那是熱娜維耶芙今天早晨從聖母院帶來的。他將百合花放在盆子裡。盆中的液體立刻失去了水晶般的清澈。片刻間，花朵被一團乳白色的泡沫包圍，泡沫隨即消失，整盆液體變成了乳白色。液體表面浮動著一層不斷變幻的橙色和猩紅色。隨後又有一道彷彿是純淨的陽光，從盆底的百合花中透射出來。與此同時，他伸手到盆中，取出那朵花。「沒有危險，」他說道，「只需要選對時機，金光就是訊號。」

他將百合花遞給我。我把它接在手中。這朵花已經變成了石頭——最純粹的大理石。

「看到了嗎，」他說道，「毫無瑕疵。有哪一位雕刻家能夠呈現出這樣的作品？」

這朵大理石花就像雪一樣白，但在其深處卻能看到百合花的脈絡以最淺淡的天藍色顯現出來，在花芯的地方還有一片色澤更深的餘暈。

「不要問我這是怎樣做到的，」他注意到我的驚奇，便微笑著說道，「我不知道為什麼這朵花的脈絡和花芯會被染上另外的顏色，但它們一直都是如此。昨天我試了熱娜維耶芙的一條金魚，牠變成了這個樣子。」

這條魚看上去彷彿是用大理石雕刻而成的。但如果你將它放到光線下細看，就會發現這塊石頭上布滿了美麗的淡藍色脈絡。從它的內部還滲透出一種玫瑰色的光澤，就好像是貓眼石中隱藏的那一線微光。我朝那盆裡看去，它似乎是又盛滿了最純淨的水晶。

「我現在能碰它嗎？」我問他。

「我不知道。」他回答，「但你最好不要嘗試。」

「有一件事讓我感到好奇，」我說道，「那道陽光是從哪裡來的？」

「那真的很像是一道陽光，」他說，「但我不知道它到底是什麼。當我將活物浸沒在那裡面的時候，它總是會出現。也許……」他繼續向我微笑著，「也許那是生物的生命火花從它的源頭逃逸出來。」

我看得出他是在嘲弄我，便揮起一根作畫時支撐手腕的桿子威脅他。他卻只是笑著改變了話題。

「留下來吃午飯吧。熱娜維耶芙會直接過來的。」

「我看到她去望彌撒了。」我說道，「她看上去又清新又甜美，就像這朵百合花被你摧毀以前的樣子。」

「你認為我摧毀了它？」鮑里斯嚴肅地問我。

「摧毀、儲存，我們怎麼分得清？」

我們正坐在工作室的角落裡。旁邊不遠處就是他還未完成的群像——「命運三女神」。他倚在沙發上，轉動著一支石工鑿子，斜睨著他的作品。

「順便說一句，」他說道，「我已經完成了那尊老學院派阿里阿德涅的細節雕琢。我想只能將它送到沙龍去了。今年我只做好了那玩意兒。但在聖母像給我帶來的成功之後，我覺得做出那樣一個東西讓我很慚愧。」

聖母像是以熱娜維耶芙為原型的一件精美大理石作品，曾經在去年的沙龍展出中轟動一時。我看著這尊阿里阿德涅。它是一件工藝精湛的華麗藝術品，但我同意鮑里斯的看法，這個世界正在期待他給出一件比這個更優秀的東西。比如我身後那一組仍然半埋在大理石中，精彩得令人驚悸的群像。但想要讓它及時參加沙龍的展出簡直是不可能的。「命運女神」們還要再等一段時間。

　　我們都為鮑里斯·伊凡感到驕傲。我們稱他是我們的人，他也將他的力量歸於我們，因為他出生在美利堅。但他的父親是法國人，母親是俄羅斯人。高等藝術學院的每一個人都稱他為鮑里斯。但他以同樣親近的方式所稱呼的人只有兩位：傑克·斯科特和我。

　　也許我和熱娜維耶芙的戀愛也導致了他對我的喜愛，雖然我們兩個從沒有正式承認過這段關係，但在一切塵埃落定之後，她眼含淚水地告訴我，她愛的是鮑里斯。我去了鮑里斯家，向他表示祝賀，我們在這次會面中表現出的熱忱和誠摯沒有欺騙我們之中的任何一個人。不過我一直都相信，至少這樣做能給我們之中的一個人帶來莫大的安慰。我不認為鮑里斯和熱娜維耶芙談起過這件事，但鮑里斯心裡十分清楚。

　　熱娜維耶芙是一位可愛的女子。她臉上那聖母一樣純潔的神采總會讓人想到歌劇作曲家古諾的彌撒曲中的《聖母頌》。不過，我一直都很喜歡她神情突變的樣子。正因為這一點，我們都叫她「多變的四月」。她真的就像四月的天氣一樣變幻無常。上午的時候還是那麼嚴肅、莊重和甜美，到了中午就笑聲連連，任性胡鬧；日近黃昏的時候又變得更加出人意料。我更喜歡她的這種樣子，而不是像聖母那樣的恬靜安寧 —— 她的這種神情總是會在我的心底深處引起陣陣波瀾。我正在做著關於熱娜維耶芙的夢，鮑里斯忽然又說話了。

　　「你覺得我的發現如何，阿萊克？」

　　「我覺得它棒極了。」

　　「要知道，它對我真的沒什麼用。也許只能滿足一下我的好奇心。終究這個祕密會和我一起死去。」

　　「這對於雕刻藝術可是一個打擊，不是嗎？我們畫家因為照相術而失去的可遠比得到的要多。」

鮑里斯點點頭，一邊摩挲著鑿子的鋒刃。

「這個新的邪惡發現會腐化藝術界。不，我絕不會向任何人吐露這個祕密。」他緩緩地說道。

大概很難找到比我對這種現象更缺乏了解的人了。當然，我聽說過樹葉和細枝掉進溶解矽達到飽和的礦泉水中，經過一段時間後會變成石頭。我能夠模糊地理解這個過程──矽取代了植物組織，一個原子接一個原子，結果就是植物消失，一件完整的石頭複製品出現。

我承認，我對這種事從沒有過很大的興趣。至於說由此產生的古代化石，那簡直令我感到厭惡。看樣子，鮑里斯對此並不反感，而且還很有興趣。他對這一課題進行過深入的調查，在偶然間找到一種溶劑，能夠以一種前所未聞的激烈方式，將被浸沒的物品在眨眼間就轉變成在自然環境下要經過許多歲月才會形成的產物。對於他向我展示的怪異現象，我只能做出這樣的解釋。

經過一段長時間的沉默，他才再次開了口。「仔細思考自己到底發現了什麼，我差一點被嚇壞了。科學家們一定會為這個發現而發瘋的。這是如此簡單──我是說這個發現本身。尤其是當我想到它的分子結構──那種新產生的金屬元素……」

「什麼新元素？」

「哦，我還沒有想好該怎麼給它命名，我覺得自己肯定做不好這件事。現在世界上已經有足夠多的貴金屬惹得人們相互殘殺了。」

我豎起了耳朵。「你煉出金子了，鮑里斯？」

「沒有，比金子更好──看看這個，阿萊克！」他笑著看向我，「你和我擁有了在這個世界上所需要的一切。啊！你的眼神是多麼危險和貪婪啊！」我也笑了。我告訴他，對於黃金的貪婪已經將我徹底吞噬了，

我們最好談些別的。所以,當熱娜維耶芙在不久之後回來時,我們已經將鍊金術拋在了腦後。

熱娜維耶芙從頭到腳穿了一身銀灰色的衣服。當她將臉頰轉向鮑里斯的時候,我看到她金色柔軟捲髮上跳動的光彩。然後她才看到我,並回應我的問候。她以前總是會向我伸出雪白的指尖,讓我親吻一下,現在卻沒有這樣做。我立刻對此表示不滿,她便微笑著伸出手,卻幾乎不等我吻到就讓手落了下去。然後她看著鮑里斯說道:「你一定要讓阿萊克留下來吃午餐。」這也和以前不一樣了。她一直都是親自請我留下來的。

「我和他說了,」鮑里斯簡短地回應道。

「我希望你答應了。」她帶著永遠都是那麼有魅力的微笑轉向我。我就像是一個她前天才認識的熟人。我向她深鞠了一躬,說道:「這是我的榮幸,夫人。[06]」我沒有使用我們慣常的戲謔語氣。她又喃喃地說了一句招待客人的客套話,就消失了。鮑里斯和我互看了一眼。

「我最好還是回家去,你覺得呢?」我問道。

「在我看來,你應該留下!」他直白地說道。

就在我們討論我留下來是否明智的時候,熱娜維耶芙又出現在門口。這時她已經摘下了頭上的無沿帽。真是美得驚人。不過她的膚色有些太深了,那雙可愛的眼睛也有些太明亮了。她直接走向我,挽住了我的手臂。

「午餐已經準備好了。我生氣了嗎,阿萊克?我覺得我有些頭痛,但我沒有生氣。來吧,鮑里斯。」她伸出另一隻手,挽住鮑里斯,「阿萊克知道,除了你以外,這個世界上再沒有其他人能夠像他那樣讓我喜歡了,所以,如果他有時候覺得被冷落了,他一定不會覺得有什麼問題。」

---

[06] 原文為法語。

「為了幸福！[07]」我喊道，「誰說四月分沒有大雷雨？」

「你準備好了嗎？」鮑里斯用吟誦般的語調說道，「準備好了。」我們手挽著手，跑進餐廳，把僕人們都嚇壞了。這不應該怪我們。那時熱娜維耶芙剛剛十八歲，鮑里斯二十三歲，我還不到二十一歲。

II

那時我正在為熱娜維耶芙的閨房做一些裝飾。這讓我常常會去聖塞西爾街的那家古香古色的小房子。在那些日子裡，鮑里斯和我總是很辛苦的工作，但我們也很高興。情況並非總是如此。再加上傑克·斯科特，我們三個也一同度過許多空虛的時光。

　　一個安靜的下午，我正一個人在那幢房子裡檢查各種小東西，探索偏僻的角落，把甜食和雪茄從奇怪的隱藏地點拿出來。最後，我在浴室停下腳步。全身都是黏土的鮑里斯正在那裡洗手。

　　這個房間是用玫瑰色的大理石建成的，只有地板鋪著玫瑰色和灰色的拼花彩磚。房間中央有一個沉在地面以下的方形水池。一道階梯一直通到池底。帶有雕刻紋飾的圓柱支撐起彩繪天花板。一個貌美的大理石邱比特彷彿剛剛降落在房間一端的大理石基座上。這個房間裡全都是鮑里斯和我的作品。穿著白帆布工作服的鮑里斯正從他修長秀美的手上刮去黏土和紅色鑄模蠟的痕跡，一邊還在和身後的邱比特調笑。

　　「我看見你了。」他堅持說道，「不要把眼睛轉到別的地方，裝作沒有看見我。你知道是誰造出了你，小騙子！」

　　在這樣的對話中，我一直都是邱比特感情的詮釋者。輪到我說話的時候，我的回答讓鮑里斯一把抓住我的手臂，向水池拖過去，揚言要淹死我。但轉眼之間，他又丟下我的手臂，面色變得煞白。「好傢伙！」他說道，「我忘了這個池子裡現在全都是那種溶劑！」

　　我稍稍打了個哆嗦，一本正經地建議他要牢牢記住那種珍貴的溶劑儲存在了什麼地方。

　　「老天在上，為什麼你要在這裡弄這麼一個裝滿這種可怕東西的小池子？」我問道。

　　「我想要試驗一些大東西。」他說道。

　　「比如說試驗我！」

　　「啊！這就是開玩笑了，不過我的確想要看看這種溶劑對於更複雜的生命體會有什麼作用。這裡就有一隻大白兔。」他一邊說，一邊跟隨我走進工作室。

傑克‧斯科特穿著一件滿是顏料汙漬的短上衣，悠悠然走了進來，拿走了他能找到的東方甜食，又劫掠了一番香菸盒。最終他和鮑里斯一起消失了——他們去了盧森堡公園的畫廊，那裡由羅丹新創作的一尊白銀青銅雕像和莫奈的一幅風景畫正引起法國藝術界的特別關注。我回到工作室，繼續我的工作。我正在繪製一幅文藝復興風格的屏風，鮑里斯希望用它來裝飾熱娜維耶芙的閨房，但那個當模特兒的小男孩在為我擺出各種動作時總是顯得不情不願，今天他更是拒絕了我的各種誘惑。他從不會在同一個位置上安靜哪怕一個瞬間，只是五分鐘的時間裡，我就看到這個小乞丐許多不同的形態。

　　「你是在擺造型嗎？還是在唱歌跳舞，我的朋友？」我質問他。

　　「只要先生喜歡。」他帶著天使般的微笑回答道。

　　當然，我放他離開了，而且我當然付了他一整天的工錢，我們就是這樣把我們的模特兒都寵壞了。

　　那個小鬼離開之後，我對我的作品做了一些敷衍的塗抹，但我又覺得這一點也不好笑。於是又用了一整個下午的時間消除我造成的破壞。到最後，我刮乾淨調色盤，將畫刷塞進一隻盛著黑肥皂的碗裡，漫步走進吸菸室。我真心相信，除了熱娜維耶芙的公寓，這幢房子裡沒有任何房間能夠像這裡一樣讓我擺脫菸草的香氣。這裡有一幅磨損到露出經線的掛毯，上面到處都是線頭，看上去簡直是一團亂。床邊立著一架韻律甜美的舊式小鋼琴。這裡還有擺放武器的架子，一些武器很陳舊，沒有了鋒刃；不過也有一些嶄新光亮。壁爐架上裝飾著印度和土耳其盔甲。另外這個房間裡還有兩三幅好畫，以及一副菸斗架。正是從這裡開始，我們會在煙霧中尋找新的靈感。我相信這裡的菸斗架上擺放過存在於這個世界上的每一種菸斗。

我們選好一支菸斗以後，就會立刻將它拿到別的地方，開始抽菸。因為這個房間實在是比這幢房子裡的任何地方都更加陰暗，更令人感到不適。不過在這個下午，這裡昏暗的光線讓我感到安慰。地板上的棕褐色地毯和皮毛看上去很柔軟，讓人想要睡在上面。寬大的軟椅上堆滿了墊子。我找到我的菸斗，蜷縮在軟椅上，開始了一番在吸菸室中陌生的吸菸經歷。我挑選了一支可以彎曲長煙桿的菸斗，將它點燃，隨後便進入夢中。過了一會兒，菸斗熄滅，但我沒有動彈，只是繼續做著夢，就這樣真正地睡過去。

我在自己聽到過的最哀傷的樂曲中醒來。房間裡已經很黑了。我不知道現在是什麼時候。一道月光在小鋼琴一側的邊緣鍍上一片銀白。拋光的木製鋼琴彷彿在自己發出聲音，隨著煙氣飄浮在一只沉香木盒子上面。有人在黑暗中站起身，低聲哭泣著過來。我愚蠢地喊了一聲：「熱娜維耶芙！」

隨著我的喊聲，她倒在地上。我罵了自己一句，點亮燈盞，想要把她從地上扶起來。她低聲呼痛，躲開了我，然後又用非常小的聲音問鮑里斯在哪裡。我將她抱到矮沙發上，轉身去尋找鮑里斯，但他不在房子裡。僕人們也都上床入睡了。我感到困惑又焦慮，匆忙回到熱娜維耶芙身邊。她還躺在我離開她的地方，臉色看上去極為蒼白。

「我找不到鮑里斯，也找不到一個僕人。」我說道。

「我知道，」熱娜維耶芙虛弱地說，「鮑里斯和斯科特先生去畫廊了，我不記得剛剛讓你去找他。」

「但現在來看，他在明天下午之前都不可能回來。而且……妳受傷了嗎？是不是我把妳嚇到，妳才會跌倒的？我真是個可怕的傻瓜。不過我當時還沒有完全清醒。」

「鮑里斯以為妳在晚餐前就回家了。請原諒我們把妳一個人扔在這裡這麼長時間。」

「我睡了很久,」我笑著說,「而且睡得很香。當我發現自己正盯著一個走過來的人影時,我甚至不知道自己是睡著還是清醒著。我叫了妳的名字。妳剛才是在彈鋼琴嗎?妳的琴聲一定非常輕。」

為了看到她臉上寬慰的神情,我願意再說一千個謊言。她露出迷人的微笑,用她天然率真的聲音說:「阿萊克,我是在地毯的狼頭上絆倒的。我覺得我的腳踝扭到了。請叫瑪麗過來,然後你就可以回家了。」

我照她吩咐的去做,等女僕過來後,我也就走了。

III

第二天中午,我走進那幢房子的時候,看到鮑里斯正焦躁不安地在他的工作室中來回踱步。

「熱娜維耶芙剛剛睡下,」他告訴我,「那個扭傷沒什麼大事,但為什麼她會發那麼高的燒?醫生找不到原因,否則他就是不願意說。」鮑里斯低聲嘟囔著。

「熱娜維耶芙發燒了?」我問道。

「可以這麼說。實際上,她一整晚都有著間歇性的輕微暈眩。理想主義的、快樂的小熱娜維耶芙,對什麼都是無憂無慮。而她現在卻一直在說她的心碎了,她想要去死。」

我的心臟一下子停止了跳動。

鮑里斯靠在工作室的門邊上,低垂著頭,雙手插在口袋裡。他和善而敏銳的眼睛裡現在出現了重重陰霾。一條代表著苦惱的新紋路出現在

他常常微笑的嘴唇邊。他已經命令女僕，只要熱娜維耶芙一睜開眼睛，就立刻來叫他。我們等了又等，鮑里斯越來越煩躁不安地來回踱步，翻動鑄模蠟和紅色的黏土。突然間，他向隔壁房間走去，一邊高聲喊道：「來看看我充滿死亡的玫瑰色浴池吧。」

「那是死亡嗎？」為了迎合他的情緒，我這樣問道。

「我想你還沒有準備好稱它為生命。」他回答道，同時從一個球形魚缸裡抓出一條不停掙扎扭動的金魚，「我們要把這個送到其他東西那裡去──無論是哪裡。」他說道。他的聲音中散發出一種興奮的高熱，一股遲鈍而沉重的熱流壓住了我的身體、我的頭腦。我跟隨他來到那個盛滿水晶液體的粉色水池邊。他將金魚丟了進去。金魚在半空中不斷下落，身體還在激烈地擰轉抽搐，鱗片也隨之光芒閃爍。當牠碰到池中的液體時，身子立刻變得僵硬，重重地沉向池底。牛奶狀的泡沫隨即泛起。液體表面放射出燦爛的光暈。一道純淨安寧的光彷彿從無限深淵中透射出來。鮑里斯伸手到液體中，拿出一件精緻的大理石雕塑。藍色的脈絡、玫瑰色的底蘊，上面還有閃光的乳白色液體不停滴下。

「小孩子的把戲。」他喃喃地說著，將疲憊而又充滿渴望的雙眼轉向我，彷彿我能夠回答他的全部問題。但傑克・斯科特走進來，加入了這場「遊戲」──他就是這樣稱呼這種行為的，而且語氣中還充滿了熱情。現在他們已經打定主意要用那隻白兔進行試驗了。我不願意看到生命離開一隻溫暖、活生生的動物，便告辭走出浴室，隨意拿了一本書，坐到工作室裡開始閱讀。天哪，我找到的是《黃衣之王》。過了彷彿是幾個世紀之久的一段時間，正當我一邊緊張顫抖，一邊將那本書闔上的時候，鮑里斯和傑克帶著他們的大理石兔子走進房間。與此同時，我們頭頂上方的鈴響了，一陣喊聲從病人的房間裡傳出來。鮑里斯像閃電一樣衝了

出去。隨後就聽他喊道：「傑克，去找醫生，用跑的，馬上帶醫生過來。阿萊克，你快過來。」

我趕過去，站到她的屋門口。一名被嚇壞的女僕急匆匆地跑出來，逃去尋找應急藥品了。熱娜維耶芙筆直地坐在床上，臉頰通紅，雙眼明亮，不停地說著什麼，同時還抗拒著鮑里斯輕柔的摟抱。鮑里斯叫我去幫他按住熱娜維耶芙。我剛一碰到她，她就嘆息一聲，倒臥下去，閉上了雙眼。

也就在此時，這個可憐、因為高熱而昏聵的女孩對著鮑里斯說出了她的祕密。此時此刻，我們三個人的生命進入新的通道，原先幫助我們相處那麼久的羈絆永遠斷裂了，一種新的羈絆被打造出來。她說了我的名字，在高熱的折磨中，她的心丟擲出全部隱藏的哀傷。我低下頭，在驚愕中啞口無言。我的臉在猛烈燃燒，就像一塊活的煤炭。血液湧進我的耳朵，掀起巨大的噪音，讓我神智昏沉。我無法活動，無法說話，只能聽著她因為羞恥和哀傷倍感痛苦的熱病話語。我沒辦法讓她安靜，也無法去看鮑里斯。這時，我感覺到一隻手臂抱住我的肩頭。鮑里斯將一張沒有血色的面孔轉向了我。

「這不是你的錯，阿萊克，不要因為她愛你而如此哀傷……」但他沒辦法把話說完。醫生恰在此時快步走進房間，一邊說著：「啊，是熱病！」我抓住傑克·斯科特，快步把他領到街上，對他說：「鮑里斯現在需要一個人待一會兒。」我們走過街道，在我的公寓裡度過了那一晚。傑克覺得我也要病了，就又去找了醫生。我隱約記得的最後一件事就是傑克在說：「老天在上，醫生，他得了什麼病？怎麼臉色變成了這樣？」我想到了《黃衣之王》和蒼白的面具。

我病得很重。兩年前那個致命的五月清晨，熱娜維耶芙最終喃喃地

對我說：「我愛你，但我覺得我最愛的還是鮑里斯。」這兩年裡，我承受的全部壓力都崩塌了。我從沒有想像過自己會無法承受這份壓力。我在外表上顯得平靜輕鬆，以此來欺騙自己。一個又一個晚上，我孤獨地躺在自己的房間裡，內心不停交戰，我覺得鮑里斯配不上熱娜維耶芙，卻又因為這種不忠的念頭而咒罵自己。清晨的到來總會讓我鬆一口氣，回到熱娜維耶芙和我親愛的鮑里斯身邊，相信自己的心靈已經被昨晚的暴風雨洗滌乾淨。

和他們在一起的時候，我從沒有任何言辭、行動和想法暴露我的哀傷，甚至連我自己也被隱瞞了。

自我欺騙的面具對我而言已經不再是面具，而是我的一部分。黑夜會將它掀起，暴露出下面那令人窒息的事實，但除了我自己之外，沒有人會看到。當陽光初現，面具就會落回到它的位置上。這些想法纏繞著臥病在床的我，穿透我飽受困擾的意識。而它們之中又糾纏著許多絕望、白色的生物，好像石頭般沉重，趴伏在鮑里斯的盆中。還有那顆狼頭，吐著白沫向熱娜維耶芙咬過去，她則微笑著躺倒在狼頭旁邊。我還想到了黃衣之王，被他色彩詭異、破爛不堪的斗篷包裹著。卡西露達發出痛苦的呼喊：「不要壓我們，哦，王啊，不要壓我們！」我在高熱之中掙扎著要將它取下來。但我看見了哈利湖，淺薄而空曠，沒有一絲漣漪，也沒有半點風去攪動它。我看到了卡爾克薩的高塔出現在月亮後面，畢宿五、畢宿星團、阿拉爾、哈斯塔，滑過雲層的裂縫。那些雲朵不斷地翻騰著，就好像黃衣之王身上飄飛的襤褸碎布。

在所有這些狂亂變化中，一點理智仍然被我牢牢留在了腦子裡，儘管我的神智正在潰亂流散，這一點卻沒有半點動搖。我存在的首要原因是為了鮑里斯和熱娜維耶芙，儘管我現在還不太清楚自己到底應該對他們負有

什麼責任。有時候，我似乎應該是保護他們，有時候可能是在重大的危機中支持他們。無論這一次我應該做什麼，我都感覺這次的責任異常沉重，而我卻從沒有感到自己如此病弱，如此衰頹，甚至讓我的靈魂無力應對這份責任。我的眼前出現了許多人的面孔，大部分都很陌生，但其中有幾個我的確認識。鮑里斯也在他們之中。後來他們告訴我，鮑里斯根本沒有來過，但我知道，至少有一次，他在俯身看我。那只是一次輕微的碰觸，他的聲音的一點微弱迴響。然後烏雲又遮住了我的意識。我看不見他了。但他的確曾經站在我身邊，向我俯下身。至少有一次。

終於，我在一天早晨醒過來，發現陽光灑落在我的床上。傑克・斯科特正在我的身邊讀書。我沒有足夠的力氣高聲說話，甚至無法進行什麼思考，更不要說回憶之前的事情了。但我能夠露出無力的微笑。傑克看到我，立刻跳起身，急切地問我是否需要什麼。我只能悄聲說：「是的，鮑里斯。」傑克來到我的床頭，俯身替我整理枕頭：我沒有看到他的

臉，但能聽到他認真嚴肅的聲音：「你必須再等一等，阿萊克。你太虛弱了，就算是鮑里斯也不能見。」

我只能等待。慢慢地，我開始恢復力量，再過幾天我應該就能見人了。而在此之前，我至少可以思考和回憶。當過去的一切在我的意識中逐漸變得清晰，我便確認了等時刻到來，我應該做些什麼。對此我絕不懷疑。而且我相信，鮑里斯一定也會下同樣的決心。至於怎樣做對我才是最好的，我知道他一定也和我有著同樣的看法。我不再向任何人問起他們，我從沒有質疑過為什麼他們沒給我任何訊息，為什麼我已經在這裡躺了一個星期，耐心等待，體力也逐漸復原，卻從不曾聽到有人提起他們的名字。我知道，正確的道路只能靠我自己去尋找。雖然身體虛弱，但我在堅定地和絕望作戰。關於他們的情況，傑克始終對我守口如瓶，我也只能默許他對我的隱瞞，認為他是害怕提起他們會擾亂我的心情，讓我不服從管束，堅持要見到他們。

與此同時，我一遍又一遍地對自己描述，等到我們的生活重新開始的時候，會是什麼樣子。我們會完全恢復熱娜維耶芙生病以前的關係，鮑里斯和我可以正視彼此的眼睛，我們的眼眸中不會有怨恨、懦弱和猜忌。我會和他們繼續共處一段時間，在他們的家中享受彼此的關懷和親暱。然後，我不會找任何藉口，也不會做任何解釋，只是會永遠地從他們的生活中消失。鮑里斯會明白我。熱娜維耶芙唯一的安慰就是她永遠也不會知道這是為什麼。

看樣子，隨著仔細思考，我已經找到了在昏夢中那份始終持續的責任感意義，以及唯一可能的答案。所以，我為此做好了準備。終於有一天，我將傑克召喚到床前，對他說：「傑克，我想要立刻見到鮑里斯，還請向熱娜維耶芙轉達我最珍重的問候……」

當他終於讓我明白，他們兩個都已經死去的時候，我陷入了極度狂亂的憤怒，將我好不容易恢復過來的一點力氣全部揮霍殆盡。我開始胡言亂語，詛咒自己，以至於重新陷入重病。幾個星期以後，當我從這種狀態中爬出來的時候，一名二十一歲的男孩相信自己的青春已經永遠逝去了。我似乎已經沒有力量再承受苦難。有一天，傑克交給我一封信和鮑里斯家的鑰匙。我用不再顫抖的雙手接過它們，要他把全部事實告訴我。我這樣問實在是一種殘忍的行為，但我無法克制自己。他用自己瘦弱的雙手撐住身子，重新撕開那道永遠無法完全癒合的傷口，開始低聲講述。

　　「阿萊克，除非你掌握某個我完全不得而知的線索，否則你也不可能明白到底發生了什麼。我懷疑你寧可從未聽過這些事，但你必須明白，我們沒辦法對它們視而不見。上帝知道，我真希望不必告訴你這些。我會盡量說簡短一些。」

　　「那一天，醫生來照顧你後，我離開了，回到鮑里斯那裡去。我發現他正在雕刻『命運三女神』。他說熱娜維耶芙已經吃藥後睡了。他還說，她完全失去了理智。那以後他就不停工作，不和任何人說話，我也只能在旁邊照看他。不久以後，我看到那三女神之中的第三個 —— 那雕像直視前方，看著鮑里斯臉上的那個世界。你肯定從沒有見過那種景象，但那雕像彷彿一直看到了那世界的盡頭。我很想為這件事找到一個解釋，但我恐怕永遠都無法如願了。」

　　「是的，他就這樣工作著，我則默默地看著他，我們保持這種狀態，直到接近午夜。然後他聽到一扇門開啟，又猛然關閉。旁邊的房間裡彷彿有人在飛速奔跑。鮑里斯衝出屋門，我緊隨在後，但我們去得太晚了，她就躺在那個水池的底部，雙手抱在胸前。鮑里斯則開槍打穿了自己的心臟。」傑克停止敘述，一滴汗水出現在他的眼睛下面，他消瘦的臉

煩不住地抽搐著，「我將鮑里斯抱到他的房間，又洩掉池子裡的溶劑，把濺到大理石上的每一滴溶劑都擦乾淨。當我最終走下水池的臺階時，我看到她躺在那裡，就像雪一樣白。過了很久，我才想好應該做些什麼。我走進實驗室，首先將那種溶劑全部倒進汙水槽裡。然後我又洗乾淨了每一個燒杯和燒瓶。火爐裡還有木柴，我就升起一堆火，砸開鮑里斯櫃子上的鎖，把裡面的每一張紙、每一本筆記本和每一封信都燒了。我還從工作室中找到一把錘子，回到實驗室，砸碎了那裡的每個藥劑瓶，把它們扔進炭斗裡，再拿到地下室，把它們全都扔進紅熱的熔爐。我這樣往返了六次，最終，我確定沒有任何蛛絲馬跡能夠讓其他人找到鮑里斯發現的新元素了，我才敢去找醫生。那位醫生是個好人，我們一同對當時的情況保密，沒有讓公眾知道。如果沒有那位醫生的幫助，我肯定做不到這一點。然後，我們付給了僕人薪水，讓他們先到鄉下去。老羅希爾會讓他們保持沉默，頂多告訴別人，鮑里斯和熱娜維耶芙去遙遠的地方旅行了，可能幾年之內都不會回來。我們將鮑里斯埋葬在賽弗爾的小墓地裡。那位醫生真是好人，懂得憐憫一個已經無法再承受生活苦難的人。他為鮑里斯開了一份心臟病的證明，也沒有再問我任何問題。」

這時，傑克從手上抬起頭，對我說：「開啟那封信吧，阿萊克，那是寫給我們兩個人的。」

我將信封撕開，信上的日期是一年以前，是他的遺囑。他將一切財產都留給了熱娜維耶芙。如果熱娜維耶芙去世的時候沒有孩子，我將負責管理位於聖塞西爾街的房子。傑克·斯科特管理畫廊的事務。我們死後，全部財產歸於他在俄羅斯的母親 ·家。只有他製作的那些大理石雕塑 —— 他把它們全部留給了我。

這一頁文字在我們的眼睛中變得模糊。傑克站起身，向窗戶走去。

片刻之後，他又轉身回來，再次坐下。我不敢聽他將要說的話，但他仍然用那種溫和而簡潔的辭句說道：

「熱娜維耶芙就躺在那個大理石房間的聖母像前面。聖母溫柔地向她俯下身，熱娜維耶芙也向聖母露出微笑。聖母的臉安詳寧靜，那只可能是熱娜維耶芙的面容。」

他的聲音變得沙啞。但他握住我的手說：「要有勇氣，阿萊克。」第二天早晨，他便去了盧森堡公園，承擔起鮑里斯對他的信任。

▎IV

那天晚上，我拿起鑰匙，走進無比熟悉的那幢房子。那裡的一切都井井有條，只有瀰漫在其中的寂靜令人感到恐懼。我兩次來到那個大理石房間的門前，卻找不到力量走進去。這絕不是我能夠做到的。我走進吸菸室，坐到那架鋼琴前面，鋼琴的琴鍵上放著一小塊蕾絲手帕。我轉過身，抑制不住自己的哽咽。很明顯，我不可能繼續留在這裡了。於是我鎖上每一道屋門、每一扇窗戶，還有房子的三道前門和後門。第二天早晨，阿爾希德整理好我的小旅行包，我將自己的公寓交給他保管，隨後就踏上前往君士坦丁堡的東方快車。在隨後的兩年裡，我遊歷了東方各地。在我和傑克的通訊中，我們從沒有提到過熱娜維耶芙和鮑里斯，但漸漸地，他們的名字又出現在我們的筆下。我尤其清楚地記得傑克給我的一封回信。

你告訴我，當你臥病在床時，曾經見到鮑里斯向你俯下身，感覺到他碰觸你的臉，聽到他的聲音。這當然令我深感困擾，你所描述的事情一定就發生在他去世後的兩個禮拜內。我對自己說，你是在做夢，是因為發燒而神智昏聵。但這個解釋無法令我滿意，肯定也無法讓你滿意。

到第二年快結束的時候，我在印度收到了傑克寄來的一封信。那封信和他以前寫給我的文字都不一樣，於是我決定立刻返回巴黎。他在信中寫道：「我很好，賣掉了我所有的畫，就像所有藝術家那樣。藝術家不需要錢，我對自己也沒有什麼可以憂慮的地方。但我卻變得更加坐臥不寧了，我沒辦法擺脫掉一種奇怪的焦慮 —— 關於你的焦慮。我不是在為你擔憂。更確切地說，這應該是一種令人喘不過氣的期盼，只有上帝知道我在期盼什麼。我只能說，這種焦慮讓我精疲力盡。每天晚上，我總是會夢到你和鮑里斯。上次和你的交談之後，我再也沒有能回憶起任何新的東西，但我每天早晨都會因心跳過速而驚醒。一整天時間裡，這種興奮的情緒會不斷增加，直到我晚上入睡，回憶起那時的體驗，我的身體要被這種循環耗盡了。我決定要打破這種病態的狀況，我必須見到你，是我要去孟買，還是你回巴黎？」

我給他發了電報，告訴他我會乘下一班輪船回國。

當我們見面的時候，我覺得他沒有多少變化；他則堅持說我看上去極好了，一定非常健康。能夠再次聽到他的聲音感覺真好。我們坐在一起，閒聊著我們仍然擁有的生活，感覺到能夠活在這個明媚的春季實在是一件令人高興的事情。

我們一同在巴黎逗留了一個星期，然後又和他一起去盧森堡公園住一個星期。不過我們首先去了賽弗爾的墓地。鮑里斯就埋葬在那裡。

「我們應該將『命運三女神』放在他面前的小樹林中嗎？」傑克問道。我回答他，「我覺得只有『聖母像』可以照看鮑里斯的墳墓。」

就算我回來了，傑克的情況也絲毫沒有好轉，他無法忍受的那些夢境仍然在繼續，沒有絲毫緩和的跡象。他說，有時候那種喘不過氣的期盼感可能真的會將他憋死。

「你也看到了，我對你只有害處，沒有好處。」我說道，「改變一下，試試看沒有我的生活吧。」於是他一個人去了海峽群島[08]，我則返回了巴黎。從回來直到現在，我都沒有走進過鮑里斯的房子，也沒有回過我的家。但我知道，這件事一定要有一個了結。

傑克一直妥善管理著鮑里斯的房子，一直有僕人住在裡面。所以我沒有回自己的公寓，而是住進鮑里斯的房子裡。走進那裡的時候，我發現自己心中並沒有像所害怕的那樣生出驚懼和不安，我發現自己甚至能夠安靜地在那裡作畫了。我去了那裡的所有房間 —— 只有一間除外，我沒辦法走進熱娜維耶芙所在的大理石房間。不過我能感覺到心中的渴望在與日俱增。我想要看看她的臉，想要跪倒在她身旁。

[08] 法國西北海岸附近。

　　四月的一個下午，我正在吸菸室做著白日夢 —— 就像兩年前的那一天。我的雙眼茫然地看著那些棕褐色的東方地毯，尋找那顆狼頭。我覺得自己夢到了熱娜維耶芙就躺在狼頭旁邊，那些頭盔仍然掛在被磨出經線的掛毯上面，我看見了那頂老舊的高頂西班牙頭盔。我還記得當我們用那些古代盔甲相互打趣的時候，熱娜維耶芙曾經把那頂頭盔戴在頭上。我將目光轉到小鋼琴上。每一個黃色的琴鍵彷彿都映照出熱娜維耶芙輕輕愛撫它們的小手。我站起身，從我的生命火焰中汲取出力量，來到大理石房間被封死的門前。沉重的門扇被我顫抖的雙手推動，向內開啟，陽光從窗戶中照射進來，為邱比特的翅膀鍍上了一層黃金，在聖母像的頭頂留下一圈光環。聖母柔美的面孔低垂著，滿懷憐憫地注視著一尊極盡純淨的大理石像。我跪倒下去，凝神細看，熱娜維耶芙平躺在「聖母像」的陰影中，在她雪白的手臂上，我看到了淺藍色的脈絡。她的雙手輕輕疊在一起，手掌下的裙子略微透出一點玫瑰的色彩，彷彿她的胸中有某種微弱而溫暖的光芒正透射出來。

　　我心碎地俯下身，用自己的雙唇觸碰她衣服上的褶皺，然後又回到這幢寂靜的房子裡。

　　一名女僕走過來，遞給我一封信。我坐在一間小陽光房裡，正準備將信封拆開，卻看到那名年輕的女僕逗留不去，我便問她想要什麼。

　　她有些躊躇地說，僕人在這幢房子裡捉到了一隻白兔，問我該怎麼處理。我告訴她，把兔子放進房子後面花園的圍牆裡，然後就開啟了信。信是傑克寫的，但信中的文字越發顯得語無倫次，甚至讓我覺得他一定已經失去理智了。傑克似乎是在不停地祈禱，希望我沒有離開這幢房子，直到他趕回來。他還說沒辦法告訴我是為什麼，只是他做了很多夢。他說 —— 他什麼都解釋不了，但他堅信，我絕對不能離開位於聖塞西爾街的這幢房子。

© M. Grant Kellermeyer

讀過信之後，我抬起眼睛，又看到那名女僕站在門口，手中還捧著一個玻璃碗，裡面有兩條正游來游去的金魚。「先把魚放到缸裡，再告訴我為什麼又要來打擾我。」我說道。

她壓抑住想哭的衝動，將手上碗裡的水和魚都倒進陽光房深處的一個魚缸裡，然後轉過身，問我是否可以離開了。她說有人在戲弄她，很明顯是要找她的麻煩。那隻大理石兔子被偷走了，房子裡卻出現了一隻活兔子，兩隻美麗的大理石金魚也不見了，她卻在客廳地板上看到了兩條正在撲騰的普通金魚。我安慰了她，讓她先離開，說我能夠照顧好自己，然後走進工作室。現在那裡只有我的畫布和一些鑄模，以及那束大理石復活節百合。我看到它就在房間深處的桌子上，便惱怒地大步走過去，但我從桌上拿起的那朵花卻新鮮又脆弱，在空氣中散發出一陣陣幽香。

突然間，我恍然大悟，立刻衝過走廊，奔向大理石房間。屋門被我撞開，陽光傾瀉在我的臉上，透過這明豔的光輝，我看到聖母在微笑，顯示著天堂的輝煌。熱娜維耶芙仰起她紅潤的面龐，睜開了惺忪的睡眼。

面具 The Mask

巨龍之庭
In the Court of the Dragon

在聖巴納貝教堂裡，晚禱已經結束，神職人員們都離開了聖壇。唱詩班的小孩子結隊走過聖所，在自己的位置上站好。一名身穿華麗制服的看門衛兵正沿著教堂南側的走道前進，每走四步就會用手杖敲一次腳下的石板路面。他的身後走來了雄辯的布道者和大善人 —— 主教 C 某。

我的椅子靠近聖壇欄杆，於是便扭頭向教堂西側看去。聖壇和小講壇中間的其他人都朝這裡走過來。當教眾們重新落座的時候，只響起了輕微的窸窣聲。布道者一走上小講壇的臺階，演奏的管風琴便自動停止了。

我一直都對聖巴納貝的管風琴演奏有著很大的興趣，我很好學，而且頗有科學素養，但這些演奏對於我微薄的學識而言還是太過於複雜了，我只能感受到它表達出一種生動而又冷酷的智慧。此外它還具有一種法蘭西的氣韻 —— 品味至上、克制莊重、沉默寡言。

只不過，今天我從它的第一個和弦開始就感覺有些不對。它出現了變化，不好的變化，險惡的變化。在晚禱中，正是聖壇的管風琴成就了唱詩班優美的詩歌。但現在，就在那架大型的管風琴所在的西廊，彷彿有一隻巨大的手毫無規律地伸過整座教堂，擊打這清澈童音所造就的寧靜氣氛。這比刺耳強烈的噪音更加可怕，揭示出管風琴演奏非常缺乏技巧的事實。這種情況一次又一次地發生，讓我不由得想到建築書籍中提到過去早年間的習俗。當唱經樓剛建起來的時候，就應該接受祝福，而這座正廳的完工比唱經樓還要晚大約半個世紀，它們都沒有得到任何祝

福。我不禁有些無聊地想，這會不會是因為聖巴納貝這個地方本該是一座天主教堂，但可能一些不該以此為家的東西已經不被察覺地進入這裡，占據西廊。我也在書中讀到過這種事情。不過不是在建築學的書籍裡。

我回憶起，聖巴納貝的歷史剛剛超過了一百年。想到中世紀的迷信和這種風格歡快的十八世紀洛可可藝術是多麼不協調地被我捏合在一起，不由得笑了一下。

不管怎樣，在晚禱結束之後，管風琴應該演奏出一些平靜的曲調，可以配合我們等待布道時進行的冥想。但現在，這種不協調的聲音隨著神職人員的離去，從教堂較低的一端爆發出來，彷彿再沒有什麼東西能夠克制住它了。

我屬於年齡更大、更單純的那一代人。我們這一代人不喜歡在藝術中尋求微妙的心靈感受，我也曾經拒絕在音樂中尋找任何意義，只是將它們當作悅耳動聽的旋律。但在這架管風琴發出的迷亂聲音中，我感覺到彷彿有什麼東西正在遭到獵殺，管風琴的踏板上下跳躍，在追蹤那東西，而用手指按壓的琴鍵也在高聲應和。可憐的惡魔！無論他是誰，似乎都沒有希望逃走了！

我的精神從煩躁漸漸轉變為憤怒。是誰在幹這種事？他怎麼可以在這種神聖的場合彈奏出這樣的聲音？我向身邊的人瞥了一眼，沒有人顯示出哪怕是一星半點的困擾。向聖壇跪倒的修女們仍然眉目祥和，在她們白色頭巾的淺淡影子中，虔誠的面容一如平日。坐在我身邊的是一位穿著時髦的女士，她正滿臉期盼地看著主教 C 某。如果從她的面容判斷，無論是誰都會認為管風琴只是在完美地演奏著《聖母頌》。

終於，布道者在胸前畫出十字禮，發出演奏停止的命令，我高興地

將全部注意力都轉向了他。從這個下午走進聖巴納貝到現在，我都還沒有能像自己希望的那樣安心休息一下。

連續三個晚上的肉體磨難和精神困苦讓我疲憊不堪，最後一個晚上尤其可怕。現在的我早已精疲力竭，意識麻木，卻又變得異常敏感，於是我來到自己最喜愛的教堂尋求治療。這一切都是因為我剛剛讀了《黃衣之王》。

「日頭一出，獸便躲藏，臥在洞裡……」[09] 主教 C 某以平靜的口吻開始了他的宣講，同時不動聲色地將教眾們掃視了一遍。不知為什麼，我的眼珠又向教堂較低的那一端轉過去。風琴師正從那些長管後面走出來，沿著走廊向外面走去。我看到他消失在一道小門後面，那道門外的階梯直接通向下方的街道。他的身材瘦長，面色蒼白，和他的一身黑衣形成了鮮明的對比。「走得好！」我心中想，「趕快把你那邪惡的音樂帶走吧！希望結束曲會由你的助手來演奏。」

我的心頓時放鬆下來，一種深沉的寧靜感油然而生。我的目光再次轉向小講壇上那張平靜的面孔，開始安心傾聽布道。我的意識終於得到了久違的撫慰。

「我的孩子們，」布道者說，「有一個事實，是人類的靈魂最難以了解的，那就是靈魂沒有任何值得畏懼的東西。它永遠無法被看到，也就沒有任何東西能夠真正傷害它。」

「真是奇怪的學說！」我心中想，「一位天主教神父怎麼會說這種話。讓我們看看他要如何讓這個說法符合聖父的約吧。」

「沒有任何東西能夠真正傷害靈魂，」他繼續用那種最冷冽、最清澈的聲音說道，「因為……」

---

[09]　見《聖經·舊約·詩篇》104：22。

　　但我再沒有聽到他隨後的演講，我的眼睛離開了他的臉，仍然不知道是為什麼，我又一次看向教堂較低的那一端。又是那個人，從管風琴後面走出來，以同樣的方式經過了那道長長的走廊。但是，他根本不可能在這麼短的時間之內走回去，而且我根本就沒有看見他走回去啊。我感到一陣輕微的戰慄，我的心在下沉。

　　但不管怎樣，他的來去和我沒有關係。我看著他，無法讓自己的視線離開他的黑色身軀和白色臉孔。當他走到我正對面的時候，突然轉過身，看向教堂，直盯住我的眼睛。他的眼神中充滿了恨意，彷彿迸發出一種致命的強烈光芒。我從沒有見過這樣的眼睛，我只求上帝的保佑，讓我再也不會看到他！然後，他就穿過同樣的那道門消失了 —— 我在不到六十秒以前剛剛看過他走出的那道門。

　　我坐在椅子上，努力整理自己的思路。我的第一個感覺就像是一位非常幼小的孩子受了嚴重創傷，屏住呼吸，馬上就要哭了出來。

　　突然發現自己成為這樣一種恨意的目標，真是一件極其痛苦的事情，而且我根本就不認識那個人啊，為什麼他會這樣恨我？他以前肯定也從沒有見過我。片刻之間，其他一切的感覺都匯聚在這種痛苦之中，連恐懼也被痛楚壓倒了。就在這一刻，我的心中沒有半點懷疑。但隨後，我開始理性的思考，於是便看出自己的所思所想是多麼荒謬。

　　就像我說過的，聖巴納貝是一座現代教堂。它的規模不大，照明也很充足，一個人只要一瞥就能將它的內部情況盡收眼底。管風琴走廊就位於一排高大的窗戶下面。那排窗戶甚至不是彩色玻璃的，充足的陽光將這條走廊照射得相當明亮。

　　小講壇位於教堂的正中央，只要我看向小講壇，就絕不會錯過教堂西端的任何動靜，所以當那名風琴師走出來的時候，我自然會看到他，

我只是算錯了他第一次和第二次經過的時間間隔，他上一次出去之後一定是從另一道側門進來的。至於說那令我深感不安的一眼瞪視，應該壓根兒就沒有發生過，我不過是一個過度緊張的傻瓜。

我抬眼四望。這哪裡是一個會藏匿超自然恐怖的地方！主教 C 某儀容整潔，神情中充滿理性的光輝，一舉一動泰然自若，輕鬆優雅。如果這裡真的存在著某種令人膽寒的神祕力量，為什麼他絲毫沒有受到影響？我向他的頭頂上方瞥了一眼，幾乎笑出了聲。小講壇的篷蓋就像是大風中的一塊流蘇錦緞桌布，一位飄飛的天使正支撐著篷蓋的一角。如果真的有一條蛇怪盤踞在管風琴之中，天使一定會用自己的黃金喇叭指向它，一口氣便將它吹得不復存在！這種不切實際的想像讓我不由得笑了笑。我坐在教堂裡和自己開著玩笑，一邊還在大驚小怪，我覺得這非常有趣。欄杆外面的那個老鳥身女妖讓我付出了十生丁[10]的價格才給我這個座位，我告訴自己，和那個有貧血病面色的風琴師相比，她才更像是一條蛇怪。我的思緒從那個凶狠的老婦人轉回到主教 C 某的身上。唉！是的，我現在已經沒有半點虔敬之心了，我一輩子都沒有做過這種事，但現在我覺得自己非常需要開個玩笑。

至於說這場布道，我已經一個字都聽不下去了。我的耳邊只是凌亂地迴響著：

碰到了聖保羅的袍子，

向我們宣講了那六節大齋期的布道。

他比往日更加虛偽地宣講道……[11]

我的腦子裡只是迴旋著那些最神奇和最不敬的想法。

---

[10]　舊貨幣部門，一法郎登於一百生丁。

[11]　典出英國偉大詩人羅勃特·白朗寧（Robert Browning）的詩歌。

繼續坐在這裡已經沒有任何用處了，我必須走出門去，讓自己擺脫掉這種可恨的精神狀態。我知道這樣做實在是有失禮儀，但我還是站起身，離開了教堂。

春天的陽光照耀在聖奧諾雷街。我跑下教堂的臺階。街道拐角處有一輛兩輪貨車，上面裝滿了來自里維埃拉的黃色丁香水仙和淺色紫羅蘭，還有深色的俄國紫羅蘭、白色的羅馬風信子，這些花朵都被包裹在金色含羞草的雲霧中。街道上全都是禮拜日出來找樂子的人。我晃動著手杖，和大家一同歡笑。有人從我身邊走了過去，他甚至沒有回頭看我一眼，但我單從他的身影便感受到像教堂裡那雙眼眸一樣刻骨的恨意。我一直看著他消失在人群中，他頎長的背影給我一種同樣的威脅感，他和我拉遠距離的每一步，都彷彿在帶他去做某一件能夠將我徹底摧毀的事情。

我開始緩步前行。我的雙腳幾乎拒絕移動，但一種責任感在牽引著我，那似乎關係到一件被我遺忘很久的事。我漸漸覺得，他對我的威脅似乎並非毫無道理 —— 這要一直追溯到過去，很久很久以前的過去。這些年裡，這件事一直處在蟄伏的狀態，但它一直都存在著。而現在，它甦醒過來，要與我正面相對，但我會努力逃走。我在里沃利街上竭盡全力、磕磕絆絆地走著，經過協和廣場，向堤道走去。我用虛弱的眼睛仰望太陽，陽光穿過噴泉的白色泡沫，傾瀉在昏暗的青銅河神們背脊。遠處的凱旋門如同一片紫水晶的霧氣，數不清的灰色樹幹和光禿禿的枝條上已經隱約泛起了綠色。這時我又看到他向女王路旁邊許多紅棕色巷子的其中一條走了進去。

我離開河邊，盲目地快步走過香榭麗舍大街，轉向凱旋門。落日正將最後的光芒照射在圓形廣場的綠色草坪上，在一片光亮之中，他正坐在一張長凳上，周圍全都是小孩子和年輕的母親。看上去，他不過是一

個在禮拜日閒逛的傢伙，和其他人一樣，也和我一樣。我幾乎把這個想法說了出來，但與此同時，我一直注視著他充滿恨意的臉。他沒有看我，我悄悄走過去，拖著沉重的雙腳走上香榭麗舍大道。我知道，每一次我和他相遇，都會讓他更接近於完成他的目標，我的命運也向毀滅更靠近了一步，但我要努力拯救我自己。

落日的餘暉穿過高大的凱旋門。我從門下經過，面對面遇到了他。我曾經在香榭麗舍大道上甩掉了他。他現在卻隨著從對面過來，前往布洛涅森林公園的人流走了過來。他和我的距離是這麼近，實際上我們根本就是擦身而過。他纖細的身軀彷彿是一根被黑色寬鬆布料包裹的鐵柱。他沒有表現出任何匆忙的樣子，也沒有疲憊的感覺，簡而言之，他似乎沒有任何人類的氣息，他的整個存在都只表達了一件事：摧毀我的意志，以及力量。

　　我在巨大的苦惱中看著他，他還在人潮洶湧的寬闊大道上行走。大街上到處都是流動的車輪和馬匹，還有共和國衛隊士兵的頭盔。

　　我很快就看不見他了，他應該是進入森林公園，然後就不知道去了哪裡。我不知道自己該朝哪個方向走，我覺得彷彿經過了很長一段時間。夜幕已經落下，我發現自己正坐在一家小咖啡館的桌子旁。我也轉身走進森林公園。從我上次遇見他到現在已經過去了幾個小時，我感覺身體極度疲乏，飽受困擾的精神讓我再沒有力量去思考和感受。我累了，實在是太累了！我渴望著能夠躲藏進我的巢穴裡。我決定回家去，但家距離這裡還有很遠。

　　我住在巨龍之庭，一條狹窄的巷子，從雷恩街通到巨龍街。

　　那裡可以說是一處「狹路」，人們只有徒步才能進入。巷子在雷恩街上的出口處有一個陽臺，由一頭鑄鐵龍支撐著，巷子兩旁全都是老舊的高樓。在靠近巷口的地方，兩側的樓房距離更近，讓巷子變得更加狹窄。巷子的兩個出口都有大門，白天的時候，高大的門扇會被開啟，嵌入拱廊深處的牆壁裡。在午夜之後大門關閉，將這條巷子封閉，這時還想要進入巨龍之庭的人就必須拉響側旁一道小門的門鈴。在這裡，沉陷的石板路面上能看到不少臭水坑，坡度很陡的臺階向下通往一扇扇朝巷子裡開啟的門戶。這裡房屋的一層都是一些出售二手貨品的店鋪和鐵匠作坊，白日裡，這個地方永遠不會缺少鐵鎚敲擊和金屬碰撞的聲音。

　　雖然街面上散發著臭氣，但在艱苦誠實的工作之上，這裡的生活還是歡快而舒適的。

　　五層樓之上是建築師和畫家的工作室，還有像我這樣的中年學生想要單獨生活的隱祕之地。當我剛剛來到這裡居住的時候，我還年輕，而且不孤獨。

我必須走上一段路，才能找到交通工具。終於，當我幾乎要再次走到凱旋門的時候，一輛空的出租馬車從我身邊經過，我便坐了上去。

從凱旋門到雷恩街，車子要行駛超過半個小時，尤其是拉著這輛車的是一匹經過一整個週日的勞碌，現在同樣疲憊不堪的馬。

所以，在我從巨龍的翅膀下走過以前還要經歷一段時間，應該會一次又一次地遇到我的敵人，但我再沒有看到他。而現在，避難所已經近在眼前了。

在寬闊的大門前，有一小群兒童正在遊戲。我們的看門人和其妻子牽著他們的黑色貴賓犬，也和孩子們在一起，似乎是在維持他們的紀律。一些情侶正在旁邊的步道上跳著華爾滋，我回應了他們的問候，然後便匆匆走過去。

巨龍之庭中的所有居民似乎都到街上去了，現在這個地方顯得有些空曠，只有高高懸掛的幾盞煤氣燈作為照明，燈中的火苗顯得異常昏暗。

我的公寓位於巷子中段一幢樓的頂層，那裡的一條樓梯幾乎能夠一直通到街上，只有幾條岔路和它連在一起。我的一隻腳踏在樓梯口的門檻上，這條友善、老舊的樓梯就在我面前逐級上升，沿著它走上去，我就能得到庇護和休息。我從右側的肩膀回頭看了一眼，我看見了他，就在十步開外。他一定是跟著我進入了巨龍之庭。

這一次，他直接向我走過來，腳步不快也不慢，每一步都在向我逼近，沒有任何差錯。他的眼睛直視著我，這是我們在教堂中四目相對之後，他第一次和我的正面對峙。我知道，時刻到了。

我向後退去，一步步後退到庭院深處。自始至終，我一面對著他，便很想從巨龍街那邊的出口逃走。他的眼睛卻告訴我，我絕不能轉身奔逃。

　　這個僵局彷彿持續了許多個世紀。我後退，他前進，在絕對的寂靜中一步步深入庭院。終於，我感覺到了巨龍街一端拱門的影子。下一步，我已經站到了拱門下方，我要在這裡轉身，跑進街道中去。但我身後不是一道敞開的大門，而是一間封死的墓室——通向巨龍街的門扇已經關閉了，包裹我的黑暗讓我感覺到了這一點。

　　與此同時，我在他的臉上看到了同樣的想法。他的臉孔怎麼會在黑暗中發光，怎麼會如此迅速地向我逼近！這個黑暗的門洞，在我身後關閉的大門，門上冰冷的鐵閂，所有這一切都成了他的幫凶。他的威脅正在成為現實，毀滅的力量在深不可測的暗影中凝聚，向我壓迫過來，而這力量攻擊我的起點就是他那雙來自地獄的眼睛。我絕望地靠在被封死的門板上，準備迎接他的攻擊。

　　一陣椅子腳摩擦石板地面的聲音，隨後是教眾們起立的窸窣聲，我能聽到看門衛兵的手杖敲擊南側走道的地板，他將引領主教 C 某前往神職人員的更衣室。

　　跪在地上的修女們結束了虔誠的冥思，站起身，行禮之後便離開了。我身邊的那位時髦女士也以優雅矜持的姿態站了起來。她離開的時候還瞥了我一眼，目光中帶著不以為然的神色。

　　我覺得自己已經是半死的狀態了，同時卻又能夠強烈地感覺到生命的每一點細節。我仍然坐在椅子裡，看著人們不慌不忙地移動。片刻之後，我才站起身，向門口走去。

　　原來我在布道的時候睡著了。我真是在布道的時候睡著了？我抬起頭，看到他經過走廊前往他的位置。我只看到了他的側面，那細長而彎曲的手臂被黑衣包裹，看上去就像是惡魔的肢體，或者是被丟在中世紀城堡內廢棄行刑室裡的無名器械。

© M. Grant Kellermeyer

但我已經逃出了他的威脅，儘管他的眼神在對我說，我不應該這樣做。我真的逃過他的威脅了？那個讓他有力量摧毀我的東西從沉睡中醒來了。我本來希望它能夠一直沉睡下去，但現在我認出他了。死亡和迷失靈魂的恐怖之鄉 —— 我的軟弱早已從那裡將他派遣出來。它們改變了他在別人眼中的樣子，我卻依舊能夠將他識別出來。幾乎從一開始，我就認出了他，我從沒有懷疑過他前來的目的。現在我知道了，當我的身軀安全地坐在這座充滿歡樂的小教堂中時，他卻在巨龍之庭獵殺我的靈魂。

我悄然向門口走去，管風琴突然在我的頭頂上方爆發出洪亮的樂音。燦爛奪目的光芒充滿了整座教堂，讓我連祭壇都無法看見。所有的人影，拱門和穹頂都消失了。我抬起被灼傷的眼睛，迎上那無法理解的瞪視。我看到黑色星辰高懸在天空中，哈利湖潮溼的風讓我的臉感到一陣寒意。

現在，隔著遙遠的距離，越過雲層翻滾的無垠波浪，我看到月光與浪花一同滴落，更遠處，卡爾克薩的高塔屹立在月亮之後。

死亡和迷失靈魂的恐怖之鄉，我的軟弱早已派他前來，還改變了他在所有人眼中的模樣。現在，我聽到了他的聲音。那聲音從有到無，從弱到強，如雷霆般震撼著這奪目的強光。當我倒下的時候，這光越來越強，如同連續不斷的火焰一波波向我湧來。我沉入了深淵，聽到黃衣之王對我的靈魂悄聲說道：「落入活著的神手中，實在是一件可怖的事情！」

黃色印記
The Yellow Sign

I

一封寄給作者的無署名信件。

這個世界竟然有這麼多根本不可能得到解釋的事情！為什麼一些音樂的和弦會讓我想到褐色和金色的秋日樹葉？為什麼聖塞西爾教堂的彌撒會讓我的思緒遊蕩在那些牆壁上閃耀著一團團純銀碎片的巨大洞穴中？在百老匯大街六點鐘的喧囂和混亂中，為什麼我的眼前會突然出現靜謐的布列塔尼森林，與透過春天樹葉灑落下來的陽光？西爾維婭俯下身仔細端詳一隻綠色的小蜥蜴，半是好奇，半是溫柔地喃喃道：「這也是上帝創造的一個小世界啊！」

當我第一次看到那個看門人的時候，他正背對著我。我對他並沒有過多的留意。對我而言，他不過是那天上午在華盛頓廣場閒逛的一個普通人。當我關上窗戶，轉身進入我的工作室時，我已經忘記他了。那天下午接近傍晚的時候，天氣相當暖和，我再一次來到窗前，探出身軀想要呼吸一口新鮮空氣。一個人正站在教堂的院子裡，讓我又注意到了他，但還像上午一樣，他沒有引起我的任何興趣。我的目光越過廣場，落到了噴泉上面。我本就散亂模糊的注意力全都在那些樹木、柏油路、照顧幼兒的少女和出來度假的人們身上。一段時間之後，我想要回到自己的畫架前面。當我轉身的時候，我的眼睛卻在無意中瞥到那個還在教堂墓地裡的人。現在他的臉正轉向我，隨著一個完全是下意識的動作，我俯身朝他望過去。與此同時，他抬起頭，看向了我，我立刻就想到了棺材裡的蛆蟲。

© M. Grant Kellermeyer

我不知道那個人為什麼會讓我如此反感，但我的意識完全被一條墓穴裡的白色肥胖蠕蟲充滿了。我的心中充滿了強烈的厭惡感，而且這種感覺一定在我的表情中流露了出來——那個人轉開了自己腫脹的面孔。他的動作讓我想到了一條躲在栗子裡，受到驚擾的蟲子。

我回到自己的畫架前，示意模特兒重新擺好姿勢。工作了一段時間之後，我滿意地發現自己正在以最快的速度毀掉自己已經畫好的成果。於是我拿起調色刀，再一次刮掉了畫布上的油彩。皮膚的色調已經接近於蠟黃色，顯得很不健康。我真不明白自己怎麼會把如此病態的顏色畫進一個之前還閃耀著健康色彩的形象中。

我看了看黛希，她並沒有任何改變。當我皺起眉頭的時候，她的脖頸和臉頰上便清晰地泛起了一層健康的血色。

「我做了什麼事嗎？」她問道。

「不，我把手臂畫壞了。憑我一生的經驗，我都搞不清楚自己是怎麼把這種泥巴顏色畫在畫布上的。」我回答道。

「我的姿勢正確嗎？」她還在問。

「當然，非常完美。」

「那麼就不是我的錯了？」

「不是，是我的錯。」

「我替你感到傷心。」她說道。

我告訴她可以休息了，然後我拿起抹布和松節油，要去掉畫布上那些不健康的斑點。她出去抽了支香菸，看看《法蘭西信使報》上的圖片。

我不知道是松節油還是這塊畫布的問題，我越是擦抹，那塊彷彿壞疽一般的痕跡就越是向四周擴散。我像河狸一樣努力工作，想要把它去掉，但這塊疤痕卻在我眼前從人像的一個肢體擴大到另一個肢體。我心生警惕，越發竭盡全力要控制住它。但現在，人物胸部的顏色也改變了，整個人物彷彿都在吸收這種問題，就像海綿吸水。

我輪流使用調色刀、松節油和刮刀，想像著應該對賣給我這些畫布的杜瓦爾施加怎樣的詛咒。但很快我就注意到，這不是因為畫布有缺陷，也不是愛德華的油彩不合格。「一定是松節油了，」我惱怒地想，「否則就是我的眼睛變模糊了，被下午的陽光給擾亂，根本看不清楚顏色。」我叫回模特兒黛希。她走過來，靠在我的椅子上，向半空中吹出一個菸圈。

「你對它做了什麼？」她驚呼道。

「什麼都沒做。」我怒氣沖沖地說，「一定是這個松節油搞的鬼！」

「這是什麼可怕的顏色啊，」黛希繼續說道，「你以為我的膚色和綠

乳酪一樣嗎？」

「我當然不這麼以為。」我氣憤地說，「妳以前看到我畫出過這種東西嗎？」

「的確沒有！」

「對啊，那不就得了！」

「一定是松節油，或者其他什麼地方出了問題。」黛希附和道。

她披上一件日式長袍，走到窗前。我又是刮又是擦，直到自己也累了。最終，我拿起所有畫刷，狠狠地用它們砸穿了這塊畫布。我的怒罵隨即傳入黛希的耳中。

她立刻就對我說道：「好啦！就知道罵人、做蠢事，還有毀掉你的畫刷！你為這幅畫已經辛苦了三個星期，現在看看！把畫布撕碎又有什麼用？畫家到底都是些什麼樣的生物！」

就像每一次這樣爆發之後一樣，我很為自己感到羞愧。我將被毀掉的畫布轉向牆壁，黛希幫我清理了畫刷，然後就蹦蹦跳跳地去穿衣服。她從屏風後面向我說著寬慰的話，給了我多少能夠平息一些火氣的建議，直到她可能是覺得我已經受夠折磨了，便從屏風後面走出來，求我給她繫上背後腰間她夠不到的扣子。

「你從窗邊回來，談起在教堂墓地裡看到那個相貌恐怖的傢伙之後，一切就都變得不正常了。」她說道。

「是的，有可能是他給這幅畫施了魔法。」我邊說邊打了個哈欠，低頭看了看錶。

「已經過六點了，我知道。」黛希一邊說，一邊在鏡子前調整帽子。

「是的，」我回答道，「我沒想要留妳這麼長時間的。」我將身子探出

窗戶，又立刻厭惡地縮回來。那位有張蒼白臉孔的年輕人正站在下面教堂墓地裡。黛希看到我激動的反應，也向窗戶湊過來。

「你不喜歡的就是那個人？」她悄聲問。

我點點頭。

「我看不見他的臉，但他看上去的確是又胖又軟。不管怎樣，」她一邊說，一邊轉過頭看著我，「他讓我想起一個我做過夢，一個很可怕的夢。或者……」她嘟囔著，低頭看向自己曲線優美的鞋子，「真是一個夢嗎？」

「我怎麼知道？」我微笑著說。

黛希也以微笑回應我。

「你也在那個夢裡，」她說道，「所以，也許你知道些什麼。」

「黛希！黛希！」我表示抗議，「不要說什麼夢到過我，這種話沒辦法討好我！」

「但我的確做過這樣的夢。」黛希堅持說，「我是不是應該和你說說那個夢？」

「好吧。」我說著點燃了一根香菸。黛希靠在窗戶敞開的窗臺上，非常認真地開口。

「去年冬天的一個晚上，我正躺在床上，腦子裡沒有想著什麼特別的事情。白天一直在為你擺姿勢，已經累壞了，不過我還是一點睡意都沒有。我聽到城裡的鐘樓敲響十點，然後是十一點、午夜。我一定是在午夜時睡著了，因為我不記得聽過隨後的鐘聲。應該是剛剛合上眼睛，就夢到有什麼東西驅使我來到窗前。我推開一扇窗戶，向外探出身去。第二十五大街上看不見一個人影。我開始感到害怕，窗外的一切看上去都

是那麼……那麼黑，讓人不舒服。然後車輪的聲音漸漸從遠方傳入我的耳中。我有一種感覺，彷彿那就是我必須等待的。車輪非常緩慢地向我靠近，終於，我能夠看到有一輛馬車在街上移動。它越來越近。當它從窗戶下方經過時，我看到那是一輛靈車。我在恐懼中全身顫抖，而那輛車的車伕向我轉過來，直盯著我。我醒來的時候，發現自己正站在敞開的窗前，因為寒冷而不停打著哆嗦，但那輛裝飾著黑羽毛的靈車和車伕都已經不見了。我在三月分又做了這個夢，再一次在敞開的窗前醒來。昨天晚上，這個夢第三次出現。你一定記得那時正在下雨，我醒來的時候，站在窗前，我的睡衣浸透了雨水。」

「但我又在這個夢的什麼地方？」我問道。

「你……你在車上的靈柩裡，但你沒有死。」

「在棺材裡？」

「是的。」

「你怎麼知道的？妳能看見我嗎？」

「不，我只是知道你在那裡。」

「妳是不是吃了威爾斯乾酪吐司？或者是龍蝦沙拉？」我開始笑了起來，但這個女孩用被嚇壞的哭喊聲打斷了我。

「嘿！出了什麼事？」我說道。而黛希已經縮到窗戶旁邊。

「那個……下面教堂墓地裡的那個人，就是他在趕著那輛靈車。」

「胡說！」我說道。但黛希瞪大的眼睛裡充滿了恐懼。我走到窗前，向外望去，那個人不見了。「好了，黛希，」我說道，「別犯傻了，妳擺了太長時間的姿勢，變得有些緊張了。」

「你以為我能忘記那張臉嗎？」她喃喃地說道，「我三次看到靈車從

我的窗戶下面經過。每一次那個車伕都會轉過頭來看我。哦，他的臉怎麼會那麼白？浮腫得那麼厲害？看上去好像很久以前就死了。」

我讓女孩坐下來，給她倒了一杯瑪莎拉白葡萄酒，讓她喝下。然後我坐到她身邊，試著給她一些建議。

「聽著，黛希。」我說道，「妳應該去鄉下住一兩個星期，那樣就不會再夢到什麼靈車了。妳擺了一整天的姿勢，到了晚上，自然會感到緊張不安，這不是妳能控制的。再加上白天工作結束後並沒有好好睡覺，而是跑去了蘇爾澤公園的野餐會，要不就是去了埃爾多拉多或者康尼島。第二天妳回到這裡的時候，已經完全精疲力盡了。那根本不是什麼真正的靈車，那只是一個關於軟殼蟹的夢。」

黛希露出虛弱的微笑。

「那麼教堂墓地裡的那個人呢？」

「哦，他只是個普通人，不太健康，每天我們都會遇到這種人。」

「我向你發誓，斯科特先生，那個夢就像我的名字是黛希‧麗爾頓一樣真實。下面教堂墓地裡的那個人的臉就是趕靈車人的臉。」

「這到底是怎麼回事？」我說道，「我知道妳不會騙我。」

「那麼你相信我的確看到了那輛靈車？」

「哦，」我以外交辭令說道，「如果妳真的看見了，也不太可能是下面的那個人在駕駛馬車。不過這種事不管怎麼說也沒什麼意義。」

黛希站起身，展開自己的香味手帕，從裡面拿出一塊口香糖，放進嘴裡，又戴上手套，向我伸出手，直白地說了一句：「晚安，斯科特先生。」就走出了房間。

II

　　第二天早晨，大廈門童托馬斯給我送來了《先驅日報》和一點街上的傳聞 —— 旁邊的那座教堂被賣掉了。我暗自感謝了老天。這並非是因為我作為一名天主教徒對隔壁的教眾活動有任何反感，而是那邊有一名過度亢奮的布道者簡直要把我的聖經給扯碎了。他迴盪在那座教堂走廊裡的每一個字，都彷彿是在我的房間裡喊出來的。而且他永遠不變的鼻音讓我每一條神經都極度反感。而且那裡還有一個人形魔鬼，一名風琴師，他會以自己的理解讓莊嚴而古老的韻律扭曲變形。我一直渴望著能夠要了那個怪物的命。那傢伙能夠把對上帝的頌歌割裂成無比瑣碎混亂的和弦。就算是剛剛入行的學生也很少能把管風琴演奏成那種樣子。我相信那裡的神父是個好人，但是當他吼出：「主主主主主對摩西說，主主主主主是戰爭的主宰，主主主主主是他的名。我的怒火將灼熱地燃燒，我將用劍殺死你！」的時候，我真不知道要經過多少個世紀的煉獄火焰才能讓他贖清這份罪行。

　　「誰把那幢房子買走了？」我問托馬斯。

　　「我不知道，先生。他們說那位紳士還擁有能夠從這裡直接看到那座教堂的漢密爾頓套房，他也許會在那裡建造更多的房子。」我走到窗前，那位面色極不健康的年輕人就站在教堂墓地的大門旁邊。只是看了他一眼，那種壓倒性的噁心感覺就完全占據我的心神。

　　「順便問一句，托馬斯，」我說道，「下面那個傢伙是誰？」

　　托馬斯愣了一下。「那邊的那條蟲子嗎，先生？他是教堂的守夜人，先生。他讓我很反感，他會整夜坐在臺階上，用冒犯的眼神看著您這裡，我真想狠狠給他的腦袋來上一拳。先生，抱歉說粗話了，先生。」

　　「繼續說，托馬斯。」

「一天晚上，我和哈利從外面回來 ── 就是另外那個英國男孩。我看到他就坐在那邊的臺階上。當時莫莉和簡也和我們在一起，先生，就是那兩個端盤子的女孩。他用那種冒犯人的眼神看我們，我就走過去說：『你在看什麼，你這個肥蛞蝓？』請原諒，先生，但我當時就是這麼說的，先生。他沒有回話。我就又說道：『過來，讓我給你的布丁腦袋來一拳。』然後我就推開墓園門走了進去。他還是什麼話都不說，只是用那種冒犯人的眼神看著我們，我就給了他一拳。嘿！他的腦袋真是又冷又黏，只是碰他一下都讓我覺得噁心。」

「然後他做了什麼？」我好奇地問。

「他？什麼都沒做。」

「那麼你呢，托馬斯？」

這個年輕人因為羞愧而滿面通紅，嘴角露出不安的微笑。

「斯科特先生，我不是懦夫，但我完全搞不清楚自己為什麼要逃跑。我曾經在第五騎兵團服役，先生。我在埃及的泰勒凱比爾當過司號手，打過仗，還挨過子彈。」

「你不是要說你逃走了吧？」

「是的，先生，我逃走了。」

「為什麼？」

「這正是我想要知道的，先生。我抓住莫莉，拔腿就跑。其他人也像我一樣害怕。」

「那他們又在害怕什麼？」

一段時間裡，托馬斯拒絕回答我的問題，但現在我的好奇心已經被他勾起。我想要對下面那個令人反感的年輕男子有更多了解，於是我不

斷逼問他。托馬斯已經在美國旅居三年，這並沒有改變他的倫敦東區口音，卻給了他害怕被嘲笑的美國人脾氣。

「你不相信我嗎？斯科特先生？」

「不，我相信你。」

「你會笑話我嗎，先生？」

「胡說，當然不會！」

他又猶豫了一下。「嗯，先生，這是上帝見證的事實，我打中他的時候，他抓住了我的手腕，先生。當我從他那柔軟黏膩的手中掙脫出來時，他的一根手指也掉下來了。」

托馬斯表情中那種純粹的厭惡和恐懼一定也反映在我的臉上，所以他才又說道：「那太可怕了，現在我一看見他就會遠遠地躲開，他讓我感覺很不舒服。」

托馬斯走後，我又來到窗戶前。那個人就站在教堂的柵欄後面，雙手放在柵欄門上。我急忙退回到我的畫架前，感到噁心和恐懼 —— 因為我看見他的右手中指不見了。

九點鐘的時候，黛希來了，隨著一聲歡快的「早上好，斯科特先生」，她消失在屏風後面。片刻之後，她走出屏風，登上模特兒臺，擺好姿勢。我換了一塊新畫布，她一定也很高興我這麼做。我作畫的時候，她一直保持著安靜。但是當炭筆一停，我拿起定影劑的時候，她就開始聊起天來了。

「哦，昨天晚上我真是度過了美好的一夜。我們去了托尼·帕斯托那裡。」

「『我們』，還有誰？」我問道。

「哦，麥琪，你認識她。是懷特先生的模特兒，還有小粉紅麥克米克。我們叫她小粉紅，是因為她有一頭你們畫家愛得要死的美麗紅髮，還有麗琦·玻克。」

我將定影劑灑在畫布上，一邊說道：「那然後呢？」

「我們看到了凱利和跳長裙舞的貝比·巴恩斯——還有其他人。我們痛快地過了一個晚上。」

「然後你就回到我這裡來了，黛希？」

她笑著搖了搖頭。

「愛德，他是麗琦·玻克的兄弟。他真是位完美的紳士。」

我覺得有必要給黛希一些來自於父母的教育，比如該如何在外面過夜。對於我的這番苦心，黛希只是給了我一個明媚的微笑。

「哦，我能夠處理好和陌生人的聚會。」她一邊回答，一邊看了看自己的口香糖，「但愛德可不一樣。麗琦是我最好的朋友。」

然後，她講述了愛德怎麼從麻薩諸塞州洛厄爾的襪子織造廠回來，發現她和麗琦都長大了，而他也成為了一名多麼有能力的年輕男子。他是怎樣想也不想，就用半美元買了冰淇淋和生蠔，慶祝他成為梅西百貨公司毛紡部門的職員。不等黛希說完，我已經再次開始作畫。她重新擺好姿勢，微笑著，像一隻小麻雀一樣繼續說個不停。等到中午的時候，我已經將人像多餘的線條擦除乾淨，黛希走過來看了看。

「這樣好多了。」她說道。

我也是這麼想的。吃午餐的時候，我感到心滿意足，感覺一切都好起來了。黛希將她的午餐擺在畫桌上，和我相對而坐。我們喝著同一支瓶子裡的乾紅葡萄酒，用同一根火柴點燃了香菸。我非常迷戀黛希，我

曾經親眼看著她從一個瘦弱笨拙的小孩突然就長成了一位亭亭玉立、精緻可人的女子。她作為我的模特兒已經有三年了，在我所有的模特兒之中，她是我最喜愛的。如果她變得過於「強悍」或者「輕浮」，我肯定會深受打擊，不過我還從沒有察覺到她的氣質有任何惡化的情況。我打從心底裡認為她很完美。

　　她和我從沒有討論過任何道德問題，我也不打算這麼做。一部分原因是我自己也沒有什麼道德品行可言；另一部分原因是我知道，無論我怎麼說，她都只會我行我素。不過我還是希望她能夠在這個複雜的世界中安然前行，因為我希望她一切都好。同時我也有很自私的想法，那就是能夠一直擁有這個最優秀的模特兒。我知道她所說的聚會對於像黛希這樣的女孩不是什麼好事情，而且這種事在美國和在巴黎完全不一樣。不過，我不會遮住我的眼睛，我知道總有一天會有人將黛希帶走 —— 無論以什麼樣的方式。儘管我曾經公開宣告婚姻就是一種胡鬧，但我真心希望黛希在未來的日子裡能夠站到一位神父面前。

　　我是一名天主教徒，當我望彌撒時，當我奉行與上帝的約，我感覺世間的一切，包括我自己都變得更加美好。當我懺悔時，我感覺受益匪淺。像我這樣獨身生活的人一定要向某個人懺悔。西爾維婭也是天主教徒，這個理由對我已經足夠了。但我是在說黛希，這就完全不同了。黛希同樣是天主教徒，而且比我虔誠得多。所以總的來說，我並不是很害怕我美麗的模特兒會出事，除非她墜入了愛河 —— 我知道，這樣的命運將決定她的未來。所以我在心中祈禱，命運能夠讓她遠離像我這樣的人，將她的道路引向愛德·玻克和吉米·麥克米克，祝福她甜美的臉蛋吧！

　　黛希朝天花板吐著菸圈，搖晃手中的玻璃杯，讓裡面的冰塊叮叮噹噹地響著。

「妳知道嗎，孩子，我昨晚也做了一個夢。」我說道。有時候我會稱她為「孩子」。

「不是關於那個傢伙的吧。」她笑著說。

「的確。這個夢和妳的夢很相似，而且更加可怕。」

我不假思索地說出這種話，其實很愚蠢，但誰都知道畫家是多麼不講究人情世故。

「我一定是在大約十點鐘的時候睡著，」我繼續說道，「過了一段時間，我夢到自己醒過來了。那時的夢境非常清晰，我聽到了午夜的鐘聲，風吹過樹枝的聲音，還有港灣中傳來的輪船汽笛聲。直到現在，我還不太能相信自己那時是在做夢。我彷彿躺在一只箱子裡，箱子的蓋子是玻璃的，我能夠模糊地看見一盞盞街燈從頭頂上方經過。黛希，我必須告訴妳，裝載我的箱子似乎是被放在一輛帶軟墊的馬車上，我能感覺到車輪在石板路面上的顛簸。又過了一段時間，我開始變得不耐煩，想要在箱子裡動一動。但那只箱子太窄了。我的雙手交叉放在胸前，所以我無法撐起身子。我仔細傾聽，又嘗試喊叫，我的聲音消失了，但能夠聽到拉車的馬蹄踏地面，甚至能聽到車伕的呼吸聲。這時又有一種聲音傳入我的耳中，像是有窗扇被推起來。我努力轉過一點頭，發現自己能夠看到。我的視線不僅能夠透過玻璃箱蓋，還能看穿這輛車側面的玻璃護板。我看到了一些房子，空洞又寂靜，裡面既沒有燈光，也沒有生命。但有一幢房子與眾不同，那幢房子的一層有一扇窗戶被開啟了，一個全身白衣的人影在俯視街面。那就是妳。」

黛希將臉轉開，用臂肘撐住桌面。

「我能夠看見妳的臉，」我繼續說道，「那張臉孔顯得特別哀傷。馬車很快就從妳的面前經過，進入了一條黑色的窄巷子。拉車的馬停住腳

步。我等了又等，在恐懼與急躁中閉上眼睛，但一切都安靜得好像墳墓一樣。我覺得彷彿已經過了幾個小時，這讓我越來越不舒服。突然，我感覺到好像有人在靠近，於是我睜開了眼睛，看到車侠蒼白的臉正透過棺材蓋看著我……」

黛希的一聲嗚咽打斷了我的敘述，她顫抖得如同一片樹葉。我知道自己做了蠢事，只能努力試圖修復傷害。

「沒什麼的，黛希，」我說道，「我告訴妳這個只是要讓妳知道，妳的故事有可能會影響到別人的夢。妳不會以為我真的躺在棺材裡吧？妳會嗎？妳為什麼要發抖？難道妳沒有看出來，這只不過是妳的夢和我對於那位跟自己沒有什麼關係的教堂看門人毫無理由的厭惡，兩者糾纏在一起後，而在入睡時對我的腦子造成影響。」

黛希將頭埋在雙臂之間，止不住地抽噎著，彷彿心都碎了。我簡直比驢還要蠢三倍！但我可能還在變得更蠢。我走過去，伸出一隻手臂摟住黛希。

「黛希親愛的，原諒我。」我說道，「我完全不想用這樣的胡言亂語嚇到妳。妳是一個很敏感的女孩，是一位堅貞的天主教徒，不應該相信夢裡的東西。」

黛希的手緊緊握住我的手，她的頭落在了我的肩膀上，但她的身子還在顫抖。我不停地拍撫她，安慰她。

「好了，黛希，睜開妳的眼睛笑一笑。」

黛希緩緩睜開雙眼看著我。但那一雙眼眸中透射出的神情是如此怪異，我急忙又開始努力安慰她。

「我都是在騙妳的，黛希，千萬不要擔心妳會因此而受到什麼傷害。」

「不。」黛希紅嫩的嘴唇還在不停地抖動著。

「那麼還有什麼可擔心的？妳還在害怕嗎？」

「是的，不是為我自己害怕。」

「那是為了我？」我不以為然地問道。

「為了你，」她用微不可聞的聲音喃喃地說道，「我……我在乎你。」

一開始，我想要大笑兩聲，但是當我明白她的意思，一陣驚駭立刻湧過我的全身，我坐了下去，彷彿變成了一尊石像。我真是白痴到了極點。時間卡在她的表白和我的回答之間，一分一秒地流逝著。對於這純潔的告白，我想了一千種回應的方式，我能夠打個哈哈就矇混過去；我能夠誤解她的意思，在保護好自己的前提下盡量安慰她；我能夠簡單向她指出，她是不能愛上我的。但我的回答要比我的想法更快，我也許在思考，也許現在仍然在思考，但思考已經太遲了，我吻了她的嘴唇。

那天傍晚，我像平日裡一樣在華盛頓公園散步，考慮今天發生的一切。我已經下定決心，現在沒有回頭路可以走了，我將正視未來。我不算是好人，甚至算不上恪守道德，但我不想欺騙自己和黛希。我的一份人生激情還埋藏在布列塔尼陽光下的森林中。它會被永遠埋在那裡嗎？希望在呼喊：「不！」三年時間裡，我一直在聽著希望的喊聲；三年時間裡，我一直在等待踏上門檻的這一步。難道西爾維婭已經被我忘記了？「不！」── 希望在呼喊。

我說過，我不是好人，這一點千真萬確，但我也不是喜劇裡的惡棍。我一直過著一種隨心所欲、不計後果的生活，盡情享受著讓自己高興的事情，儘管也常常會為了出乎意料的後果而感到驚詫，甚至有時會深陷在苦澀的懊悔之中。只有一件事我是認真的，那就是我的繪畫。還有那一份藏在布列塔尼森林中的激情了，如果我還沒有失去它的話。

現在為今天發生的事情後悔已經太晚了。無論導致這一切的是什麼——為了安撫悲傷而突然生出的溫柔；還是出於更加獸性的本能，只是為了滿足自己的虛榮心——都已經沒有差別了。除非我想要傷害一顆無辜的心，否則我的道路就已經清楚地出現在我的面前。

火焰和力量，我能想像到的這個世界的一切經驗都讓我別無選擇，只能回應她，或者趕走她。我不知道自己是太過懦弱，不敢將痛苦給予其他人，還是我的心中有一個一本正經的清教徒。我只是完全沒有想過要拒絕為那個不假思索的吻負責。實際上，我根本沒有時間這樣想。她心靈的大門早已向我敞開，感情的洪濤向我奔湧而來。有些人習慣履行自己的職責，卻又能讓自己和其他人都不快樂，以此來獲得一種陰鬱的滿足感。我不會這樣做，我不敢這樣做。當那場風暴平息之後，我的確告訴過她，也許她愛上愛德·玻克，帶上一枚普通的金戒指才會更加幸福，但她根本就不聽。我覺得，如果她真的一定要愛上一個無法結婚的人，那個人也許最好還是我。至少我能夠給她一份睿智的關愛。如果她厭倦了這份愛戀，她也能隨時離開，而不是會陷入更糟糕的處境。

而我也對自己下了決心，儘管我知道這會有多麼難。我知道柏拉圖式的戀愛通常會有怎樣的結局，每當我聽說這種事的時候，都會深感厭惡。我知道自己做過很多不道德的事，我也對未來感到擔憂，但我從沒有一刻懷疑過她和我在一起會不安全。如果換做其他人，而不是黛希，我根本不會有這樣的重重顧慮。因為我從沒有想過會像犧牲這個世界上的其他女人那樣犧牲黛希。

認真面對我們的未來，我能看到這段關係幾個可能的結局。她會徹底厭倦這件事，或者不再為此而感到高興。那樣的話，我或者只能和她結婚，或者不得不離開她。如果我娶了她，我們都會不快樂。我將有一

個不適合我的妻子；而她將有一個不適合任何女人的丈夫。我過去的人生幾乎讓我沒有資格擁有任何婚姻。如果我離開她，她可能會陷入消沉，慢慢恢復，最後和愛德·玻克這樣的人結婚。或者她會在衝動之中故意去做一些愚蠢的事情。如果換成另一種情況，她厭倦了我，那麼她的整個人生都將向她呈現出各種美麗的風景：愛德·玻克、結婚戒指、二人世界、哈萊姆區的公寓、還有天知道會是什麼樣的幸福。

我沿著廣場拱門旁的樹林緩步前行，決定讓她明白，不管怎樣，我都是她真正的朋友，而未來自然能夠找到出路。當我回到房間裡，打算換上睡衣的時候，我看到了梳妝檯上放著一張帶有淡淡香水味的小紙條：「十一點讓一輛的馬車在劇場後門。」紙條的簽名是「愛蒂絲·卡米歇爾，大都會劇院，六月十九日，一八九……」

那天晚上，我在索拉里吃了晚餐，或者更確切地說，是「我們」——我和卡米歇爾小姐。我在布倫維克和愛蒂絲告別，獨自一人走進華盛頓廣場。此時暮色剛剛開始落在紀念教堂的十字架上。現在公園裡已經看不到人影了。我在樹木間穿行，從加里波底的雕像一直走向漢密爾頓公寓樓。但就在我經過教堂墓地的時候，我看見一個人影坐在那裡的臺階頂端。一看到那張蒼白腫脹的臉，無論我怎樣裝作不在意，一股寒意還是掠過了我的身體。我急忙加快了腳步。就在這時，他說了些什麼。有可能是對我說的；也有可能只是在自言自語。但突然間，一股強烈的怒火在我的心中燃起。這樣一個怪物怎麼總是在盯著我？有那麼一瞬間，我很想轉轉身去，用手杖狠狠敲打他的腦袋。但我只是繼續向前邁步，進入了漢密爾頓公寓樓，朝我的住所走去。

當我躺倒在床上時，還在努力將他的聲音趕出自己的耳朵。但我做不到。那聲音充滿了我的腦殼 —— 那種嘟嘟囔囔的囈語，就像是堆滿油

脂的大桶燃燒時冒起了黏稠的油煙，或者是一種極度令人厭惡的腐臭氣味。我在床上輾轉反側。那聲音在我的耳中卻越來越清晰，我開始聽清了他說出的每一個字。這些言辭緩緩地落向我，彷彿是關於我早就忘記的一些事情。終於，我明白了那句話的意思。他是在說：

「你找到黃色印記了嗎？」

「你找到黃色印記了嗎？」

「你找到黃色印記了嗎？」

我怒不可遏，他到底想要說什麼？我向他和他說的話咒罵了一句，隨即便翻身睡去了。但是當我醒來的時候，我的樣子變得蒼白憔悴。我又做了和前一晚相同的夢，我深感困擾，無法不去想它。

我穿好衣服，下樓走進我的工作室。黛希正坐在窗前，我一進房間，她就站起來，用雙臂環抱住我的脖子，向我索要一個天真的吻。她看上去是那樣甜美俊秀。我再一次親吻了她，然後來到我的畫架前。

「嗨！我昨天開始畫的那人像哪去了？」我問道。

黛希的表情顯得有些小心翼翼，但她沒有回答我的問題。我開始在成堆的畫作中翻找，同時說道：「快一點，黛希，做好準備，我們必須充分利用上午的陽光。」

當我終於放棄了搜尋，轉頭去房間裡其他角落尋找那幅失蹤的畫時，我注意到黛希正站在屏風旁邊，身上還穿著衣服。

「出什麼事了？」我問道，「妳感覺不好嗎？」

「沒有。」

「那就快一點。」

「你想要我……還像以往那樣擺姿勢嗎？」

這時我明白了，我遇到了新的情況。當然，我已經失去曾經遇到過最好的裸體模特兒。我看著黛希，她的臉色紅潤欲滴。天哪！天哪！我們已經吃了智慧樹的果實，伊甸園和天真本性都已經成為了過去——我說的是她。

我猜想她一定是注意到了我臉上失望的神情。所以她說道：「如果你願意，我還會擺出那個姿勢。那幅畫就在屏風後面，是我放的。」

「不，」我說道，「我們開始一幅新畫吧。」我朝衣櫃走過去，從裡面拿出一件摩爾人的長袍。這件長袍因為裝飾著金箔而顯得輝煌耀眼，是一件真正的戲服。黛希高興地接過它，走到屏風後面。當她走出來的時候，我吃了一驚。她黑色長髮被一圈鑲嵌綠松石的圓環束在額頭上，髮稍一直垂到閃閃發光的腰帶上，她的腳上穿著一雙刺繡尖頭軟鞋，裙襬上用銀線繡出奇異的阿拉伯文字，垂落在腳踝周圍，帶有金屬光輝的深藍色馬甲上同樣繡著銀線，莫萊斯庫短上衣裝飾的亮片和綠松石為她增添一層神奇光彩。她向我走過來，微笑著揚起面龐。我伸手到衣袋裡，拿出一條掛十字架的鍍金項鍊，為她戴上。

「這是妳的，黛希。」

「我的？」她有些結巴地問道。

「妳的。現在去擺好姿勢。」她的臉上洋溢著笑容，向屏風後面跑去，很快又跑出來，手中拿著一只寫有我的名字的小盒子。

「我本打算在今晚回家的時候再把它給你。」她說道，「但我等不及了。」

我開啟盒子，盒子中的粉色棉布內襯上躺著一個黑瑪瑙胸針，鈕環上還鑲嵌著黃金符號或者文字。不是阿拉伯文，也不是中文，後來我才發現，它不屬於任何人類的文字。

「我只有這個能夠給你，作為我們的信物。」她靦腆地說。

我有些氣惱，但我還是告訴她，我會對這個小東西加倍珍視，而且我還承諾會一直佩戴著它。黛希將它扣在我的外衣翻領下面。

「妳真是傻，黛絲，竟然會為我買這麼美麗的東西。」我說道。

「這不是我買的。」她笑著說。

「妳從哪裡得到的？」

黛希向我講述了她是如何在炮臺公園的水族館裡撿到這樣東西，又如何在報紙上登了失物招領的廣告，甚至為此認真看了一段時間的報紙。但她最終還是放棄了找到失主的希望。

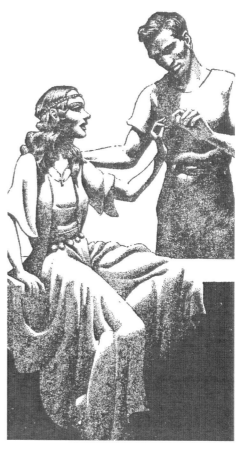

「那是去年冬天的事情了。」她說道，「就在那一天，我第一次做了關於那輛靈車的噩夢。」

我回憶起前一天晚上的夢境，但什麼都沒有說。不久之後，我的炭筆就開始在一塊新的畫布上飛舞。黛希一動不動地站到了模特兒臺上。

III

　　隨後的一天對於我簡直是一場災難。當我將一幅帶框的畫作從一個畫架挪到另一個畫架上的時候，我在光滑的地板上摔了一跤，兩隻手腕重重地杵在地上，都嚴重扭傷了，我甚至連一支畫刷都拿不起來。於是我只能在工作室裡走來走去，瞪視著未完成的畫和素描，直到絕望將我緊緊抓住。

　　我坐下來，點燃一支菸，憤怒地揉搓著拇指。窗外的大雨擊打著教堂的屋頂，沒完沒了的雨滴聲讓我變得特別緊張。黛希坐在窗邊縫著什麼東西，不時會抬起頭，帶著那種天真的憐惜看看我，讓我不由得開始為自己的焦躁感到慚愧，便想找些事情打發一下時間。我已經讀過了所有的報紙和圖書室裡的每一本書。但我還是不得不來到圖書室，朝書櫃走去，用臂肘撥開書櫃門。只憑這些書的顏色，我就知道它們裡面都寫了些什麼，但我還是將它們全都檢視了一遍。我緩步走過整個圖書室，逐一開啟書櫃，讓目光緩慢地掃過一個個書封，吹著口哨讓自己振作起來。

　　當我想要轉身去餐廳的時候，我的目光落在一本黃色封皮的書上，它就立在最後一個書櫃最頂層的角落裡。我不記得這本書。因為它的位置太高，我也看不清書脊上的淺色文字。於是我去吸菸室叫黛希，她從工作室裡走過來，爬上書櫃去取那本書。

　　「那本書名字是什麼？」我問道。

　　「《黃衣之王》。」

　　我愣了一下。是誰把它放在那裡的？它是怎麼進入我的房間的？我在很早以前就決定，絕不會開啟這本書。這個世界上也沒有任何人能勸說我購買它。我早就害怕好奇心會誘惑我開啟它，所以我在書店裡甚至從沒有看過它一眼。如果說我真的曾經對它有過好奇心，那麼我至少認

識年輕的卡斯泰涅先生，他的可怕悲劇足以阻止我掀動那邪惡的書頁，我也拒絕去聽任何關於它的描述。實際上，從沒有人勇於公開討論它的第二章。所以我也絕對不知道那些書頁中到底可能隱藏著什麼內容。我凝視著那有毒的黃色書封，就像是在盯著一條蛇。

「不要碰它，黛希，」我說道，「下來。」

我的警告當然足以引發她的好奇。不等我出手阻止，她已經拿起那本書，一邊笑著，一邊蹦蹦跳跳地跑進了工作室。我高聲叫她，她卻帶著那種折磨人的微笑從我無力的雙手中溜了出去，我只好有些不耐煩地繼續追趕她。

「黛希！」我一邊喊，一邊又追進圖書室，「聽我說，我是認真的。把那本書放下。我不希望你開啟它！」她不在圖書室，我去兩間客廳找她，又去了臥室、洗衣房、廚房。最後我回到圖書室，開始一個房間一個房間地仔細尋找。她將自己隱藏得很好。直到半個小時以後，我才發現她靜靜地蜷縮在上面儲藏室的格柵窗戶後面，臉色慘白。只看了一眼，我就知道她已經因為自己的愚蠢而受到了懲罰。《黃衣之王》就攤開在她的腳邊，而且還被翻到了第二章。

我看著黛希，知道一切都已經太晚了，她開啟了《黃衣之王》。我握住她的手，領著她走進工作室。她顯得有些神志不清。當我讓她躺在沙發上的時候，她一言不發地服從了。過了一段時間，她閉上眼睛，呼吸也變得深沉而有規律。但我無法確定她是不是睡著了。很長一段時間裡，我只是靜靜地坐在她身邊，她只是安靜地躺在那裡，一動不動。終於，我站起身走進那間一直沒有使用過的儲藏室，用還算好用的一隻手拿起那本黃色的書。這本書沉重得像鉛塊一樣，我將它拿進工作室，坐在沙發旁的地毯上。開啟它，把它從頭到尾讀了一遍。

當我因為情緒過度激動而感到暈眩，丟下手中的書，疲憊地靠在沙發上時，黛希睜開眼睛看著我。

是在討論《黃衣之王》。天哪，寫下這些文字真的是一種罪行——這些文字像水晶一樣清澈透明，像湧動的泉水一樣清新怡人，帶著動聽的旋律。這些文字閃閃發光，耀眼奪目，就像麥地奇家族那些有毒的鑽石！哦，它的作者是有著怎樣一個邪惡而絕望的靈魂，竟然能夠用這樣的文字引誘和麻痺人類這種生物。無論愚者還是賢者，都能夠理解這些文字。這些文字比珠寶還要珍貴，比天堂樂音更能安撫人心，比死亡本身更加可怕。

我們用毫無變化的沉悶語調交談了一段時間，這時我才意識到我們我們不停地說著，對於漸漸聚集過來的陰影毫不在意。現在我們知道了，那枚黑瑪瑙上雕刻的典雅符號就是黃色印記。黛希祈求我將黑瑪瑙丟掉，我完全不明白自己為什麼會拒絕。直到此時此刻，當我在臥室裡寫下這份懺悔書的時候，我還是很想知道是什麼力量阻止我將黃色印記從胸前扯下，扔進火堆裡。我相信自己很願意這樣做，但黛希的一切哀求最終都徒勞無功。

　　夜幕降臨，時間一個小時又一個小時地流走。我們還在喃喃地向彼此訴說著王和蒼白面具的故事，還有那座被迷霧包裹的城市，烏雲遮蔽的尖塔上響起午夜鐘聲。我們說到了哈斯塔和卡西露達。窗外霧氣翻湧，讓世界變得一片空白，而雲團同樣在哈利湖的岸邊滾動、碎裂。

　　房間裡變得非常安靜。大霧中的街道上也沒有任何聲音傳來。黛希躺在軟墊中間，面色如同陰影中的一道灰線。她的雙手緊握住我的手，我知道她懂得我的每一個想法，就如跟我能夠讀出她的心意。我們都理解了畢宿星團和真相幻影所呈現出的一切。我們彼此作答，迅速而無聲，只以思想進行交流。

　　陰影在我們周圍的幽暗中竄動，我們聽到遠方的街道上有一點聲音，越來越近，是沉悶的馬車輪聲，不斷向我們逼近。現在，它在樓門外消失了。我拖著身子來到窗前，看見了一輛用黑色羽毛裝飾的靈車。樓門被開啟又關上，我顫抖著溜到自己的房門前，將門閂好。但我知道，無論怎樣的門閂和門鎖都不可能擋住那個為黃色印記而來的怪物。我已經聽到非常輕微的腳步聲在走廊中移動。他來到了房門前，門閂隨著他的碰觸腐爛了。他走進房間，我瞪大雙眼凝視面前黑暗的門洞。但他進來的時候，我什麼都沒有看見。直到感覺到他冰冷柔軟的手抓住了我的脖子，我才開始拚命喊叫，要殺人般地狂暴掙扎。但我的雙手毫無用處，他從我的外衣上扯下黑瑪瑙胸針，又狠狠重擊我的臉。我倒下的時候，聽到黛希微弱的哭喊。她的靈魂逃向上帝那裡了。我在摔倒的同時還渴望著能夠跟上她，但我知道，黃衣之王已經敞開了自己破爛的斗篷，基督只能為我哭泣了。

　　我還可以講述更多，但我看不出這對於這個世界能有什麼幫助。我自己早已失去了一切希望，絕非人類可以拯救了。我躺在這裡，不停地

書寫，甚至不在意自己是否會在寫完之前就死掉。我能看到醫生在收起他的酊劑和粉劑，還向我身邊的神父打了個含混的手勢。我明白這意味著什麼。

外面世界中的人們一定會對這個悲劇深感好奇，他們早就為了滿足自己的好奇而寫了許多書，印刷了數百萬份報紙。但我不會再寫了。懺悔神父在完成自己的神聖職責之後，將會用神聖封印封錮我最後的遺言。外面世界中，人們會派遣他們的偵探進入遭遇災難的房屋，調查爐火邊發生的死亡，他們的報紙會連篇累牘地用鮮血和淚水裝點自己。但在我這裡，他們的間諜至多也只能停步於這篇懺悔書之前。他們知道黛希死了，我也即將死亡。他們知道這幢房子裡的人們是如何被如同來自地獄的尖叫聲驚醒，衝進我的房間，發現一個活人和兩個死人。但他們不知道我現在要告訴他們的事情，他們不知道醫生曾經指著地板上一堆恐怖的爛肉說：「我找不到理由，找不到解釋，但這個人一定已經死亡好幾個月了！」那正是教堂守門人的活屍。

我覺得我要死了。我希望神父能夠……

© M. Grant Kellermeyer

少女德伊斯
The Demoiselle D'Ys

我所測不透的奇妙有三樣，連我所不知道的共有四樣：

就是鷹在空中飛的道；蛇在磐石上爬的道；船在海中行的道；男與女交合的道。[12]

I

這荒涼的景象終於開始對我產生了影響。我坐下來，面對眼前的局面，盡可能回憶遇到的地標，希望能夠想辦法讓自己擺脫現在的處境。如果我能再看到大海，那一切就都清楚了，我知道能夠從海邊懸崖上看到格魯瓦島。

我放下槍，跪坐到一塊岩石後面，點燃菸斗，又看了看錶。已經快四點了。我天剛亮的時候就從科爾塞萊克出發，現在應該已經走了很遠一段路。

一天前，我和古爾溫一起站在科爾塞萊克下方的懸崖上，眺望這片陰沉的荒原 —— 就是我現在迷路的地方。那時我覺得這片丘陵曠野就像草地一樣平坦，一直延伸到地平線。我知道距離會有怎樣的欺騙性，但我在科爾塞萊克完全無法預料，那看上去只是一片青草窪地的地方其實是生滿刺荊豆和毒石南的巨大山谷，遠遠望去只不過是零星石塊的東西，實際上是高大的花崗岩斷崖。

「對外國人而言，這裡絕不是一個好地方，」老古爾溫說，「你最好

---

[12]　典出《聖經·舊約·箴言》（30：18—19）。

帶上一位嚮導。」而我卻只是回了一句：「我不會把自己丟了的。」但現在我知道，我真的是迷路了。我坐在地上，抽著煙，海風迎面吹來。這片荒原向四周無限延伸出去，放眼所及，我能看到的只有開花的刺荊豆和石南，還有花崗岩巨石。沒有一棵樹，更不要說是房子了。過了一會兒，我拿起槍，背對著太陽繼續前行。

不時會有奔騰的溪流和我前進的道路交錯而過，但想要跟隨它們找到海岸是完全不可能的。這些溪水不流向大海，反而都向內陸流淌，最終匯入這片荒原中的許多蘆葦池塘。我已經跟著幾條溪水找過路了，但它們都只是將我引到沼澤地或是寂靜的小池塘旁邊，看著那裡鷸鳥警惕地站起來，向我窺望，然後轉身倉皇逃走。我開始感覺到疲憊，槍帶磨痛了我的肩膀，就算是雙層護墊也不管用。太陽越來越低，陽光平射在黃色的刺荊豆花和池塘的水面上，映出點點光亮。

隨著我的腳步，巨大的陰影在面前一直向遠處延伸，彷彿我每邁出一步，它們都在變得更長。刺荊豆剮蹭著我的裹腿，被我的靴子踩碎，發出咯咯吱吱的聲音，零碎的小花散落在褐色的土地上。路面坑坑窪窪，起伏不定，野兔從野草和灌木中竄出來，又飛快地逃走，消失在茂密的植被後面。在沼澤地帶的草叢裡，我能聽到野鴨睏倦的嘎嘎聲，有一隻狐狸偷偷溜過我的小路。當我再一次俯身到一條湍急的小溪中飲水的時候，一隻鷺鷥拍打沉重的翅膀，從我身邊的蘆葦叢中飛走了。

我轉身去看太陽，日輪似乎已經碰到了大地邊緣。當我終於決定再向前走也沒有意義，必須想辦法在這片荒原上至少撐過一晚的時候，我便一下子筋疲力盡地倒在地上。傍晚的陽光斜射在我的身上，讓我感到溫暖，但海風正變得越來越強，一陣寒意從我被浸溼的射擊靴上傳遍我的全身，彷彿給了我一拳。海鷗在我頭頂上方的高空中盤旋或者上下翻

飛，像是一些白色的紙片，遠處的沼澤中有一隻孤獨的鷸鳥在鳴唱。

　　太陽一點點沉入地底，天穹被落日的餘暉染紅。我看著天空從最淺淡的金色變成粉紅色，最後變得彷彿即將熄滅的火焰。蚊子積聚而成的黑霧在我的身體上方飄舞。更高處，平靜的空氣中突然有一隻蝙蝠猛然飛撲下來。我的眼皮開始發沉，搖頭把睡意趕走。草葉中一陣突兀的撞擊聲將我猛然驚醒，睜開眼睛，一隻大鳥正懸浮晃動著在我的臉部上方。我愣了一下，一時間沒辦法做出任何動作。這時又有什麼東西在我身邊的草叢裡跳了過去，那隻大鳥猛然提升高度，轉了個圈，朝草叢出現缺口的地方一頭倒了下去。

　　眨眼間，我已經站起身，朝刺荊豆花叢後面望去 —— 不遠處一片石南中傳來了搏鬥的聲音。很快，所有聲音又都消失了。我端起槍，向那裡走去過。不過我來到石南前面以後，就讓槍掉回到手臂下面，而我只是在驚愕中一動不動地站立著。一隻死兔子躺在地上，兔子身上站著一隻雄壯的鷹隼，牠的一隻爪子深埋在兔子的脖頸中，另一隻爪子牢牢抓住兔子了無生機的軀幹。但真正讓我吃驚的並不是看到一隻隼擒住了牠的獵物，我不止一次見過這種情景，我眼睛盯住的是拴在隼爪上的皮繩，皮繩上掛著一塊像小鈴鐺的圓形金屬。

　　這時，隼將牠犀利的黃色雙眼轉向我，隨後又俯下身，把鋒利的鉤狀喙啄進獵物體內。就在這時，石南地裡響起一陣匆促的腳步聲，一個女孩衝了出來。她沒有瞥我一眼，直接向隼走去，將戴著手套的手伸到隼的胸脯下，從獵物上把牠捧起。然後，她熟練地將一件小頭套戴在隼的頭上，用戴著長手套的手臂托起隼，又彎腰撿起兔子。

© M. Grant Kellermeyer

女孩用一根皮繩困住了兔子的後腿，又把皮繩的另一端固定在自己的腰帶上，然後邁步向她剛才衝出來的灌木叢走去。當她從我身邊經過的時候，我抬起帽子向她致意，她只是以幾乎無法察覺的幅度向我點了一下頭。我是如此吃驚，只顧著欣賞眼前發生的這一切，甚至沒有想到這正是我得救的機緣。不過，隨著她一步步走遠，我終於想到，除非我今晚想要睡在一片寒風習習的荒原中，否則我現在最好馬上說出幾句話來。我終於發出聲音的時候，她遲疑了一下。我急忙跑到她面前，卻感覺一絲恐懼出現在她秀美的雙眸之中。我急忙謙恭地解釋自己所處的困境，她面色一紅，有些驚詫地看著我。

　　「你肯定不是從科爾塞萊克過來的！」她說道。

　　她甜美的聲音中沒有任何布列塔尼口音，也沒其他我知道的口音，但還是有著某種我似乎聽過的東西，某種老式、難以定義的東西，就好像一首老歌的旋律。

　　我向她解釋說，我是一個美國人，對於菲尼斯泰爾省完全不熟悉，是為了找樂子來這裡打獵。

　　「一個美國人。」她仍然用那種帶有奇異的古老樂韻音調說道，「我還從沒有見過美國人。」

　　片刻間，她只是一言不發地站在原地。然後她看著我說：「現在你就算是走上一整夜也到不了科爾塞萊克，就算是有嚮導也不行。」

　　這真是一個令人愉快的訊息。

　　「但是，」我懇求道，「只要妳能夠幫我找到一戶農家，讓我能夠有吃的，有地方睡覺就行。」

　　女孩手腕上的獵隼抖動一下翅膀，搖了搖頭。女孩撫摸一下它絲絨般的脊背，又向我瞥了一眼。

「看看周圍，」她輕聲說道，「你能看到這些荒地的盡頭嗎？看，無論是東、西、南、北，除了空地和野草，你能看見其他東西嗎？」

「不能。」我說道。

「這個地方野蠻又荒涼，進來很容易，但有時候，進來的人永遠也無法離開這裡。這裡根本就沒有什麼農家。」

「那麼，」我說道，「只要妳能告訴我科爾塞萊克在哪個方向，至少明天我就不會走冤枉路了。」

她再一次看向我，表情中幾乎顯露出了憐憫。

「啊，」她說道，「進來很容易，只需要幾個小時；但要出去就不同了 —— 可能需要幾個世紀。」

我驚愕地盯著她，但我只能相信自己是誤解了她。隨後，不等我有時間再說話，她已經從腰帶裡拿出一個哨子，將它吹響。

「坐下來，休息一下。」她對我說，「你走了很遠一段路，一定已經累壞了。」

她攏起腿上的百褶裙，示意我跟上，然後就邁著優雅輕巧的步伐穿過刺荊豆叢，來到草木之間一塊平坦的石頭旁。

「他們會直接來到這裡。」她一邊說，一邊坐在石頭一側，又邀請我坐到另一側。現在最後一點陽光已經開始從天空中消失，一顆星星閃爍著微弱光亮出現在玫瑰色的雲靄之間。一群水禽排成長長、略有波動的三角形隊伍經過我們頭頂向南飛去，周圍沼澤中傳來一陣陣鵪鳥的叫聲。

「其實非常美麗 —— 我說的是這片原野。」女孩低聲說道。

「是很美麗，但是對陌生人也很殘酷。」我回應道。

「美麗卻殘酷。」女孩用夢一般的聲音重複著我的話，「美麗卻殘酷。」

「就像女人一樣。」我愚蠢地說道。

「哦，」女孩喊了一聲，彷彿有些喘不過氣一樣。她看著我，一雙深褐色的眼睛盯住我的眼睛。我覺得她可能是生氣了，或者就是被嚇到了。

「就像女人一樣，」她用很低的聲音重複了一遍，「一個人要多麼殘忍才會這樣說啊！」然後，她停頓一下，彷彿是自言自語般地高聲說道，「他要多麼殘忍才會這樣說啊。」

我現在不知道我為這種愚蠢卻並沒有什麼害處的言辭做了什麼樣的道歉，但我知道，她因為這句話而深感困擾，這甚至讓我開始覺得自己的確在無意中說了非常可怕的話。我有些害怕地想起了法語為外國人設下的許多陷阱和圈套，當我開始竭力思索自己到底說了什麼的時候，一陣話語聲從荒野的另一邊傳來。女孩站起了身。

「不，」她白皙的面龐露出一點微笑，「我不會接受你的道歉，先生，但我必須證明你的錯誤，這是我對你的報復。看，哈斯塔和拉烏爾來了。」

兩個男人出現在暮色之中，其中一位肩膀上扛著一個袋子，另一位單手捧著一只圓環，就像一名侍者捧著托盤。這只圓環被皮帶固定在他的肩膀上，三隻戴頭套的獵隼站在圓環上，它們的爪子上都繫著鈴鐺。女孩走到獵隼手的面前，靈巧地一轉手腕，將手上的隼放到了圓環上。隼落到圓環上，在牠同伴之間立穩身子。其他隼紛紛轉動著戴皮套的頭，抖動羽毛，讓爪子上的鈴鐺響個不停。另一個男人這時也走上前，帶著敬意彎下腰，摘下女孩腰帶上的兔子，丟進獵物口袋裡。

「他們是我的助手。」女孩轉向我，以一種溫和而又莊重的語氣說道，「拉烏爾是一名好獵手，總有一天，我會讓他成為偉大的復仇者。哈斯塔也不亞於他。」

兩個男人在沉默中尊敬地向我行禮。

「我有沒有告訴過你，先生，我會證明你是錯的？」女孩繼續說道，「這就是我的報復。你要接受我的招待，在我的家中享受食物和庇護。」

還沒等我答話，女孩就對兩名助手說了些什麼。那兩個人立刻彬彬有禮地請我跟隨他們，然後就向遠處走去。我不知道是否讓女孩明白了，我對她是多麼感激涕零，不過她似乎很喜歡我對她說的話。就這樣，我們在掛著露水的石南中間走了一段不算短的路。

「你還好嗎？是不是很累了？」女孩問我。

在她身邊，我早就完全忘記了身體的疲憊。我便把這種感覺告訴了她。

「難道你不覺得對我的殷勤有些過於老套了嗎？」女孩問道。看到我困惑又謙恭的表情，她低聲加了一句，「哦，我喜歡這樣。我喜歡所有老式的東西，能聽到你說出這麼美妙的話來，真是極好了。」

我們周圍的荒野完全被一片幽靈般的霧氣所籠罩，顯得異常寂靜。鴇鳥們停止了鳴叫，曠野中無所不在的蟋蟀和其他小生物也保持著沉默。不過我似乎能聽到牠們在身後很遠的地方又恢復了喧鬧。前面那兩個高大的身影不斷跨過一片片石南，鷹爪上的鈴鐺發出微弱聲音，傳入我的耳中，如同遙遠而模糊的鐘聲。

突然間，一頭漂亮的獵犬從前方的迷霧中衝出來，隨後又是一頭，還有第三頭……至少有六頭獵犬蹦跳著圍繞我身邊的女孩。女孩用戴著手套的手輕輕撫摸牠們，讓牠們平靜下來，又用那種老式音調和牠們說話。終於，我回憶起自己曾經在古代法國手稿中看到過女孩說的這些辭句。

這時，前方獵隼手捧著的獵隼都開始拍打翅膀，長聲鳴叫。在我看不見的地方，一只狩獵號角吹出的旋律飄蕩在荒原之上。獵犬向我們的前方竄去，消失在暮色之中。獵隼拍打著翅膀，止不住地在圓環上尖叫。女孩和著號角的旋律哼出了一首歌。清澈柔美的歌聲在夜晚的空氣中舞動：

獵人，獵人，再來一次，

離開羅賽特和讓娜吧，

啦啦，啦啦，啦呀，啦啦，

或者，在天亮的時候，

願愛得以坦白，

啦啦，啦呀，啦啦。[13]

我傾聽著她可愛的聲音。前方有一團灰色的影子正在迅速變得清晰。號角在獵犬和獵隼的叫聲中吹出一段喜悅旋律。一支火把照亮了一道大門。大門後的房子內有燈光從敞開的門口透射出來。我們走上一座木製吊橋，橋板在我們的腳下晃動。我們過橋之後，橋板就被吱吱嘎嘎地提了起來。跨過莊園前的河面，我們走進一座被石牆圍繞的庭院。一名男人從房子的正門走出來，鞠躬行禮，並向我身邊的女孩奉上杯子。女孩接過杯子，用嘴唇碰了一下，然後放下杯子，轉身低聲對我說：「我向你表示歡迎。」

就在此刻，一名獵隼手端來了另一個杯子。他沒有將杯子遞給我，而是又捧到了那個女孩面前。女孩嘗了嘗杯中的飲料，獵隼手又伸出手，似乎是要接過杯子，但女孩猶豫片刻，然後自己走上前，雙手將杯子捧給我。我感覺到這是一種非同尋常的親切表示，卻想不出該如何回

---

[13] 原文為法語。

應對我盛情相待的主人。所以我沒有立刻將杯子舉到唇邊。女孩的面色有些發紅。我知道自己必須快一些採取行動了。

「小姐，」我誠惶誠恐地說道，「妳從危險中拯救了一名陌生人。如果沒有妳，他甚至不知道自己會遭遇怎樣的磨難。現在他將喝光這杯中的飲料，以此向法蘭西最溫柔、最可愛的主人致敬。」

「以上帝的名義。」女孩一邊喃喃地說著，一邊在胸前畫了一個十字，我則喝光杯中的酒。她向房子的正門轉過身，以優美的動作指了一下，牽住我的手，帶我走進那幢房子，同時一遍又一遍地說道：「非常非常歡迎你，德伊斯城堡誠摯而熱情地歡迎你。」

II

第二天早晨，我在悠揚的號角聲中醒來，立刻就跳下樣式古典的臥床，來到窗戶前。陽光已經透過深深的窗格，照亮了窗簾。當我拉開窗簾，向下方的庭院中望過去時，號聲便停止了。

一個男人正站在一群獵犬中間。看相貌，他可能是昨晚那兩名獵隼手的兄弟。他的背上綁著一支彎曲的號角，手中拿著一根長鞭。那些狗全都在低聲地嗚嗚叫著，充滿期待地圍繞男子轉來轉去。在帶圍牆的院子裡還能看見一些馬匹。

「上馬！」一個聲音用布列塔尼話說道。隨著一陣馬蹄聲響起，兩名獵隼手的手腕上托著獵隼，策馬來到院子裡的獵犬群中。然後我聽到另一個聲音，一個足以讓我心潮澎湃的聲音：「皮里烏·路易斯，好好對待這些狗，對牠們不要用馬刺和鞭子。拉烏爾和加斯頓，不要讓那隻鳥再像雛鳥一樣發脾氣，如果你們的腦子夠清醒，就應該禮貌地對待鳥。管好哈斯塔手腕上的籠中小鳥不是什麼難事，不過拉烏爾要管好他那隻野

鳥就沒那麼簡單了。昨天那傢伙就犯了兩次蠢，丟掉了獵物，就好像是把以前的訓練都忘了，這隻鳥簡直像是只能在樹枝上蹦跳的小笨蛋，要訓練好一隻野鳥還真不容易。」

我是在做夢嗎？這明明是我在被遺忘、發黃的古代法國手稿中讀過的獵隼語，現在它竟然活生生地傳入我的耳中，還夾雜著真切的犬吠聲、鷹爪上的鈴鐺聲和馬蹄聲。這時，女孩又用那種早被世人遺忘的甜美語言說道：

「拉烏爾，就算是你想把那隻野鳥重新系到樹樁上，我也沒什麼可說的。畢竟讓一隻缺乏訓練的鳥破壞這麼好的打獵日實在是太可惜了。不過，讓牠多一些實際練習也好 —— 也許這才是最好的辦法，你可以把獵物的腎臟給牠。也許我對這隻鳥的判斷還是有些太草率了，畢竟牠還需要歷練，還需要時間來成長。」

那個名叫拉烏爾的獵隼手踩在馬鐙上，彎下腰說道：「如果小姐願意，我會帶上這隻隼。」

「我希望你這樣做，」女孩回應道，「我知道獵隼語，但你在訓鷹這件事上教會了我很多。我可憐的拉烏爾。皮里烏·路易斯先生，上馬吧！」

那名獵人跑進一道拱廊裡，很快就騎著一匹雄壯的黑馬回來了。他的身後還跟著另一名騎馬獵手。

「哈！」女孩歡快地喊道，「跑快些，格萊馬雷克·雷恩！快些！全都跑快些！皮里烏先生，把號角吹起來！」

狩獵號角如同白銀般的旋律充滿了整個庭院，獵犬紛紛竄過圍牆大門，賓士的馬蹄聲震撼著鋪著石板的庭院，又在吊橋上變得更加響亮。突然間，馬蹄聲沉悶下來，隨後很快就消失在荒原的草叢中了。號角聲也變得越來越遠，最終微不可聞，甚至被一隻飛翔的雲雀發出的叫聲完

全遮蔽了。我聽到樓下傳來有人說話的聲音，彷彿是在回應另一個人。

「少打一天獵不算什麼，我可以下次再去。要對那個陌生人有禮貌，佩拉吉，記住！」

隨後有一個略帶顫抖的微弱聲音從房間深處傳來，「有禮貌。」

在我的床腳邊，石板地面上有一個碩大的陶土盆，裡面盛滿了冷水。我脫下睡衣，用盆裡的水從頭到腳把自己擦洗了一遍，然後想要把外衣穿上。我的外衣都不見了，不過在屋門旁邊的一把高背長椅上放著另一疊衣服。我有些吃驚地看著它們。但既然我的衣服被拿走了，我也只能把它們穿上。看樣子他們是把我的衣服拿去洗了。這一套衣服很全，有帽子、鞋子、還有銀灰色家織布做的緊身短上衣。不過衣服的緊身款式和無縫式鞋子肯定都屬於上一個世紀。我想起了庭院裡那三名獵隼手也都穿著這種奇怪的衣服。我相信，無論是法蘭西還是布列塔尼的當代人都不會有這種穿著。不過，我是在把這些衣服穿好，站到兩扇窗戶之間的鏡子前才意識到，自己現在更像是一名中世紀的獵人，而不是今天的布列塔尼人。

我猶豫著拿起帽子。我真的應該穿著這樣一身奇裝異服走下去嗎？但無論我怎麼想都已經無濟於事了，我自己的衣服已經被拿走了。這個古老的房間裡也沒有召喚僕人的拉鈴，我能做到的只有摘掉帽子上的一根短隼毛，開啟門朝樓下走去。

下了樓梯是一個很大的房間。一位布列塔尼的老婦人正坐在靠近壁爐的一根繞線桿旁邊忙碌著，她抬起頭看看我，臉上帶著坦誠的微笑，用布列塔尼語祝我健康，我笑著用法語做了回應。與此同時，城堡的女主人也出現在這座大廳裡，我向她致敬的時候，她優雅莊重的還禮讓我的心中湧過一陣戰慄。

今天，她深褐色的捲髮被梳成髮髻，更加襯托出她的美麗可愛。而我現在這身衣服和她相比也不再顯得那麼奇怪了。身材修長的她穿了一件家紡布縫製的狩獵長裙，裙襬和衣襟邊緣裝飾著銀線，手上仍戴著那雙曾經托起她喜愛獵隼的長手套。她天真無邪地握住我的手，領著我走進了庭院中的花園，坐到一張桌子旁邊，又以甜美的口吻邀請我坐在她身邊。然後她用那種古老的音韻問我昨夜過得如何；老佩拉吉放在我房間裡的衣服是否合身。我看到自己的衣服和鞋子正晾在落滿陽光的花園圍牆上，不由得對它們心生怨念。和我現在穿的這一身衣服相比，它們的樣子是多麼恐怖啊！我笑著將這個想法告訴了城堡的女主人。她卻非常認真地表示了贊同。

　　「我們會把它們丟掉。」她低聲說道。我在驚愕中努力向她解釋說，我不可能接受別人的衣服，儘管我知道這也許是這個國家的一種待客習俗。而且我肯定無法想像自己怎麼能穿上這樣的服裝返回法蘭西。

　　她一揚頭，大笑起來，同時用舊式法語說了些我根本聽不懂的話。這時佩拉吉捧著一只托盤快步走過來。托盤上放著兩碗牛奶、一大塊白麵包、水果、一盤蜂巢和一壺色澤深沉的紅酒。「知道嗎，我還沒有吃早餐，因為我希望和你一同進餐。不過我真的是餓壞了。」她微笑著說。

　　「我寧可去死，也不願忘記妳說的任何一個字！」這句話脫口而出，讓我不由得臉頰通紅。「她一定會以為我瘋了。」我又在心中這樣告訴自己。但她卻將一雙帶著星光的眼眸轉向了我。

　　「啊，」她喃喃地說道，「閣下真是很懂得騎士精神……」

　　她在胸前畫了一個十字，掰開麵包。我只是坐在她身邊，看著她潔白的雙手，卻不敢抬起我的眼睛看看她。

　　「你不吃嗎？」她問道，「為什麼你看上去如此困擾？」

啊，為什麼？我現在知道了。我知道我願意付出生命為代價，只要能讓我的嘴唇碰一碰那玫紅色的手掌心。我明白了，就在昨天晚上的荒原中，當我第一次看到這雙深褐色的眼眸時，我就已經愛上她了。突然而又強烈的激情讓我一時啞口無言。

「你還好嗎？」她又問道。

隨後，就像是宣告自己末日到來的人一樣，我用低沉的聲音回答：「是的，我很好，因為我得了相思病，對妳的單相思。」她沒有顯得驚慌，也沒有做出回答。我知道自己失言了，但同樣的力量繼續撬開了我的雙唇，「我是一個根本不值得妳多想的輕薄之人；我享受著妳的好客之誼，卻還在用狂妄的期許回報妳的慷慨心胸 —— 我愛妳。」

她用雙手撐住下巴，輕聲回答：「我愛你，我喜歡你對我說的話，我愛你。」

「那麼我就要贏得妳。」

「贏得我吧。」她回答道。

不過我只是靜靜地坐著，向她轉過臉。她也保持著安靜，甜美的臉孔支在手掌上，和我相向而坐。當她的眼睛看進我的眼睛，我知道，她和我都不需要再用語言交流，她的靈魂已經回應了我。我挺起胸膛，感覺到青春和喜悅的愛情充盈在我的每一根血管中。她可愛的臉上洋溢著明豔的光彩，看上去彷彿剛剛從一場夢中醒來。她的目光帶著一種探詢的意味投向我的眼睛，讓我在快樂中顫抖。我們吃著早餐，開始輕聲交談。我把我的名字告訴她，她也告訴我她的名字 —— 讓娜·德伊斯小姐。

她提起了父親和母親的過世。她在十九歲的時候遷居到這座小城堡中，陪在她身邊的只有保母佩拉吉、獵手格萊馬雷克·雷恩和四名獵隼手：拉烏爾、加斯頓、哈斯塔和曾經侍奉過她父親的皮里烏·路易斯先

生。她從沒有離開過這片荒野，甚至以前從沒有見過一個外人。她不知道自己是怎麼聽說過科爾塞萊克這個地方，也許是獵隼手們提起過。

她知道狼人與火焰讓娜的故事，那是她的保母佩拉吉講給她聽的。她在這裡所做的只有刺繡和紡麻，獵隼和獵犬是她唯一的娛樂。當她在荒原上第一次遇到我時，我的喊聲嚇得她差一點栽倒在地上。的確，她從懸崖上看過海面的航船，但她所馳騁遊蕩的荒原上根本看不到一個人影。老佩拉吉和她講過一個傳說 —— 人們只要在這片蠻荒之地迷了路，就再也無法回去了，因為這片荒原有著自己的魔力。她不知道這是不是真的，也從沒有認真思考過這件事，直到遇見我。她甚至不知道那些獵隼手們是否走出過這片荒原，如果他們能出去的話，是否會離開這裡。是保母佩拉吉房間裡的書讓她學會了閱讀。但那些書都已經有數百年的歷史了。

她和我講述這些事情的時候，語氣總是那樣甜美又認真，一般只有天真孩童才會這樣說話。她覺得我的名字很容易念，也很好記，因為我的姓是菲利普，我一定有法國人的血統。她對於外部世界似乎並不怎麼好奇，我覺得她也許是認為對外部世界詢問太多就是不尊敬保母佩拉吉講的那些故事。

我們一直坐在桌邊。她將一粒粒葡萄扔給那些毫無畏懼飛到我們腳邊的小鳥。

我開始暗示性地提出離開這裡，但她根本就不聽。我在不知不覺中已經答應在這裡停留一個星期，和他們一起飛鷹走犬。我還得到許可，能夠從科爾塞萊克再來到這裡拜訪她。

「天哪，」她天真地說，「真不知道，如果你再也不回來了，我該怎麼辦。」我知道自己沒有權力將她從我造成的愛情美夢裡喚醒過來，便只能靜靜地坐著，甚至連呼吸都不敢。

「你會經常來嗎？」她問道。

「特別經常。」我說。

「每天都來？」

「每天都來。」

「哦，」她嘆了口氣，「我真高興。來看看我的隼吧。」

她站起身，再一次帶著孩子的童真和占有心握住我的手。我們走過花園和果樹林，來到一片旁邊有小溪流過的綠茵草地上。草地上散落著十五到二十個樹樁。有些樹樁已經被青草埋住了，它們上面都立著獵隼，只有其中兩個是空著的。這些獵隼都被皮繩拴在樹樁上，皮繩的另一端系在獵隼腿部的鋼環上。一小股清澈的泉水彎彎曲曲流淌過每一個樹樁，樹樁上的獵隼低下頭就能碰到水面。

當女孩出現的時候，這些鳥全都興奮了起來。女孩逐一走到一些鳥的身邊，愛撫牠們，將牠們托在手腕上，或者彎腰調整一下牠們的腳環。

「牠們是不是很漂亮？」女孩說，「看，這隻隼多親熱。我們稱牠為『不顧一切』，因為牠總是直接衝向獵物。這隻藍色的隼，我們用獵隼語稱牠為『高貴者』，因為牠會高高飛翔在天空中，優雅地盤旋，然後從正上方撲向獵物。這隻白隼是從北方來的，牠也是『高貴者』！這裡還有一隻灰背隼，這隻雄隼是隼裡的英雄。」

我問她是怎麼學會古老的獵隼語。她說不記得了，不過她覺得一定是父親在她很小的時候教過她。

然後她領我離開那些隼，又帶我去看了還在巢中的雛隼。「牠們在獵隼語中被稱為 niais，」她解釋說，「branchier 指的是剛剛能夠離開巢，在樹枝上蹦跳的小鳥。還沒有褪去絨毛的小鳥被稱為 sors，而 mué 則是褪

去絨毛，但還在被籠養的鳥。如果我們捉住一隻已經換過毛的野隼，我們就稱牠為 hagard。拉烏爾第一個教了我如何帶隼。我可以教教你嗎？」

她坐到溪水旁，被獵隼們環繞著。我坐到她的腳邊，仔細聽她說話。

德伊斯小姐豎起一根玫瑰色的手指，非常嚴肅地說道：

「首先，你必須抓住那隻隼。」

「我已經被抓住了。」我回答道。

她笑得非常美，還對我說，她以為我說不出這樣的話來，因為我很高貴。

「我已經準備好被馴服了，」我回答道，「被拴上繩子，繫上鈴鐺。」

她開心地大笑起來。「哦，我美麗的獵隼，那麼你會因為我的呼喚而回來嗎？」

「我就是你的。」我鄭重其事地回答道。

她在沉默中坐了片刻，臉頰愈發紅豔。然後她又豎起一根手指說道：「聽著，我想要說說獵隼語……」

「我在聽，讓娜·德伊斯女伯爵。」

但她彷彿又一次陷入到了遐想之中。她的目光越過了夏日天空中的雲團，望向了更加遙遠的某個地方。

「菲利普。」她終於說道。

「讓娜。」我悄聲回應。

「這就是一切……是我想要的一切。」她嘆息一聲，「菲利普和讓娜。」

她向我伸出手，我用嘴唇輕觸她的手指。

「贏得我吧，」她說道。這一次，她的身體和靈魂在一同對我說話。

過了一會兒，她又說：「我們來說獵隼語吧。」

「開始吧，」我回應她，「我們已經捉住獵隼了。」

就在這時，讓娜‧德伊斯用雙手握住我的手，告訴我讓年輕的獵隼站在手腕上需要多麼巨大的耐心，要讓牠一點一點適應帶有鈴鐺的皮繩和頭罩。

「牠們首先必須有好胃口。」她說道，「然後我會一點一點減少牠們的食物 —— 我們管給牠的食物稱作 pât。而野隼更是要在樹樁上度過許多個晚上之後才能變得像現在這些鳥一樣。那時我才可以將牠放在手腕上，教導牠去捕捉食物。我將 pât，也就是食物綁在一根繩子上，或者綁在假獵物上，教那隻鳥來捕捉。一開始，我會將繫住食物的繩子在頭頂甩動，當隼飛過來的時候，我就將食物扔在地上，隼會落到地上進食。訓練一段時間，牠就能捉住被我在頭頂上甩動或者放在地上的假獵物。那以後，要再教導隼攻擊獵物就比較容易了。永遠記住要『禮貌地對待鳥』，也就是說，要讓鳥嘗到獵物的滋味。」

一隻獵隼的一連串尖叫聲打斷了讓娜的話。她站起身，調整一下繫住牠的繩子，但那隻隼還是不停地搧動著翅膀，發出尖叫。

「出什麼事了？」讓娜說，「菲利普，你能看出來嗎？」

我向四周望去。一開始，我沒有看到任何會驚擾那些隼的東西，但現在所有的隼都開始尖叫和搧動翅膀了。這時，我的視線落在溪水旁一塊平坦的石頭上面 —— 正是女孩讓娜曾經坐過的那塊石頭。一條灰色的蛇正緩緩遊過那塊石頭，牠扁平的三角頭閃動著黑玉一樣的光澤。

「一條庫勒夫爾蛇。」女孩低聲說。

「牠沒什麼害處吧，是嗎？」我問道。

女孩指著蛇頸上黑色的 V 形花紋說：「牠絕對是致命的，牠是一條蝰蛇。」

我們看著這條蛇在光滑的石塊表面上緩慢移動，進入一片被陽光晒暖的地方。

我想要仔細去看看那條蛇，但女孩哭喊著抓住我的手臂，「不要，菲利普，我很害怕。」

「擔心我？」

「擔心你，菲利普，我愛你。」

我將她抱在懷中，親吻她的嘴唇，我的口中只能不停地說著：「讓娜，讓娜，讓娜。」就在她顫抖著倒在我的懷中時，有什麼東西擊中了我踩在草中的靴子，不過我沒有在意。隨後，我的腳踝再一次遭受打擊，一股劇烈的疼痛從那裡射入我的身體。我看著讓娜·德伊斯甜美的面龐，親吻她，用所有的力氣將她舉起來，推到一旁。然後我彎下腰，將蝮蛇從我的腳踝上拽下來，用腳跟狠狠踏牠的頭。我記得自己感覺到虛弱和麻木，記得自己跌倒在地上。透過逐漸變得模糊的雙眼，我看見讓娜蒼白的面孔向我靠近。當我眼睛裡的光澤熄滅時，我仍然能感覺到她的手臂環抱住我的脖子，她柔軟的臉頰貼在我失去溫度的嘴唇上。

我一睜開眼睛，就恐懼地向周圍望去。讓娜不見了，我看到了溪水和平坦的石塊，看到了身邊草叢中被我踩死的蝮蛇。但那些隼和樹樁都消失了。我跳起身。花園、果樹林、吊橋和有圍牆的庭院都不見了。我只是愣愣地看著一堆爬滿常春藤的灰色廢墟。大樹已經撐破那裡的地面，將那些瓦礫推開。我拖著麻木的腳向前挪過去。當我移動的時候，一隻隼從廢墟中的樹梢飛過，猛然上升，盤旋了幾個小圈子，逐漸消失在高空的雲層中。

「讓娜，讓娜，」我哭喊著。但我的聲音漸漸消失了，我跪倒在野草中。也許是上帝的意願，我在不知不覺中正跪在一座坍塌的聖壇前。那上面雕刻著聖母哀子像。我看到馬利亞淒涼的面龐呈現在冰冷的石塊上，我看到她腳邊的十字架和荊棘。在雕像下面，我看到：

為少女讓娜·德伊斯的靈魂祈禱，

她死於自己的青春時代，

因為她愛上了菲利普，

一個外鄉人。

西元 1573 年。

但在冰冷的石板上，還放著一只依舊溫暖的手套，散發著一位女子動人的芳香。

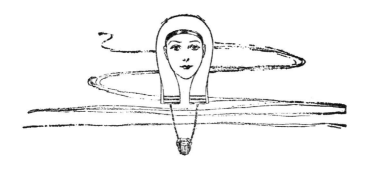

先知的天堂
The Prophet's Paradise

工作室

他微笑著說:「去全世界尋找她。」

我說:「為何要對我談什麼世界?我的世界就在這裡,就在這些牆壁之間和這一片玻璃上面。這些鍍金的酒壺、黯淡的珠寶兵器、失去光澤的畫框和畫面、黑色的櫃子和有著優雅雕花、藍色和金色塗漆的沙發椅。我的世界就在這裡。」

「你在等誰?」他問道。我回答他,「當她來到的時候,我就會認得她。」

在我的壁爐裡,一點火舌正向漸漸發白的灰燼悄悄訴說著祕密。我聽到下方的街道中響起了腳步聲、說話聲、還有歌聲。

「那麼你到底在等誰?」他又問。

我回答:「她來了我才知道。」

腳步聲、說話聲和歌聲,就在下面的街道上。我認得那歌聲,卻不認得腳步聲和說話聲。

「愚蠢!」他喊道,「那歌聲是一樣的,但說話聲和腳步聲已經隨著歲月改變了!」

壁爐裡，火舌在變白的灰燼上悄聲說道：「不要再等了。已經都過去了，下面街道上的腳步和話音都遠去了。」

然後他微笑著說：「你在等誰？去全世界尋找她！」

我回答道：「我的世界就在這裡，就在這些牆壁之間和這一片玻璃上面。這些鍍金的酒壺、黯淡的珠寶兵器、失去光澤的畫框和畫面、黑色的櫃子和有著優雅雕花、藍色和金色塗漆的沙發椅。我的世界就在這裡。」

幻象

過去的幻象不再繼續。

「如果這是真的，」她嘆息了一聲，「你在我身上看到了一位朋友的樣子，那就讓我們一起恢復成過去的樣子。你會忘記，在這裡，在夏日的天空下。」

我將她抱住，懇求她，愛撫她。我在白熱的怒火中抓住她。但她在抵抗。

「如果這是真的，」她嘆息了一聲，「你在我身上看到了一位朋友的樣子，那就讓我們一起恢復成過去的樣子。」

過去的幻象不再繼續。

犧牲

我走進一片花海。它們的花瓣比雪更白，花蕊比黃金更純淨。

遠方的田野中，一個女人在哭喊：「我已經殺死了我愛的他！」她將一罐子裡的鮮血澆灌在花朵上。那些花瓣比雪更白，花蕊比黃金更純粹。

我追隨到遠方的田野中，從那罐子裡聽到了一千個名字。罐子裡的鮮血溢滿了罐口。

「我已經殺死了我愛的他！」女子哭喊著，「世界乾渴難耐，現在就讓它痛飲吧！」她從我眼前經過。在遠方的田野中，我看見她將鮮血澆灌在花朵上。那些花瓣比雪更白，花蕊比黃金更純粹。

命運

我來到幾乎無人可以通過的橋頭。

「通過！」看門人喊道。但我大笑著說，「還有時間。」看門人微微一笑，關上了大門。

在幾乎無人可以通過的橋頭，來了年輕人和老人。所有人都被拒絕了。我無聊地站在一旁，點數著他們，對他們的吵鬧和哀傷感到厭煩。我再次來到幾乎無人可以通過的橋頭。

麇集在大門前的人們尖叫著：「他來得太晚了！」但我大笑著說：「還有時間。」

「通過！」看門人喊道。我走了進去。他微微一笑，關上了大門。

▍人群

在這裡，人群最密集的街道上，我和白麵丑角站在一起。所有目光都轉向了我。

「他們在笑什麼？」我問道。丑角笑了一下，撣去我黑色斗篷上的白灰，「我看不見。一定有一些滑稽的事情，也許是一個誠實的賊！」

所有目光都轉向了我。

「他搶了你的錢包！」他們大笑著。

「我的錢包！」我哭喊道，「丑角，幫幫我！真有一個賊！」

他們大笑著：「他搶了你的錢包！」

真相舉著一面鏡子走出來，高喊道：「如果他是一個誠實的賊，丑角就應該在這面鏡子裡找到他！」但他只是笑了一下，撢去了我黑色斗篷上的白灰。

「你看到了，」他說道，「真相是一個誠實的賊。她送回了你的鏡子。」

所有目光都轉向了我。

「逮捕真相！」我喊道，忘記了我丟失的不是一面鏡子，而是一個錢包。和白面丑角站在一起，在人群最密集的街道中。

▌小丑

「她漂亮嗎？膚色雪白嗎？」我問道。但他只是嘿嘿笑了兩聲，彷彿還在聽著自己帽子上的鈴鐺作響。

「那是能殺人的美麗。」他竊笑著說道，「想想那漫長的旅程，那些危險的白天，那些恐怖的夜晚！想想他是如何流浪，只為了她，年復一年，穿越敵意四伏的土地，想念著親人好友，卻只是渴望著她！」

「殺人的美麗。」他竊笑著，傾聽著帽子上的鈴鐺作響。

「她在家門口親吻了他，」他竊笑著，「但還是在走廊裡，他兄弟的迎接才觸動了他的心。」

「她漂亮嗎？膚色雪白嗎？」我問道。

「那是能殺人的美麗。」他發出咯咯的笑聲，「想想那漫長的旅程，那些危險的白天，那些恐怖的夜晚！想想他是如何流浪，只為了她，年復一年，穿越敵意四伏的土地，想念著親人好友，卻只是渴望著她！」

「她在家門口親吻了他，」他竊笑著，「但還是在走廊裡，他兄弟的迎接才觸動了他的心。」

「她漂亮嗎？膚色雪白嗎？」我問道。但他只是在獰笑，傾聽著帽子上的鈴鐺作響。

綠室

小丑向鏡子轉過他敷滿白粉的臉。

「如果膚色雪白就是美麗，」他說道，「誰能夠和我白色的面具相比？」

「誰能夠和他白色的面具相比？」我問身邊的死亡。

「誰能夠和我相比，」死亡說，「我總是會更白一些。」

「你很美麗。」小丑嘆息一聲，將敷滿白粉的臉從鏡子前轉開。

▍愛情測試

「如果你的愛是真的，」愛情說，「那麼就不要再等待。把這些珠寶給她，它們會帶給她恥辱，也會帶給你恥辱，因為你愛上了一個接受恥辱的人。如果你的愛是真的。」愛情說，「那就不要再等待。」

我接過珠寶，向她走過去。但她踩碎了它們，抽泣著說：「教會我等待，我愛你！」

「那就等待吧，如果這是真的。」愛情說。

四風街
The Street of the Four Winds

我歌唱大自然，

傍晚的星星，清晨的淚水，

遙遠地平線上的落日，

還有對著心說話的天空，現實的未來！[14]

I

那小野獸在門前停住腳步，心中充滿猜疑和警惕，準備如有必要就立刻逃走。賽弗恩放下調色盤，伸出一隻手表示歡迎。那隻貓仍然一動不動，黃色的眼睛死死盯住賽弗恩。

「貓咪，」賽弗恩用輕柔喜悅的聲音說，「進來。」

細長的貓尾尖端猶疑地抖動著。

「進來。」賽弗恩又說了一遍。

很明顯，貓從他的聲音中感受到了安慰，便慢慢倒臥下來，只是一雙眼睛依然緊盯住賽弗恩，尾巴捲曲到消瘦的肋側。

賽弗恩微笑著從畫架前站起身。貓安靜地看著他向自己走過來，彎下腰，伸手撫摸自己的頭頂。貓的目光轉向了他的手，發出一聲虛弱的喵嗚。

賽弗恩早已習慣和和動物交談，這也許是因為他已經孤身生活了太

---

[14]　原文為法語。

久。現在他問道：「出什麼事了，貓咪？」

貓的雙眼羞怯地望向賽弗恩的眼睛。

「我明白，」賽弗恩溫和地說，「馬上就會來。」

然後他就開始安靜而迅速地履行起了作為主人的職責，洗淨一個茶盤，在裡面倒滿放在窗臺上的剩牛奶，又跪到貓面前，在手裡捏碎一個小圓麵包。

貓站起身，躡手躡腳地向茶盤走過來。

他用一把調色刀將麵包屑和牛奶攪拌在一起，然後就向後退去，看著貓將鼻子探進茶盤。他一直靜靜看著這隻貓，一時間，房間裡只剩下茶盤偶爾摩擦地面的微弱聲音。貓一點一點地吃著。終於，麵包全部吃光了。紫紅色的貓舌頭舔過了茶盤的每一片地方，直到整個盤子像拋光的大理石般閃閃發亮。然後貓坐下去，冷漠地將脊背轉向賽弗恩，開始清理身體。

「把它留下吧，」賽弗恩饒有興致地說，「你需要它。」

貓抖動著一隻耳朵，但沒有轉身，也沒有停止清潔。隨著牠毛髮上的髒汙漸漸被清理掉，賽弗恩才看出牠本應該是一隻白貓。牠的毛髮有幾處缺損——可能是疾病導致，也有可能是打鬥時受了傷。牠的尾巴顯得異常乾瘦，一串脊椎凸起在背上。但在把身體舔過一遍之後，牠曾經的魅力又顯現了出來。當牠繼續清理工作的時候，賽弗恩一直沒有再開口。直到牠終於閉上眼睛，將胸口伏到前爪上，賽弗恩才非常輕柔地再次說道：「貓咪，和我說說你的麻煩。」

聽到賽弗恩的聲音，貓發出一陣沙啞的咕嚕，賽弗恩知道，牠其實是想要愜意地嗚嗚叫兩聲。賽弗恩俯身輕撫貓的臉頰，貓又喵地叫了一聲。賽弗恩回應說：「當然，你的狀況好多了。等你全身的羽毛都長好

了，你一定是一隻非常漂亮的小鳥。」貓聽懂了賽弗恩的讚美，站起身，繞著賽弗恩的腿走來走去，探頭到賽弗恩的雙腳之間，表示自己的快樂。賽弗恩則以嚴肅的禮貌態度予以回應。

「那麼，你到底是為什麼要來到這裡呢？」賽弗恩問牠，「來到四風街，來到五樓的一扇歡迎你的門前。當我從畫布前轉過身，看著你的黃色眼睛時，是什麼阻止了你立刻逃走？你是拉丁區的貓嗎？就像我是拉丁區的人。為什麼你的脖子上會有玫瑰色的花帶？」現在這隻貓已經爬上他的膝頭，正坐在他的大腿上「嗚嗚」地叫著，讓賽弗恩輕輕撫摸牠稀疏的毛髮。

「如果我有任何粗俗的言談和舉動，還請原諒，」賽弗恩繼續用充滿慰藉的舒緩語氣說著話，與貓的嗚嗚聲很是和諧，「只不過我忍不住會對這玫瑰色的花帶感到好奇。這些花的做工是這樣精緻，釦環還是白銀的。我能看到這副釦環邊緣的鑄造標記，那代表著法蘭西共和國法律所保護的高貴地位。那麼，為什麼這條有著精美刺繡的玫瑰色絲綢花帶……為什麼這條有著白銀帶扣的花帶會繫在你飽受飢饉之苦的喉嚨上？如果我詢問這條花帶的主人會不會就是你的主人——這個問題是否有任何不當之處？她會不會是一位上了年紀的夫人，心中無法忘記年輕時的榮耀與尊貴，再加上對你的寵愛，便用她的私人服飾裝扮你？這條花帶的長度應該能說明這一點。你的脖子很細，但這條花帶的確能戴在你的脖子上。但我會注意到許多事情，我注意到這條花帶其實能夠被拉長很多，我看到花帶上鑲著五枚白銀釦環，而第五枚小孔被磨損得很厲害，似乎帶扣更多是被固定在這裡，那麼花帶原來環繞的東西其實比你的脖子要粗很多。」

貓滿足地蜷起腳趾，外面的街道非常安靜。

賽弗恩繼續喃喃地說道：「為什麼你的女主人會用一件對她來說非常重要的飾物來裝飾你？至少這條花帶曾經對她很重要。她是如何將這一點絲綢和白銀繫在你脖子上的？會不會是因為她一時的心血來潮？當你還有著豐滿的身材和美麗的雪白毛髮時，有一天你走進她的臥室，用甜美的叫聲向她道早安，她便欣然將花帶當作禮物送給了你？當然，那時她一定坐在枕頭堆裡，蓬鬆的捲髮散落在肩頭，而你一下子跳到床上，喵喵地說：『早安，我的女主人。』哦，她一定會非常高興吧。」賽弗恩打了個哈欠，將頭枕在椅背上。貓還在「嗚嗚」地低聲叫著，在賽弗恩的膝頭不緊不慢地將肉墊爪子收緊又放鬆。

「貓啊，我是不是應該再和你聊一聊她的事情？她一定非常美麗——你的女主人，」賽弗恩昏昏欲睡地嘟囔著，「她的頭髮很濃密，就像閃閃發光的黃金。我能夠把她畫下來……不是在畫布上……我需要影子、光暈、色調、渲染——所有這一切都必須比燦爛的彩虹都更加豔麗奪目，所以我只能閉起雙眼來描繪她。只有在夢裡，我才能得到我所需要的顏色。要表現她的眼睛，我必須使用來自天空的藍色，其中還不能摻雜一絲雲彩——必須是夢想王國的天空。要畫出她的嘴唇，我需要來自於夢幻鄉宮殿裡的玫瑰。畫她的額頭需要用白雪做顏料，不是普通

的白雪，而是攀上去就能摸到月亮的奇幻山峰最高處積雪 —— 那也不是我們看到的普通月亮，而是隱藏在更高處，夢幻鄉的水晶之月。你的女主人，她一定非常非常美。」

話音從賽弗恩的唇邊消失，他的眼皮垂了下來。

貓也睡去了。牠的臉頰枕在自己肋骨上，爪子軟綿綿地放鬆下來。

▌II

「真是幸運啊，」賽弗恩坐起來，伸了個懶腰，「晚餐時間在我們做夢的時候就過去了，因為我實在沒有什麼可以給你吃的，不過一個銀法郎就能解決這個問題了。」

貓在賽弗恩的大腿上站起身，弓起脊背打了個哈欠，抬起頭看著他。

「我們應該吃些什麼？烤雞配沙拉？不？可能你更喜歡牛肉？當然，我可以試試雞蛋和白麵包。現在要決定喝些什麼佳釀了。你要牛奶？很好。我可以喝些水，儲存在大樹軀幹裡的新鮮水。」他指了指水槽裡的木桶。

他戴上帽子，離開了房間，貓跟隨他走到門口。賽弗恩關上屋門之後，貓就坐下來，嗅著門板上的裂縫。這座瘋狂的老房子每發出一次吱嘎的響聲，貓都會豎起一隻耳朵。

樓下的門開了又關，貓的表情很嚴肅。片刻間，牠又顯露出猶疑的神色。因為緊張的期待，牠將耳朵抿在了腦後。突然間，牠尾巴一抽，站立起來，開始悄無聲息地在這間畫室中巡行。一瓶松節油讓牠打了個噴嚏，匆匆退到桌邊。隨後一段時間裡，桌子上的一根紅色塑形蠟滿足

了牠的好奇心。牠又回到門邊坐下來，眼睛透過門檻上方的一道裂縫向外望去，同時發出微弱而又淒涼的感嘆。

賽弗恩回來的時候，面色顯得特別凝重。貓則高興地繞著他轉圈，用自己瘦弱的身子磨蹭他的雙腿，熱心地把頭放在他的手心裡，激動地發出又長又細的嗚嗚聲。

賽弗恩將一點用牛皮紙包著的肉放到桌上，用一把小折刀把肉切碎，又拿出一瓶盛滿牛奶的小藥瓶，把牛奶倒進壁爐前的茶盤裡。

貓蜷縮在茶盤旁邊，一邊舔著牛奶，一邊嗚嗚地叫著。

賽弗恩煮好自己的一顆雞蛋，配上一片麵包，一邊吃一邊看著正在埋頭吃肉的貓。他吃完蛋和麵包的時候，也喝光了一杯從水桶裡舀出來的水。然後他坐到貓身邊，把貓抱起來，放到腿上。貓立刻蜷起身子，開始清理毛髮。賽弗恩一邊輕輕撫摸貓，一邊開了口：

「貓啊，我找到你的女主人住在哪裡了。那兒離這裡並不遠，實際上，她和我們就住在同一片漏雨的屋頂下。只不過她住在這座樓的北翼。我本來以為那裡已經沒人居住了，這是看門人告訴我的，幸好他今晚幾乎可以說還沒喝醉。你吃的肉是我從塞納河街的屠夫那裡買的。他認得你，麵包師傅老卡巴內毫無道理地說了許多挖苦你的話。他們和我說了一些關於你女主人的糟糕傳聞 —— 那都是我不應該相信的謠言。他們說她懶惰、虛榮、愛好享樂，還說她輕率魯莽，不切實際。住在一樓的小雕刻家也總是從老卡巴內那裡買小圓麵包，他和我算是點頭之交。直到今晚，他才第一次和我說了話。他說你的女主人是非常好，非常美麗的女子，他只見過她一次，也不知道她的名字。我感謝了他 —— 我不知道為什麼要那樣熱切地感謝他。卡巴內說：『在被詛咒的四風街，四個方向的風全都會吹來邪惡的東西。』那位雕刻家對麵包師傅的這句話顯得

很困惑，不過當他拿著麵包離開麵包店時，他對我說：『我相信，先生，她的善良就像她的美麗一樣，是一眼就能看出來的。』」

貓完成梳理，輕輕跳到地板上，朝門口走去，在那裡嗅了嗅。賽弗恩跪到牠身邊，解下牠脖子上的花帶，拿在手中。片刻之後他說道：「這枚銀帶扣下面刻著一個名字，很美麗的名字 —— 西爾維婭・艾雯。西爾維婭是一位女性的名字。艾雯是一座小鎮的名字，就在巴黎，就在這個區，在四風街。歲月改變了這裡的一切，也讓這個名字被遺忘了。我知道這個名為『艾雯』的小鎮。因為我在那裡曾經面對面地遭遇過命運，而命運並不仁慈。但你知道嗎？在艾雯，命運有另一個名字，那個名字就是西爾維婭。」

賽弗恩放下花帶，站起身，低頭看著蜷伏在門前的貓。

「『艾雯』這個名字對我有一種魔力。它總讓我想到青草綠蔭和清澈的河水。『西爾維婭』卻會給我帶來困擾，讓我想到死去花朵的香氣。」

貓喵喵叫了一聲。

「是的，是的，」賽弗恩用安慰的語氣說，「我會送你回去。你的西爾維婭不是我的西爾維婭。這個世界很大，並非所有人都不知道艾雯。但在這個陰暗骯髒的巴黎貧民窟裡，在這座古老房屋的陰影中，這些名字也會給我帶來安慰。」

他將貓抱在臂彎裡，走過寂靜的走廊，下了五層樓梯，來到被月光照亮的庭院中，走過雕刻家的小屋，穿過樓房北翼的大門，登上被蛆蟲吃空的樓梯，最終來到一扇緊閉的門前。敲了很長時間的門後，他聽到門裡傳來一些動靜。門開了，他走進去。房間裡很暗，他一邁過門檻，貓就從他的臂彎裡跳進陰影之中。他仔細傾聽，卻什麼都沒有聽到。這裡的寂靜給人一種沉重的壓迫感。

他劃了一根火柴，發現自己身邊就有一張桌子。桌上的鍍金燭臺中插著一支蠟燭，他將蠟燭點亮，再次環顧四周。這個房間很大，掛著滿是刺繡的帷幔，壁爐上有一座高大的雕花壁爐臺，但爐膛中的火早已熄滅，只剩下灰燼。深陷在牆壁中的窗戶旁有一處凹室，一張床被擺在那裡。蕾絲床帳一直垂到拋光的地板上，看上去柔軟又精緻。

賽弗恩將蠟燭高舉過頭，才發現自己的腳邊有一塊手帕，手帕上帶著淡淡的香水氣味。他向窗戶轉過身，窗前有一個沙發。沙發上凌亂地堆著一件絲綢長裙，和一雙精美得彷彿是用蛛絲織成的白色蕾絲長手套，它們上面已滿是皺紋。地板上有兩只長襪，一雙尖頭小鞋子，還有一條玫瑰色的絲綢花帶，上面鑲綴著美麗花朵和白銀帶扣。賽弗恩驚訝地向前走過去，拉開厚重的床帳。片刻間，燭火在他的手中閃動了一下。他的眼睛遇到了另外一雙眼睛 —— 大睜著，帶著笑意。閃爍的燭光照亮了黃金一樣秀美的長髮。

她面色蒼白，但還沒有賽弗恩的臉色那樣白。她的雙眼像孩童一樣天真快樂，沒有任何煩惱。賽弗恩看著她，全身都在顫抖，燭火在他的手中更是不停地抖動著。

終於，賽弗恩悄聲說道：「西爾維婭，是我。」

他又說了一遍：「是我。」

終於，賽弗恩明白她已經死了。他親吻了她的嘴唇，在這漫長的黑夜裡，貓在他的膝頭輕聲叫著，肉墊爪子不停地攏起又鬆開，直到四風街頭的天空漸漸變白。

四風街 The Street of the Four Winds

街上的第一枚炮彈
The Street of the First Shell

I

房間裡已經很暗了，高高的屋頂隔斷十二月殘存的陽光。女孩將椅子拉到窗前，挑選一根大針，穿上線，又將線在手指上繞好了結，然後她將嬰兒的衣服在膝蓋上撫平，開始了縫紉。

縫好之後，她低頭把線咬斷，又用一根小一些的針縫合衣襟的鑲邊。最後，她將線頭和蕾絲碎片清理乾淨，再一次滿懷愛意地將衣服放到大腿上，從胸衣上取下另一根穿好線的針，用它穿過一枚鈕釦。

但是當鈕釦沿著細線旋轉落下的時候，她的手抖了一下，線斷了，鈕釦滾落到地板上。她抬起頭，眼睛盯住窗外那些煙囪上方正逐漸黯淡下去的一縷陽光。從城市中的某個地方傳來彷彿擊鼓的模糊聲音。更遠處——非常非常遙遠的地方，有一種模糊的咕嚕聲正在變大，越來越大，就好像遙遠的海浪在拍打岸邊的岩石，又漸漸退去，發出凶惡的吼叫。寒意越來越重，冰冷刺骨的感覺在房梁間瀰漫開來，將空氣扼住、勒緊。與之相比，昨天的那種陰冷天氣也要暖和得多。下面街道上的每一種聲音都變得如同金屬般冷硬銳利——木底皮鞋踩踏路面的聲音，百葉窗磕碰窗框的聲音，還有偶爾傳來的說話聲音。空氣越來越沉重，融入黑暗和寒冷之後，變得如同棺材的罩布。現在呼吸會造成痛苦，任何動作都變得吃力。

在淒涼的天空中飄飛著疲憊；陰沉的黑雲裡隱藏著哀傷。這種來自

蒼穹的情緒滲透進這慢慢被凍結的城市，落入穿過城中的結冰河流。這座壯麗的城市擁有許多塔樓和圓頂、碼頭、橋樑，還有千座尖塔。所有這一切都被淹沒在這種情緒中，它進入城中的廣場，占據大道和宮殿，悄然跨越橋樑，鑽進拉丁區狹小的街巷中。讓整座城市像十二月的灰色天空一樣，變成了灰色。哀傷，徹徹底底的哀傷。一片細小的冰粒從天空落下，如同砂礫一般鋪滿街道，堆積成水晶的灰塵，又隨風撞上窗格玻璃，覆蓋了外面的窗臺。窗外的光亮幾乎要完全消失了，低頭工作的女孩忽然揚起臉來，撥開眼睛上的捲髮。

「傑克？」

「什麼事，我最最親愛的？」

「不要忘記清潔你的調色盤。」

傑克說了一聲「好的」，拿起了他的調色盤，坐到火爐前的地板上。他的頭和肩膀都陷入陰影中，但火光落在他的膝蓋上，在調色刀的鋒刃上染出一片跳躍的紅色。藉助爐火的照明，能看到他身邊有一只油彩盒。盒蓋上刻著：

傑克・特朗

美術學院

1870[15]

銘文下面還裝飾著美國和法國的國旗。

凍雨不斷被吹落在窗格上，在玻璃上面鑲嵌了無數星星和鑽石，又被屋中的熱氣融化，流淌下來，重新凍成冰，繪製出蕨草一樣的透明花紋。

---

[15]　普法戰爭爆發於西元 1870 年，故事正發生於巴黎被圍城期間。

一隻狗發出哀怨的嗚嗚聲，還伴隨著小爪子敲擊在火爐後波紋鐵板上的吧嗒聲。

「傑克，親愛的，你覺得海格力斯是不是餓了？」

爪子敲擊火爐的聲音變得更加響亮了。

「海格力斯一直在叫，」她緊張地繼續說道，「如果不是因為牠餓了，那就是因為⋯⋯」

她的話音戛然而止，一陣響亮的嗡鳴聲充滿整個房間，就連窗戶都被震得抖動不止。

「哦，傑克，」她喊道，「又是⋯⋯」但她的聲音已經被一枚炮彈撕裂雲層的淒厲尖叫所淹沒了。

「到現在為止，這是最近的一次了。」她低聲說道。

「嗯，沒事。」傑克高興地回應道，「它也許是落到蒙馬特區去了。」看到她沒有回話，傑克又故作毫不在意地說，「他們不會費力氣向拉丁區開炮的。而且就算他們炮轟這裡，也不可能讓這裡變得更糟。」

過了一會兒，她也用明快的聲音說：「傑克，親愛的，你什麼時候會帶我去看看韋斯特先生的雕像作品？」

「我打賭，」傑克扔下調色盤，來到她身邊，向窗外望去，「科莉特今天一定來過這裡。」

「為什麼？」她睜大眼睛問了一聲，又說道，「哦，這太糟了！說實話，男人在以為自己無所不知的時候就會變得很討厭！我警告你，如果韋斯特先生只是徒勞地想像科莉特⋯⋯」

另一顆炮彈從北方呼嘯著飛過天空，讓空氣也隨之顫抖。他們覺得這淒厲的呼嘯聲就從自己的頭頂越過去，只剩下窗戶在輕輕磕碰窗框。

「天哪，」傑克的話衝口而出，「這也太近，太嚇人了。」

他們沉默了片刻。然後傑克又恢復高興的語調。「堅持住，西爾維婭，憔悴可憐的韋斯特也會堅持下去的。」但她只是嘆了一口氣，「哦，親愛的，我可能永遠都無法適應這些炮彈。」

傑克坐到她身邊的椅子扶手上。

她的剪刀噹啷一聲掉到地上。她將沒有完工的裙子也扔到一旁，伸出雙臂抱住傑克的脖子，把他拉到自己懷裡。

「今晚不要出門，傑克。」

傑克親吻著她揚起的臉。「妳知道我必須出去，不要讓我為難。」

「可是我一聽到那些炮彈……知道你在外面……」

「但它們都是落到蒙馬特區去的……」

「它們也許全都會落到美術學院去，你自己也說過，有兩顆炮彈擊中了奧賽碼頭……」

「那只是意外……」

「那你就可憐可憐我！讓我和你一起去！」

「那麼誰在家裡做晚飯呢？」

她站起身，一頭倒在床上。

「哦，我知道你一定要去，但我就是沒辦法接受。不管怎樣，我求你盡量早點回家吃飯。真希望你知道我到底有多難受！我……我就是管不住自己。親愛的，你一定要對我耐心一些。」

傑克說道：「那裡就像我們的家一樣安全。」

她看著傑克為她注滿了酒精燈，把燈點亮，再拿起帽子準備離開。她跳起身，一言不發地抓住傑克。片刻之後，傑克說：「聽著，西爾維

婭，妳要記住，妳才是我的勇氣。好了，我必須走了！」她沒有鬆手。傑克又重複了一遍：「我必須走了。」她才後退一步。傑克以為她會說些什麼，便站在原地等待著。但她只是看著傑克，帶著一點焦急。傑克又親吻了她，並說道：「不必擔心，我最最親愛的。」

當傑克距離街道只剩一層樓梯的時候，一名女人蹣跚著走出大樓看門人的小屋，手中揮舞著一封信喊道：「傑克先生！傑克先生！這是法洛比先生留下的！」

傑克接過信，靠在小屋的門框上，開啟信紙：

親愛的傑克，

我相信布賴特先生已經徹底破產了，而且我確定法洛比先生也是一樣。布賴特發誓他沒有，法洛比也發誓沒有，所以你盡可以自行做出結論。我已經計劃好了晚餐，如果這樣可行的話，我會邀請你也加入。

你最忠實的，
韋斯特

另：感謝主！法洛比已經動搖了哈特曼和他的團夥。那裡有一些東西已經爛掉了 —— 抑或他只是一個守財奴。

又另：我無可救藥地陷入愛情之中，這是以前從未有過的。但我相信，我在她的眼裡根本就輕如草芥。

「好吧，」傑克·特朗微笑著對看門人說，「科塔德老爹怎樣了？」

那位老婦人搖搖頭，朝小屋裡帶著帳子的床指了指。

「科塔德老爹！」傑克·特朗歡快地說道，「今天你的傷怎麼樣了？」

他來到床邊，掀起帳子。一個年邁的男人正躺在亂作一團的被褥中。

「好些了？」傑克‧特朗問。

「好些了。」那位老者虛弱地說道，停頓一下之後，他又說，「有什麼新聞嗎，傑克先生？」

「我今天還沒有出門，無論聽到什麼傳聞，我都會給你帶回來的。不過天知道，我帶回來的謠言已經夠多了。」他嘟囔了這麼一句，又提高聲音說道，「高興些吧，你看起來好多了。」

「戰爭怎麼樣？」

「哦，這場戰爭，這個星期又要有行動了，特羅舒將軍昨晚發出了命令。」

「那一定很可怕。」

「一定會讓人噁心。」傑克‧特朗一邊這樣想著，一邊走到街上，拐了個彎，朝塞納街走去，「殺人，殺人，呸！真高興我不用參加。」

街上看不見多少行人。有幾位女人用破爛的軍用斗篷裹住身子，靜悄悄地走在冰冷的石板路面上。一名衣衫破爛的流浪兒在林蔭大道街角落裡的陰溝口旁邊徘徊，他用腰間的繩子捆住用來禦寒的破布。那根繩子上掛著一隻還在流血的老鼠，看上去還有熱氣。

「那裡還有一隻，」他向傑克‧特朗喊道，「我打中了牠，但牠逃走了。」

傑克走過街道問：「多少錢？」

「兩法郎可以買四分之一隻肥的，聖日耳曼市場上也是這個價。」

一陣猛烈的咳嗽打斷了流浪兒的話。流浪兒用手掌抹了一下臉，狡猾地看著傑克，繼續說道，「上個星期，你用六法郎就能買一隻老鼠。」說到這裡，他惡狠狠地罵了一句，「但是現在老鼠已經離開塞納街。新醫

院那邊快殺光老鼠了，如果你願意掏七法郎，我就把這隻老鼠給你。我在聖路易斯島能把牠賣到十法郎。」

「你說謊。」傑克說道，「我來告訴你，如果你想要在這個街區欺騙任何人，這裡的人們會立刻解決掉你和你的老鼠。」

傑克瞪視著這個流浪兒，這個孩子則裝出一副要哭的樣子。傑克便大笑著丟給他一個法郎，孩子接住硬幣，把它塞進嘴裡，又向陰溝口轉過身，蹲伏下去，一動不動，雙眼警惕地盯住下水道的柵欄。突然向前跳去，將一塊石頭朝下水道砸下。傑克走開的時候，流浪兒又抓住一隻灰色的老鼠，不過那隻老鼠還在陰溝口激烈掙扎和尖叫。

「不知道布賴特會不會這樣，可憐的小傢伙。」他一邊這樣想著，一邊加快腳步。又拐了一個彎，他就來到了美術學院所在的夯土街道上，走進街左邊的第三幢房子。

「先生在家。」年老的看門人用顫抖的聲音說道。

家？這根本就是一間空蕩蕩的閣樓，只是在角落裡放著一張鐵床架，鐵洗臉盆和水罐只能放在地上。

韋斯特出現在門口，神祕兮兮地眨眨眼，示意傑克進屋裡來。布賴特在作畫，為了保暖，他坐到床上。傑克一進來，他就笑著揚起頭，擺了擺雙手。

「有什麼訊息嗎？」

這個例行公事的問題得到了一成不變的回答：「除了大炮，什麼都沒有。」

傑克也坐到床上。

「你們到底是在哪裡搞到牠的？」他指著洗臉盆裡的一隻雞問道。

韋斯特咧嘴一笑。

「你們兩個是百萬富翁嗎？快說。」

布賴特顯得有些羞愧。他開口道：「哦，這是韋斯特的功勞。」不過他的話被韋斯特打斷了，韋斯特說這個故事應該由他自己來講。

「實際上，在巴黎遭受圍攻之前，我剛剛得到一封介紹信，把我引薦給了這裡的一名『人物』，一名富得流油的銀行家，德國和美國的混血兒，你一定知道這種人。嗯，當然，我當時把這封信忘記了。不過今天早晨，我判斷這會是一個好機會，於是我去拜訪了他。」

「那個惡棍生活得非常舒服，他的爐子裡有火！乖乖，還是前廳裡的爐子！給他看門的傢伙對我非常傲慢，磨蹭了半天才答應把我的信和名片送進去，而我就這樣被丟在走廊裡獨自站著。我不喜歡這樣，於是我走進第一間房間，看到爐火前桌子上豐盛的筵席，我差一點暈過去。看門的出來了，比剛才更加傲慢，他拒絕了我，說他的主人不在家，還說他的主人非常忙，根本不會看什麼介紹信，現在他的主人需要處理圍城和其他許多艱難的事務……」

「我踢了那個門衛一腳，從桌上拿起這隻雞，把名片扔在盛雞的空盤裡，告訴那個門衛，他就是一頭普魯士豬，然後我就帶著戰爭的榮耀出來了。」

傑克搖搖頭。

「我忘記說了，」韋斯特繼續說道，「根據我的推測，那個哈特曼經常在那裡大吃大喝。現在，說到這隻雞，牠的一半是布賴特和我的，一半是科莉特的。不過當然，你可以幫助我吃掉我的那一部分，因為我並不餓。」

「我也不餓，」布賴特開口道。但傑克只是向這兩個臉色蒼白清瘦的人微微一笑，搖著頭說，「胡說！你們知道我從不會覺得餓！」

韋斯特猶豫了一下，切下布賴特的那一份雞，但一口都沒有給自己留。向傑克和布賴特道過晚安之後，他就拿著剩下的雞匆匆趕往大蛇街470號去了，那裡住著一位名叫科莉特的美麗女孩。色當戰役後，她就成了孤兒，天知道她怎麼會直到現在還有玫瑰色的臉頰。這場圍城戰已經讓窮人的生活變得越來越艱難了。

「那隻雞一定會讓她非常高興，而我真心相信她是愛韋斯特的。」傑克說著回到床邊，「嗨，老傢伙，別躲躲藏藏的了，你還有多少錢？」

布賴特也是面帶猶豫，臉色泛紅。

「好了，老朋友。」傑克繼續催促著。

布賴特從自己的枕頭下面拿出錢包，遞給他的朋友。他臉上那種質樸表情讓傑克不由得為之動容。

「七個蘇[16]，」傑克很快就數清錢包裡的硬幣，「你真是讓我心累！你到底為什麼不來找我？這會讓我……讓我難過的，布賴特！我必須向你解釋多少遍，因為我有錢，所以我的責任就是將錢分給大家，而你的責任和每一個美國人的責任就是和我一同用掉這些錢。這座城市已經被封鎖了，除了我這裡，你在其他地方找不到一分錢。那些德國惡棍已經讓美國公使忙不過來了，為什麼你不理智一點？」

「我……我會的，傑克，但我根本沒可能還這筆債，就算是還一部分也不可能。我太窮了，而且……」

「你肯定可以還我！如果我是一個放高利貸的，我就會用你的才能做抵押。等你富裕了，有了名望……」

「不要說了，傑克……」

「好吧，以後不要再說什麼錢的事了。」

[16]　蘇是法國舊時貨幣單位，一法郎等於二十蘇。

傑克將幾枚金幣丟進錢包裡，重新把錢包塞回枕頭下，微笑著問布賴特：「你多大了？」

「十六歲。」

傑克伸手輕輕按住這位朋友的肩膀：「我二十一，我對你可是有長輩一樣的權力。你要照我說的去做，直到你二十一歲。」

「希望那時圍城已經結束了。」布賴特努力笑了兩聲，但我能聽到那笑聲中隱藏著他的祈禱：「還有多久，我的主啊，還有多久啊！」一陣炮彈的急速尖嘯再次撕裂了十二月夜空中的風暴雲層。

II

韋斯特站在大蛇街一幢樓房的門口，正在氣憤地說著話。他說他不在乎哈特曼是不是喜歡，他是在告知哈特曼，而不是要和哈特曼爭論。

「你自稱為美國人！」韋斯特冷笑著說，「柏林和地獄裡全都是這種美國人。你來這裡調戲科莉特，在口袋裡塞滿白麵包和牛肉，還有一瓶三十法郎的紅酒，但你從沒有為美國人的救護車和公共援助系統提供過一美元。而布賴特一直在資助它們，卻只能餓肚子！」

哈特曼退到馬路邊上，但韋斯特一直追趕著他。現在韋斯特的臉上像是覆蓋了一層雷暴雲砧。「難道你還敢自稱為我們的同胞嗎？」他咆哮道，「不，你也不再是藝術家了！藝術家不會成為社會的蛀蟲，不會像老鼠一樣，用民眾的食物養肥自己！我現在告訴你，」看到哈特曼彷彿被驚呆的神情，他終於壓低了聲音，「你最好離那條德國狗的食堂遠一點，還有那群盤踞在那裡的自鳴得意的蝨賊！你知道他們會怎麼對待嫌疑犯！」

「隨你怎麼說吧，你這條狗！」哈特曼尖叫一聲，向韋斯特的臉上揮出手中的酒瓶。韋斯特一下子就抓住了他的喉嚨，把他壓在一堵牆上，用力搖晃他。

「現在你要聽我說。」韋斯特咬著牙喃喃地說道，「你已經是一個嫌疑犯了。我發誓，我相信你就是一名拿報酬的間諜！調查你這種害蟲不是我的事情，我也不想告發你。但你要明白！科莉特不喜歡你，我也不會容忍你。如果我再在這條街上抓住你，我肯定會做一些讓大家不高興的事情。出去，你這個油頭粉面的普魯士人！」

哈特曼已經從衣兜裡掏出一把匕首，但韋斯特將匕首奪過去，又把哈特曼扔進馬路旁的陰溝裡。一個流浪兒看到這一幕，爆發出一陣響亮的笑聲，在寂靜的街道上顯得特別刺耳。周圍樓房的窗戶也都被推了起來，一張張憔悴的面孔出現在窗戶，想要知道為什麼有人會在這座深受飢饉之苦的城市中放聲大笑。

「是仗打贏了嗎？」一個人喃喃地問道。

「看看吧，」韋斯特衝著爬起來的哈特曼喊道，「看看！你這個守財奴！看看這些人！」但哈特曼只給了韋斯特一個讓他永遠無法忘記的眼神，就一言不發地走掉了。傑克突然繞過街角走了出來，他好奇地瞥了韋斯特一眼。韋斯特只是向樓門口點點頭說：「進去吧，法洛比在樓上。」

「你拿著刀子幹什麼？」法洛比問道。這時韋斯特和傑克剛剛走進畫室。

韋斯特看了一眼自己還握著匕首的那隻手，那隻手多了一道劃傷。他只是說了一句：「我不小心把自己割傷了。」就將匕首扔進了屋子一角，又洗掉手指上的血。

　　肥胖懶惰的法洛比只是一言不發地看著韋斯特。傑克大約知道剛才發生了什麼，這時便微笑著向法洛比走過去。

　　「我要給你挑挑骨頭了！」傑克說道。

　　「骨頭在哪裡？我餓了。」法洛比裝作迫不及待的樣子說道。但傑克只是皺起眉，讓法洛比好好聽著。

　　「一個星期以前，我給了你多少？」

　　「三百八十法郎。」法洛比緊張起來，彷彿是要悔悟的樣子。

　　「那些錢在哪裡？」

　　法洛比開始了一連串錯綜複雜的解釋，但傑克很快就打斷了他。

　　「我知道，你把錢都花光了，你總是錢一到手就立刻花光。我一點也不在乎你在圍城之前做過什麼，我知道你很富有，也有權利任意處置你的錢。我還知道，一般來說，這種事和我沒有關係。但現在，你的事和我有關了，現在你的錢都是我給的。除非這次圍城戰以這樣或那樣的方式結束，否則你不可能從其他地方搞到錢。我願意分享我所擁有的，但不會眼看著那些錢被扔到風裡去。哦，是的，我當然知道你會還我錢，但這不是問題。不管怎樣，老傢伙，這是朋友對你的勸誡，如果你能在肉體的享受上有一點收斂，你的情況是不會變得更糟的。在這個饑荒的時代，在這座滿是骷髏、被詛咒的城市裡，你肯定是一位怪胎！」

　　「我的確是比較壯實。」法洛比承認。

　　「你真的沒錢了？」傑克認真問道。

　　「是的，沒錢了。」法洛比嘆了口氣。

　　「聖奧諾雷街的那隻烤乳豬 ── 牠還在那裡嗎？」傑克繼續問道。

　　「什……麼？」這個心虛的傢伙有些結巴地反問道。

「啊——我就知道！我至少已經有十二次看見你如痴如醉地盯著那隻烤乳豬了！」

然後傑克就大笑著塞給法洛比一卷二十法郎的鈔票，對他說：「如果你把這些又揮霍光了，那就只能靠自己的脂肪過活了。」說完，他就去幫坐在洗手盆旁的韋斯特包紮傷口了。

韋斯特等傑克在他的手上纏好紗布，打好結，然後說道：「你一定記得昨天我離開你和布賴特，帶著雞去找科莉特。」

「雞！上天啊！」法洛比呻吟了一聲。

「雞，」韋斯特又重複了一遍，同時欣賞著法洛比的哀痛，「我……我必須告訴你們，現在情況會有些變化，科莉特和我……要結婚了……」

「那……那隻雞呢？」法洛比呻吟著問。

「閉嘴！」傑克一邊大笑著，一邊伸手挽住韋斯特的手臂，向樓梯口走去。

「那個可憐的小東西，」韋斯特說道，「想想看，她已經一個星期都沒有見過一根木柴了。但她就是不告訴我，因為她認為我需要木柴來烤乾黏土雕像。天哪！當我得知這件事的時候，我就把那個可笑的黏土仙女摔成碎片。我已經想好了，其他雕像只要掛到室外去凍硬就好了！」片刻之後，他又有些不好意思地說，「你願意去向她道一聲晚安嗎？她就在 17 號。」

「當然。」傑克說著便走出房間，又在身後輕輕把門關上。

他來到三樓，劃了一根火柴，審視一排骯髒的門板上的號碼，然後敲響 17 號門。

「是你嗎，喬治？」門開了，「哦，請原諒，傑克先生，我還以為是韋斯特先生來了。」開門的女孩面色紅得發燙。「哦，您一定是聽說了！哦，非常感謝您的好意。我相信我和喬治都深愛著彼此，我現在就想見到西爾維婭，告訴她這件事，還有……」

「還有什麼？」傑克笑著問。

「我非常高興。」科莉特嘆了口氣。

「他就是一塊純粹的金子。」傑克高興地說道，「我希望你和喬治今晚能夠和我們共進晚餐，我們要小小地慶祝一下。知道嗎，今天是西爾維婭的生日，她就要十九歲了。我已經寫信給索恩，格爾納勒克一家也會和他們的親戚奧蒂爾一起前來。法洛比也答應我，不會帶其他任何人，只是他一個人過來參加聚會。」

女孩羞赧地接受了傑克的邀請，又委託傑克給西爾維婭帶去無數關愛的問候，然後就向傑克道了晚安。

傑克離開那幢樓房，來到街上。他的步伐很快，因為天氣已經很冷了。他穿過魯尼街，進入了塞納街。冬天的夜幕在落下時幾乎沒有任何預警，不過天空很清澈，無數星辰在蒼穹中閃閃發光。敵人的炮轟變得愈發猛烈，普魯士大炮持續不斷地發出滾滾雷聲，其中夾雜著炮彈落到瓦勒里昂山的沉重爆炸聲。

炮彈如同流星一般劃過天空，留下一股股煙塵。傑克回頭一瞧，看到藍色和紅色煙火的伊西堡的地平線，北部要塞更是已經像一大堆篝火一樣燃燒起來。

「好消息！」一個人在聖日耳曼大道高聲叫喊著。彷彿被施了魔法一樣，這條街道立刻擠滿了人。所有人都打著哆嗦，不停地說著話，睜大深陷在眼窩中的眼睛。

「是農民軍！」一個人喊道，「來自盧瓦爾的軍隊！」

「嘿！我的老朋友，他們終於來了！我早就告訴過你！早就告訴過你！他們明天就能到 —— 也許就是今晚 —— 誰知道呢？」

「是真的嗎？要突圍了嗎？」

有人說：「哦，上帝啊 —— 真的要突圍了？那我的兒子呢？」另一個人喊道：「就在塞納河邊，他們說有人看到新橋那裡有盧瓦爾軍團的訊號。」

一個小孩子站在傑克身邊，不住地重複著：「媽媽，媽媽，那明天我們就能吃到白麵包了？」小孩的身邊是一位步履蹣跚的老者，他將乾枯的雙手按在胸前，彷彿瘋了一樣不停嘟囔著。

「是真的嗎？誰聽到訊息了？是布希街的鞋匠從一個國民軍那裡聽到的。國民軍是聽一名自由射手對一位國民警衛隊的隊長說的。」

傑克跟隨湧過塞納街的人群，來到河邊。

一簇又一簇煙火在向天空噴射。現在，蒙馬特區也響起了隆隆的炮聲，開始與蒙帕納斯的炮擊一爭高下。舊橋上已經全都是人了。

傑克問：「誰看到盧瓦爾軍團的訊號了？」

「我們正在等。」有人這樣回答他。

他向北方望去。突然間，耀眼的炮火在夜幕中映出凱旋門巨大的黑色剪影，碼頭附近響起的劇烈爆炸聲讓舊橋也隨之顫抖。

黎明街旁邊又亮起一團刺眼的火光，沉重的爆炸聲震撼著橋樑。隨後，防禦工事的整個東側堡壘都開始燃燒和崩裂，紅色烈火氣勢洶洶地衝上了天空。

「還沒有人看到訊號嗎？」傑克又問了一遍。

「我們正在等。」還是那個回答。

「是的，在等。」傑克身後的一個人喃喃地說道，「等待、疾病、飢餓、寒冷，但終究只能等待。真的是要突圍了嗎？他們在這裡興沖沖地等待著。他們還要挨餓嗎？還要挨餓，但他們從沒有想過投降。這些巴黎人 —— 他們是英雄嗎？回答我，特朗！」

那名說話的美國救護車軍醫轉過頭，目光在橋樑的欄杆之間掃過。

「有什麼訊息嗎？醫生？」傑克機械地問道。

「訊息！」醫生說，「我什麼都不知道，我沒有時間去知道任何事。這些人到底在等什麼？」

「他們說，盧瓦爾軍團已經在瓦勒里昂山發出訊號。」

「可憐的魔鬼們。」醫生瞥了傑克一眼，又說道，「我的心中全都是憂慮和苦惱，已經不知道該做些什麼了。上一次突圍作戰，我們用五十輛救護車救助我們小得可憐的部隊。明天還會有一次突圍作戰，我希望你們能夠到總部去，我們也許需要志願者。你的夫人還好嗎？」他突然說了這麼一句。

「很好，」傑克回答，「但她每一天似乎都在變得更加緊張。我現在應該陪著她。」

「照顧好她，」醫生一邊說，一邊用犀利的目光看了一眼人群，「我沒辦法待在這裡了，晚安！」他一邊快步向遠處走去，一邊還在嘟囔著，「可憐的魔鬼們！」

傑克靠在橋欄杆上，朝流過橋洞的黑色河水眨了眨眼。一些黑色的東西被河水帶動，快速地在河道中央，水流最急的地方移動著，撞在石砌橋墩上，發出刺耳的摩擦聲，旋轉片刻之後又急匆匆消失在遠方的陰影中。是馬恩河漂來的浮冰。

就在傑克凝視著河水的時候，一隻手按在了他的肩頭。「你好索思沃克！」傑克轉過身說道，「你會到這個地方來，還真是不尋常啊！」

「特朗，我有事情要告訴你，不要留在這裡了，不要相信什麼會有盧瓦爾軍團到來。」這名美國公使參贊挽住傑克的手臂，把他往羅浮宮的方向拉過去。

「那麼這又是一個謊言了！」傑刻苦澀地說道。

「更糟，公使館裡的人都知道了……而這個我不能說，不過這也不是我要說的。今天下午發生了一件事，有人去阿爾薩斯啤酒廠，一個名叫哈特曼的美國人被逮捕了。你認識他嗎？」

「我知道一個自稱為美國人的德國人 —— 他的名字就是哈特曼。」

「嗯，他是在兩個小時以前被捕的。他們要槍斃他。」

「什麼！」

「當然，公使館的人不能讓他們隨便就槍斃他，但他們似乎是證據確鑿。」

「他是間諜嗎？」

「嗯，從他房間裡找到的檔案都是該死的鐵證。而且他們還說，他被逮捕的原因是欺騙公共食品委員會。他將過手的供給品截留了百分之五十。對此我完全不知情。他自稱是這裡的一名美國藝術家。公使館有責任注意這件事。這真是一件很糟糕的事情。」

「在這個時候，欺騙民眾是比搶劫教堂門口的捐款箱更可怕的罪行。」傑克氣惱地喊道，「就讓他們槍斃他吧！」

「可他是美國公民。」

「是的，哦，是的，」傑刻苦澀地說道，「美國公民身分還真是一項

寶貴的特權，當所有那些四處亂瞅的德國人……」他的怒火讓他一時竟無法把話說下去。

索思沃克熱切地和傑克握了握手。「這麼說無濟於事，我們之中也有敗類。恐怕你會被召喚去指認他是不是美國藝術家。」他紋路很深的臉上掠過一絲微笑的影子，隨後便沿著皇后林蔭大道走開了。

傑克低聲罵了一句，拿出自己的錶。七點了。「西爾維婭一定要著急了。」他心中想著，轉身快步向河邊走去。人們仍然簇擁在橋上，忍不住地打著哆嗦，看上去陰鬱又可憐。他們都在向夜幕中眺望，尋找盧瓦爾軍團的訊號。密集的炮聲讓他們的心跳加速，每一次堡壘上冒出的火光都讓他們的眼睛發亮。他們的希望正隨著那些升騰火焰一起熾烈燃燒著。

一團黑雲懸浮在那些碉堡的上方，從一個方向的地平線到另一個方向的地平線，大炮的煙塵曲曲折折，一直伸向天空，隨著寒風蔓延到街道上方，和烏雲一起吞沒了塔尖和圓頂，落到屋頂上，覆蓋住碼頭、橋樑與河面，形成充滿硫磺氣息的濃霧。透過這片煙霧能看到一陣陣炮火的閃光，偶爾雲霧中會出現一道裂隙，吞噬點點繁星，沒有盡頭的黑色蒼穹便會短暫地顯現出來。

傑克再一次在塞納街轉向，這條街道上只有一排排緊閉著的百葉窗和沒有點亮的路燈，到處都瀰漫著一股被遺棄的悲哀氣氛。傑克開始有一點緊張，有那麼一兩次，他想如果自己能隨身帶上一把左輪手槍就好了。不過他也相信，從他身邊黑暗經過的那些鬼鬼祟祟的傢伙都因為飢餓而變得過於衰弱，不可能有什麼危險。無論怎樣，他總算是順利地回到住所的樓門口。但就在這裡，突然有一個人用繩子套住了他的脖頸。他們扭打在一起，在冰冷的石板路面上翻滾了許多次，傑克扯開脖頸上的繩索，一扭身跳了起來。

「起來。」他對歹徒說道。

一名身材矮小的流浪兒緩慢而又謹慎地從陰溝裡爬出來，厭惡地審視著傑克。

「幹得不錯，」傑克說，「尤其是對於你這種年紀的狗崽子！但要了結一個人，你應該把他堵在牆邊！把繩子給我！」

那個流浪兒一言不發地把繩索遞給傑克。

傑克劃了一根火柴，看了看攻擊他的流浪兒。就是昨天抓老鼠的那個。

「嘿！我一猜就是。」傑克喃喃地說道。

「喔，是你？」流浪兒平靜地說道。

這個厚顏無恥、狂妄自大的髒小孩一時讓傑克無話可說。

「你知道嗎，年輕人，」傑克喘息著說道，「他們會把你這種年紀的竊賊槍斃掉！」

孩子面無表情地看著傑克。

「那就槍斃吧。」

傑克受不了了，他轉身走進了樓門。

在沒有燈的樓梯裡摸索了一番之後，傑克終於到了自己所住的那一層，並在黑暗中找到了屋門。從他的工作室裡傳出說話的聲音 —— 有韋斯特親切的大笑和法洛比嘿嘿的低笑。他找到門把手，把門推開。片刻間，房間裡的燈光讓他眼前一片模糊。

「你好，傑克！」韋斯特喊道，「你真是個可愛的傢伙，邀請大家來吃飯，卻又讓大家等你。法洛比已經餓得要哭了……」

「閉嘴，」法洛比說道，「也許他是去買火雞了。」

「他根本就是去打劫了，看看他手裡那根繩子，那肯定是套脖子用的！」格爾納勒克笑著說。

「我們終於知道你從哪裡搞錢了！」韋斯特也說道，「佛朗索瓦神父萬歲！」

傑克和每一個人都握了手，笑著對面色蒼白的西爾維婭說：「我並不想遲到，但因為在橋上看炮戰而耽誤了一段時間。你很擔心嗎，西爾維婭？」

西爾維婭微笑著喃喃說道：「哦，沒有！」但傑克握住她的手時，感覺到那隻小手還在緊張地抽搐著。

「該開席了！」法洛比喊了這麼一句，又發出一陣喜悅的歡呼聲。

「放輕鬆，」索恩提醒他要保持禮貌，「要知道，你並不是主人。」

瑪莉·格爾納勒克一直在和科莉特聊天。這時她跳起身，挽住索恩的手臂，格爾納勒克先生則挽住了奧蒂爾的手臂。

傑克嚴肅地一鞠躬，向科莉特伸出自己的手臂，韋斯特挽住了西爾維婭，法洛比焦急地走在隊伍最後面。

「大家繞桌三圈，頌唱馬賽曲，」西爾維婭說道，「法洛比先生在桌上打節拍。」

法洛比建議他們可以在晚餐後唱歌，但他的聲音已經被淹沒在整齊一致的歌聲裡了……

「武裝起來！組織隊伍！」

他們開始一邊圍繞桌子行進，一邊歌唱。

「奮起！奮進！」

在眾人的齊心歌唱中，法洛比也笨拙地敲起桌子。他只能安慰自

己，這樣運動一下還可以增進食慾。

　　渾身黑毛的海格力斯逃到床底下，不停叫嚷和嗚咽著，直到格爾納勒克把牠拖出來，放到奧蒂爾的腿上。

　　大家都就坐之後，傑克嚴肅地說道：「現在，請聽好！」他開始朗讀選單。

巴黎圍城牛肉湯

魚

拉雪茲神父沙丁魚（配白葡萄酒）

烤肉

新鮮牛肉（配紅葡萄酒）

蔬菜

罐頭煮豆子

罐頭花生醬

愛爾蘭馬鈴薯

小菜

蒂耶冷醃牛肉

加里波底燉李子

甜點

李子乾白麵包

醋栗果凍

茶、咖啡

利口酒

菸草和捲菸

法洛比瘋狂地鼓起了掌，西爾維婭開始給大家上第一道湯。

「是不是很美味？」奧蒂爾嘆息著說道。

瑪莉・格爾納勒克歡天喜地地喝著湯。

「一點也不像馬肉。我可不在乎他們說什麼，馬肉和牛肉就是不一樣。」科莉特對韋斯特悄聲說道。法洛比已經喝完了湯，正擦抹著下巴，眼睛盯著盛湯的大蓋碗。

「還想喝一些嗎？老朋友？」傑克問道。

「法洛比先生不能再喝了。」西爾維婭說，「剩下這一點我是留給看門人的。」法洛比便立刻將目光轉向了魚。

剛剛烤熟的沙丁魚獲得了巨大的成功。其他人狼吞虎嚥的時候，西爾維婭把牛肉湯送到了樓下老看門人和她的丈夫那裡去。然後她氣喘吁吁、滿面通紅地跑了回來，坐進自己的椅子裡，帶著快樂的微笑看向傑克。傑克站起。餐桌上立刻安靜下來。他看著西爾維婭，覺得自己從沒有見到妻子這樣美麗過。

「你們全都知道，」傑克開口道，「今天是我妻子的十九歲生日……」

法洛比熱情洋溢地叫嚷著，用手中的酒杯不停地在頭頂畫著圈，讓坐在他旁邊的奧蒂爾和科莉特心驚膽顫，唯恐被他撒上一身酒。索恩、韋斯特和格爾納勒克連續三次倒滿了自己的酒杯，為西爾維婭祝酒，暴風雨般的鼓掌聲經久不息。

西爾維婭的酒杯也被喝光三次，又重新斟滿三次。當大家再要給西爾維婭祝酒的時候，傑克喊道：「這樣不對，這次我們應該祝兩個共和國 —— 法蘭西和美利堅！」

「祝共和國！祝共和國！」他們高聲喊道，隨後又在「萬歲法蘭西！

萬歲美利堅！萬歲共和國！」的喊聲中喝光杯中的酒。

　　隨後，傑克又微笑著向韋斯特祝酒：「祝快樂的一對！」所有人都明白。西爾維婭俯身親吻了科莉特，傑克俯身親吻了韋斯特。

　　吃牛肉的時候，飯桌上相對安靜了一些。直到牛肉吃完，剩下的一部分被放到一旁，留給樓下的老夫婦時，傑克喊道：「祝巴黎！願她從廢墟中站起，徹底粉碎入侵者！」歡呼聲再次響起，片刻間淹沒了普魯士大炮單調的轟鳴。

　　菸斗和香菸被點亮了。傑克傾聽著身邊熱烈的交談，女孩們輕快的笑聲和法洛比柔和的嘿嘿聲。片刻之後，他轉向了韋斯特。

　　「明天將會有一次突圍作戰。」他說道，「我剛才看見了美國救護車軍醫。他要我告訴大家，他很可能會需要我們的幫助。」

　　然後他又壓低聲音用英語說道：「至於我，我會在明天清晨時跟著救護車一起出去。危險是當然不會有的，但最好還是不要讓西爾維婭知道。」

　　韋斯特點點頭。索恩和格爾納勒克聽到他們的交談，都提出願意提供幫助。法洛比呻吟一聲，也加入了志願者的行列。

　　「好吧，」傑克立刻說道，「人夠了，明天早晨八點，我們在救護車總部見。」

　　西爾維婭和科莉特在聽到她們的男人用英語交談的時候就開始感到不安了。現在她們都要求知道他們說了些什麼。

　　「一個雕刻家通常都會聊些什麼？」韋斯特笑著說。

　　奧蒂爾帶著責備的神情看了一眼她的未婚妻索恩，鄭重其事地說：「你不是法國人，這場戰爭和你沒有關係。」

索恩看上去很溫和，但韋斯特從他身上感覺到一種義憤之情。

「看樣子，」韋斯特對法洛比說，「一個人如果用母語討論一下希臘雕塑，就要受到大家的懷疑了。」

科莉特伸手按住韋斯特的嘴唇，轉頭對西爾維婭低聲說：「這些男人都是可怕的說謊精。」

「我相信『救護車』這個詞在兩種語言裡是一樣的。」瑪莉·格爾納勒克當仁不讓地說道，「西爾維婭，不要相信特朗先生。」

「傑克，」西爾維婭悄聲說道，「答應我……」

一陣敲門聲打斷了她。

「進來！」法洛比喊道。傑克卻已經起身開啟了屋門，向外看了一眼，就急匆匆地向大家說了一聲抱歉，去了走廊裡，還把屋門關上了。

他回來的時候，嘴裡一直不停地咕噥著什麼。

「什麼事，傑克？」韋斯特問道。

「什麼事？」傑克激動地將韋斯特的話重複了一遍，「我告訴你出了什麼事。我剛剛收到美國公使的一封派遣函，要求我立刻前去指認我們的一個同胞和藝術家兄弟，一個卑鄙的竊賊和一個德國間諜！」

「不要去。」法洛比說。

「如果我不去，他們會立刻槍斃他。」

「就讓他們動手吧。」索恩低吼道。

「你們知道他們要槍斃的是誰嗎？」

「哈特曼！」韋斯特一下子就想到了。

西爾維婭面色慘白地跳起身，奧蒂爾伸手摟住了她，扶著她坐到椅子裡，鎮定地說：「西爾維婭有些頭暈，一定是屋子太熱了，拿些水來。」

傑克立刻把水送了過來。

西爾維婭睜開眼睛，片刻之後，她又站起來，在瑪莉‧格爾納勒克和傑克的攙扶下走進臥室。

這是散會的訊號。大家依次和傑克握手，祝願西爾維婭能夠好好睡一覺，不必被這樣的事情打擾。

瑪莉‧格爾納勒克和傑克告別的時候避開了傑克的目光，不過傑克還是熱情地感謝了她的幫助。

「我能為你做些什麼？傑克？」韋斯特留到了最後。傑克告訴他一切都好之後，他才匆匆跑下樓梯，追上其他人。

傑克靠在樓梯扶手上，傾聽眾人的腳步聲和交談聲，隨後是樓門開關的聲音。終於，整幢房子都安靜了。傑克又等了一陣子，咬住嘴唇，凝視著下方的黑暗。終於，他急躁地回到了房間裡。「我一定是瘋了！」他低聲嘟囔著，點亮了一根蠟燭，走進臥室。西爾維婭正躺在床上，他向妻子俯下身，撥開她額頭上的捲髮。

「妳好些了嗎？親愛的西爾維婭？」

西爾維婭沒有回答，只是睜開眼看著傑克。片刻間，兩個人四目相對，傑克只感到一陣寒意滲進自己的心裡。他坐下來，用雙手捂住了臉。

西爾維婭終於開口說話的時候，聲音變得特別緊張，而且語調完全變了，傑克從沒有聽過她這樣說話。他放下雙手，在椅子裡坐直身子，仔細傾聽。

「傑克，這種事終於發生了。我一直在害怕它的到來，害怕得渾身發抖。啊！我有多少次在夜晚無法闔上雙眼，只因為這件事沉甸甸地壓在我的心頭，我祈禱能夠在你知道這件事以前死去！因為我愛你，傑克，如果你走了，我將無法活下去。我欺騙了你，這件事發生在我遇到你之前。但自從你在盧森堡公園遇到泣不成聲的我，和我說話的那一刻起，傑克，我就在每一點思想和行動中都對你忠貞不二。我從一開始就愛上了你，卻不敢告訴你這件事，我害怕你會離開我。從我見到你的時候，我對你的愛就一直在成長 —— 成長 —— 天哪！我也一直在承受煎熬！但我不敢告訴你。現在你知道了，但你還不知道最糟糕的事情。對於他，我現在又在乎什麼？他是那樣殘忍 —— 哦，那樣殘忍！」

西爾維婭將臉埋在手臂中。

「我必須繼續說下去嗎？我必須告訴你 —— 你是無法想像的，哦！傑克……」

傑克一動不動，一雙眼睛彷彿已經死了。

「我……我那時是那麼年輕，什麼都不知道。他說……他說他愛我……」

傑克站起身，握緊燭芯，熄滅了燭火，房間裡暗了下來。

聖敘爾比斯的鐘聲報告著時間。西爾維婭抬起頭看著傑克，用燭

熱的語氣飛快地說道：「我必須說完！當你告訴我你愛我的時候──你──你不向我要求任何東西。但就算在那時，就算在那時，也已經太晚了。另外一個生命已經將我和他捆綁在一起，他只會永遠擋在你和我之間！為了這另一個他所擁有的生命，為了這無法改變的事實，他絕不能死──他們不能槍斃他，為了另一個人！」

傑克一動不動地坐著，但他的思緒已經陷入了一個沒有盡頭的漩渦。

西爾維婭，小西爾維婭，和他一同分享繪畫，一同度過淒涼蕭瑟的圍城生活，卻毫無怨言。這位有著苗條身材，碧藍雙眼的女孩。他很少用言辭表達自己的愛意，因為對她的愛實在太過深沉。他與她嬉戲，與她親暱，對她有著沒有止境的激情。而她更是對他有著熾烈如火的愛意──這愛意無論有多少也無法讓他滿足。而這就是躺在黑暗中獨自飲泣的西爾維婭嗎？

傑克咬緊了牙關：「讓他死！讓他死！」他的心在這樣向他吼叫。但為了西爾維婭，還有──為了另一個生命。是的，他會去的，他必須去。他已經將自己的責任看得非常清楚。但西爾維婭，現在一切都已經被說出口，他不能再像過去一樣成為她的那個他了。一種模糊的恐懼感抓住了他的心，他顫抖著，劃了一根火柴。

她躺在那裡，捲髮散落在臉上，一雙白色的小手按住了胸口。

他無法離開她，但他也不能留在這裡。他以前從不知道自己是如此愛她。她曾經只是他的一位同好，他年輕的妻子。啊！現在他在用自己的全心全靈愛著她。他明白自己的心，只是明白得太遲了。太遲了？為什麼？然後他想到了那另一個人，束縛住西爾維婭，將她永遠地和那個畜生捆在一起，那個現在生命有危險的畜生。他罵了一聲，向屋門撲過

去。但那扇門沒辦法開啟 —— 還是他在將門壓住,將它鎖住了?他跪倒
在床邊,知道自己不敢離開自己的生命所繫,知道自己的懦弱是因為自
己求生的慾望。

III

　　當他和美國公使館祕書走出死刑犯監獄的時候,時間已經是凌晨四
點。監獄門前,一群人正聚集在美國公使的車旁邊。拉車的馬不停地蹬
踏著冰冷的石板路面。馬車伕裹著毛皮大衣,蜷縮在馭手座位上。索思
沃克攙扶祕書登上馬車,又和傑克握手,感謝他前來。

　　「看看那個惡棍的眼神吧,」索思沃克說道,「你的證據簡直比狠狠
踢他一腳還厲害。不過那至少也救了他的命 —— 還防止了局勢進一步複
雜化。」

　　祕書嘆了口氣。「該做的事情,我們已經做了。現在就讓他們證明他
是個間諜吧。到時候我們才能處理他。上來,上尉!還有你,特朗!」

「我還要和索思沃克上尉說句話，不會耽擱他太久。」傑克急忙說道，然後他壓低聲音，「索思沃克，幫幫我。你知道那個⋯⋯那個孩子就在他家裡。找到那孩子，把他帶到我的公寓來。如果那個畜生最終還是被槍斃了，我可以給那孩子一個家。」

「我明白。」上尉嚴肅地說道。

「你可以立刻去做這件事嗎？」

「立刻。」上尉回答。

他們的雙手熱切地握在一起。索思沃克上尉隨後就上了馬車，又轉身示意傑克也上來。但傑克搖搖頭，只說了一聲：「再見！」馬車便轔轔地駛遠了。

傑克看著馬車一直駛向街道盡頭，隨後轉身向自己的住所走去。但他只走了幾步，就猶豫起來，終於又轉往了相反的方向。有什麼東西讓他感到噁心 —— 也許就是那個他不久之前不得不去面對的囚犯。他覺得自己有必要獨處一會兒，整理一下思緒。今晚發生的事情給他造成了很可怕的衝擊，但他能夠走出來，忘記這場悲劇，埋葬一切不好的東西，然後回到西爾維婭身邊。他開始加快腳步。一段時間裡，他心中的苦楚似乎開始消褪了。但是當他氣喘吁吁地停在凱旋門下的時候，這件事全部的苦痛和悲慘 —— 是的，還有他用錯的所有熱情與生命，全都反撲向他，刺穿了他的心。那張囚犯的面孔，那種極度恐懼中的扭曲與凶惡，全都在他眼前的陰影中不斷脹大。

帶著心中的惡感，他在巨大的拱門下來回踱步，努力想找些事情不讓自己胡思亂想。他端詳凱旋門上的浮雕，閱讀那些英雄和戰役的名字 —— 其實不需細看，他很清楚這裡都雕刻著什麼樣的文字。但哈特曼那張灰敗的面孔總是跟隨著他，向他露出恐懼的笑容！哦，那真是恐懼

嗎？還是勝利的得意？想到此，他就像是被匕首割開了喉嚨一樣，全身猛抽了一下。他在廣場上狂奔了一圈，又回到凱旋門下，坐下來和自己的苦難作戰。

夜晚的空氣非常寒冷，但他的臉頰卻因為憤怒和羞恥熱得發燙。羞恥？為什麼？是因為他娶了一個在無意中成為母親的女孩？他愛她嗎？這苦痛的波西米亞生活難道不是他所追求的？他將目光轉向自己內心的祕密，卻看到了一個邪惡的故事 —— 關於過去的故事。他因為羞恥而遮住面孔，將那一陣陣鈍痛隱藏在腦海深處。他的心還在跳動中演奏出未來的故事 —— 恥辱和悲哀。

當冷漠的情緒終於讓他思想中的痛苦變得麻木時，他站起了身，抬頭向遠方望去。突然降臨的濃霧籠罩了街道。高大的凱旋門也被遮沒在霧氣中。他要回家去了。但一種前所未有的、關於孤獨的恐懼攫住了他的心。他並不孤獨。這迷霧中充滿了幻影。在他的周圍，無數幻影穿行在迷霧裡，留下一道道細長的痕跡，消失於無形。新的幻影又從霧中升起，從他眼前掠過，變得越來越巨大。

他並不孤獨，它們就擁擠在他身側，觸碰他，在他的前面、側面和後面盤旋，擠壓他的後背，抓住他，帶領他走過這重重霧氣。在一條昏暗的大道上，兩旁的街巷全都是一片白霧。那些幻影不斷移動著，似乎還在說著什麼，但它們的聲音全被霧氣所淹沒了。

傑克來到一幢高大的建築前面，兩扇巨型鐵柵門聳立在霧氣中，將大地割成兩片。幻影移動得越來越慢，他們肩膀抵著肩膀，大腿挨著大腿。倏忽間，一切動作都停止了。一陣突兀的微風攪動了迷霧，武器開始搖晃，盤旋。一些影像變得更加清晰，一點蒼白的顏色在地平線上浮起，觸碰到波浪般的雲層，又在上千把刺刀上映出黯淡的光點。刺刀 —— 到處

216

都是，切割開霧氣，或者在白霧下面形成鋼鐵的河流。高聳的磚石牆壁上出現了一門大炮，大炮的周圍能看到許多忙碌的黑色身影。刺刀匯聚成寬闊的河流，從鐵柵門中湧出來，進入陰影之中。天色越來越淺淡，行軍隊伍中的一張張臉孔逐漸變得清晰，傑克認出了其中一個人。

「嗨，菲利普！」

那個人向傑克轉過頭。

傑克喊道：「有我的位置嗎？」但那個人只是揮手向他告別，就和戰友們繼續向前走去。一隊又一隊騎兵開始從傑克面前經過，又成群地消失在遠方的陰影裡。然後是許多大炮，還有一輛救護車。緊接著又是沒有盡頭的刺刀隊伍。一名胸甲騎兵騎著他毛色光亮的戰馬從傑克面前走過。傑克看到了騎馬的軍官們。那些軍官之中還有一位將軍，他盤花鈕制服上的捲毛羊羔皮衣領高高豎起，遮住他沒有血色的面孔。

一些女人在傑克附近哭泣，其中一個努力要將一塊黑麵包塞進一名士兵的背包裡。那名士兵想要幫她，但背包綁得很緊，他的步槍也成為阻礙。於是傑克接過步槍，女人解開背包的扣子，把麵包硬塞進去 —— 這塊麵包上已經全都是她的眼淚了。步槍並不沉，傑克發現它很容易操縱。刺刀鋒利嗎？傑克試了試。一陣突然的渴望占據了他的心 —— 這股情緒異常強烈而緊迫。

「貓頭鷹！」一個流浪兒攀在鐵柵門上喊道，「又是你這個老傢伙？」

傑克抬起頭，那個捉老鼠的孩子正在衝他笑。那名士兵拿回步槍，向傑克道謝，隨後便飛奔著去追趕他的隊伍了。傑克擠過人群，向鐵柵門走去。

「你要去嗎？」傑克向一個正坐在路邊的排水溝裡，在腳上纏裹繃帶的水兵喊道。

「是的。」

這時，一個小女孩拉住了傑克的手，將他領到鐵柵門對面的一家咖啡館裡。現在這裡擠滿了士兵，其中一些人面色蒼白，沉默地坐在地上；另一些人躺在皮製長椅上，不停地呻吟著。空氣中充滿一股令人窒息的酸腐氣味。

「挑吧！」女孩帶著憐憫的神情，用小手指了指，「他們都是不能去的！」

傑克在一堆衣服裡找出一件軍大衣和一頂平頂軍帽。

女孩幫助他繫好背包和彈藥筒，又教他如何給底盤式步槍上子彈 —— 女孩拿著步槍的時候，不得不用膝蓋撐住槍托。

傑克感謝過女孩。女孩站直身子，抬起頭。

「你是外國人！」

「美國人。」傑克向門口走去，卻被這個孩子攔住了去路。

「我是布列塔尼人，我的父親就在海軍的大炮那裡。如果你是間諜，他會向你開炮的。」

他們面對面地站了一會兒。傑克嘆了口氣，彎腰親吻這個孩子，喃喃說道：「為法蘭西祈禱吧，小傢伙。」小女孩帶著些許慘然的微笑說：「為法蘭西和你祈禱，漂亮的先生。」

傑克跑過街道，穿過鐵柵大門，擠進隊伍裡，開始沿著大路前進。一名下士從他身邊經過，看了他一眼。片刻之後又來到他面前，並喊來一名軍官。「你屬於第六十營。」那名下士看著傑克軍帽上的數字吼道。

「我們用不著法蘭西自由射手。」那名軍官看到了傑克的黑褲子。

「我自願與大家並肩戰鬥。」傑克說道。軍官聳聳肩，走掉了。

沒有人注意傑克。至多只有一兩個人瞥了眼他的褲子。這條路上的積雪被踩化了，變成一層厚厚的爛泥，又被車輪和馬蹄碾出許多深淺不一的坑窪溝壑。傑克前面的一名士兵在冰凍的車轍裡扭傷腳踝，不得不呻吟著蹭到路邊。

　　道路兩旁全都是積雪漸漸融化後形成的灰色平原，路邊一些地方的籬笆被拆掉了，缺口處停著豎起白色紅十字旗的馬車。有時候坐在馬車馭手位上的是穿戴破舊帽子和長袍的牧師；有時候是跛腳的國民軍士兵。又一次，他們經過的一輛馬車上坐著一位仁愛修女。路邊有不少空房子。它們的牆壁上往往能看到巨大的裂縫，所有窗戶中都是一片黑暗。再向前走，他們便會進入危險區網網域。那裡已經沒有人類居住，只能偶爾看到一些冰凍的碎磚堆和暴露在外，被戰火燻黑，又覆蓋了一層積雪的地窖。

　　傑克身後的士兵總是會踩到他的腳跟，讓他很是惱怒。最後，他終於相信後面那個人是故意的，便猛地轉回頭，打算和那傢伙好好講講道理，卻發現身後的人是他在美術學院的同學。傑克一下子愣住了。

　　「我還以為你在醫院！」

　　對方搖搖頭，指了一下自己被繃帶纏裹的下巴。

　　「我知道，你不能說話。我能為你做些什麼？」

　　這名傷員在背包裡翻找了一下，拿出一塊硬殼黑麵包。

　　「他吃不了這東西，他的下巴被打碎了，他想讓你為他把麵包咬開。」傷員身邊的一名士兵說道。

　　傑克接過硬麵包，用牙齒把麵包咬成小碎塊，交還給他飢餓的同學。

　　騎兵部隊不時會從後面超過他們，濺起一片片泥水，落在他們身上。大霧讓士兵腳下的草地更浸透了水，讓這場行軍變得愈發寒冷和寂靜。他們身邊有一條鐵路，鐵路的另一邊是另一支和他們平行前進的隊伍。傑克朝那邊看了一眼，那也是一群沉默而陰鬱的人，遙遠而模糊，彷彿只是霧氣中的一些黑點。隨後的一個半小時裡，傑克無法再看到他們。當那支隊伍再從濃霧中出現的時候，他注意到一支細長的隊伍從那支部隊的側面分離出來，迅速調頭向西前進。一邊前進，那支部隊一邊逐漸向兩側展開。與此同時，前方的霧氣中傳來了一陣持久的爆裂聲。又有其他分隊開始從主力部隊中脫離出來，分別向東和向西前進。爆裂聲也越來越密集，持續不斷。

　　一支炮兵部隊以最快的速度趕了過來，傑克和戰友們紛紛向兩旁退開，讓出道路。他的營右側有部隊在行動。隨著第一陣步槍齊射穿透濃霧，碉堡群中的大炮也開始全力咆哮。一名軍官騎馬飛馳而過，嘴裡喊著什麼，傑克沒有聽清，但他看到前方的佇列突然和他自己所在營分開了，消失在晨曦之中。更多騎馬軍官趕到傑克身邊的位置，向霧氣中觀望。現在傑克只能等待，但這種等待讓他感到沮喪。傑克又給身後的人咬碎了一些麵包，那個人努力把它們吞下去。過了一會兒，他搖搖頭，示意傑克把剩下的麵包吃掉。一名下士給了傑克一小瓶白蘭地，傑克喝了一口。正當他轉身要將瓶子還回去的時候，卻發現下士躺倒在地上。傑克驚訝地看向身邊的士兵，那名士兵聳聳肩，開口想要說話，但有什麼東西擊中了他，他翻滾了幾下，掉進旁邊的水溝裡。

　　就在這時，一名軍官的馬跳了一下，退進士兵的隊伍裡，還不停踩踏蹄子。一名士兵被牠踩倒，另一個胸口被踢了一下，撞進身後的隊伍裡。那名軍官用馬刺猛踢坐騎，強迫牠向前走，回到原來的位置上。他

的馬服從了命令，但全身都在顫抖。炮彈的落點距離他們似乎越來越近了，一名參謀正騎馬在隊伍中緩步前行，來回巡視，卻突然倒伏在馬鞍上，只能吃力地抓住馬鬃，穩住身體。他的一隻靴子從馬鐙上垂下來，不斷流淌出鮮血。

　　前面的霧氣中，人們開始奔跑。大路上、田野裡，水溝中全都是人。許多人倒下了，轉瞬之間，傑克覺得自己彷彿看見有許多騎士像幽靈一樣從遠方的霧氣中衝出來。他身後的一個人驚恐地罵了一句——那就是說，他也看見了德國槍騎兵，但他們營仍然是一動不動地站在原地。濃霧再一次吞沒了整片草原。

　　上校沉重地坐在馬背上，圓形的頭顱埋在盤花鈕制服的羊羔皮衣領裡，一雙肥胖的腿直直地撐著馬鐙。

　　聚集在他身邊的司號兵全都已經準備好了軍號。他的身後，一名穿淺藍色上衣的參謀正抽著煙，和一名輕型機車兵隊長聊天。前方的大路上傳來急驟的馬蹄聲，一名傳令兵在上校面前勒住韁繩。上校看也不看，就示意他到後面去。這時，隊伍左側響起困惑的議論聲，很快就變成高聲叫喊。一名輕型機車兵像風一樣馳過，隨後是第二名、第三名輕型機車兵——一隊又一隊騎兵從他們身邊經過，衝進濃重的霧氣裡。就在這一刻，上校從馬鞍上站立起來。軍號聲響起，一整個營都從他們所在的土坡上衝了下去。

　　傑克立刻就丟掉了他的帽子——有什麼東西把帽子從他的頭頂打飛了，他覺得可能是一根樹枝。他的許多戰友一頭栽倒在冰雪泥漿之中，他覺得他們是不小心滑倒了。一個人就倒在他面前，傑克俯身去扶他站起來，但那個人只是不停尖叫著，而軍官一直在高喊：「前進，前進！」於是他只好繼續向前奔跑。他在霧中跑了很遠，常常不得不調整一下背

著的步槍。當他們終於氣喘吁吁地趴到鐵道路基的斜坡上時，他才有機會審視一下自己的情況。他覺得自己需要行動，需要用身體去戰鬥，去殺戮和毀滅。他的心被一種渴望裹住，只想著衝進人群中，讓鮮血流淌成河。他期待著舉槍開火，期待著使用自己步槍上細長鋒利的刺刀。他從沒有想過自己會有這樣的慾望，他希望自己精疲力竭——戰鬥、劈砍，直到再也抬不起手臂，然後他才能回家去。

他聽到一個人說，半個營都在這次衝鋒中報銷了。他看到另一個人在檢視路基下面的一具屍體，那具屍體一定還有熱氣，身上穿著一種怪異的軍裝。他注意到了距離那具屍體咫尺之遙的矛尖頭盔，卻沒有明白到底發生了什麼。

上校的馬就在傑克左邊幾尺以外的地方，他的一雙眼睛在猩紅色的軍帽下閃閃發光。傑克聽到他對一名軍官說：「我還能堅持住。但如果再來一次衝鋒，恐怕我連吹響軍號的人都不夠了。」

「普魯士人就在前面嗎？」傑克問一名士兵。那個人正坐在一旁，抹去不斷從頭髮裡滴出來的血。

「是的，輕型機車兵把他們趕走了。他們正處在我們的交叉火力裡。」

「先是炮擊，然後我們來占領陣地。」另一個人說。

他們的營開始爬過路基，又沿著蜿蜒曲折的鐵路線行進。為了走路方便，傑克將褲腳掖進羊毛長襪裡。不過不久後他們就停下了。一些人坐到了被拆下來的鋼軌上，傑克開始尋找他下巴受傷的美術學院同學——那個人沒有掉隊，但臉色已經極為慘白。連續炮轟變得越來越可怕。片刻間，霧氣完全被掀起來。傑克看到另一個營一動不動地守在前方的鐵路上。兩側還有別的部隊。霧氣很快又落下了，鼓聲和軍號聲在

他們左側響起，又逐漸遠離他們。一種無法停止的騷動開始在隊伍中蔓延開來。

上校舉起一支手臂，鼓點響起，他們的營又開始在霧氣中移動。他們肯定正在接近火線，前面的那個營已經在一邊前進一邊開槍了。救護車沿著路基飛快地向後方駛去，輕型機車兵如同影子一般從他們身邊掠過。他們終於到火線了，周圍只有一片混亂。吼叫、呻吟和步槍齊射的聲音彷彿就來自於觸手可及的迷霧中。到處都有炮彈落下。在路基上爆炸，把冰凍的泥土砸在他們身上。

傑克被嚇壞了，周圍的一切都是如此陌生，如此恐怖，爆炸和火焰讓一切都變得寂靜無聲。大炮震撼著世界，讓他感到噁心。當滾雷讓大地顫抖的時候，他甚至看到濃霧被點燃，變成模糊的橙紅色。殺戮就在前面了，他對此確信無疑。上校高喊著「前進！」前一個營已經快步跑向了死亡。他能感覺到死亡的呼吸，他的全身都在抖動，但他還是加快腳步衝了上去。前方有可怕的能量被釋放出來。濃霧中不知何處傳來了歡呼聲。上校的馬流著血，在煙塵中四處亂竄。

又一陣爆炸聲響起，衝擊波正面撞上了他，讓他在眩暈中跟蹌後退。他右邊的人都倒下了。他的頭在旋轉，濃霧和硝煙讓他變成了白痴。他伸手想要扶住某樣東西，他的手碰到了——一輛馬車的輪子。一個人跳過來，拿起塞炮彈的通條朝他的腦袋砸過來，卻又尖叫一聲栽倒在地。他的脖子被一柄刺刀桶穿了。

傑克知道自己殺了人，他僵硬地彎下腰，撿起步槍，但刺刀還在那個人的脖子上。那個人正揮舞著一雙紅色的手，拍打喉嚨那根可恨的東西。傑克感到噁心，只能靠在那門大炮上。

所有人都在戰鬥，空氣中瀰漫著硝煙和一股腐敗的甜味。有人從身

後抓住他，又有一個人從前面向他撲來。但他們也被別人抓住，或者是打倒了。刺刀「鏗！鏗！鏗！」的撞擊聲讓傑克怒不可遏。他抓住那根炮膛通條，盲目地揮出去，直到它變成碎片。

一個人伸手臂勒住他的脖子，把他壓倒在地上。但傑克反而掐住那個人的喉嚨，同時掙扎著跪立起來。他看到自己的一名戰友抓住那門大炮，卻又撲倒在炮身上，頭骨也被打碎了。他看到上校落下馬鞍，掉進泥漿裡，然後他就失去了知覺。

當他清醒過來的時候，發現自己正躺在路基旁邊。兩旁的人們都哭喊咒罵著，逃進濃霧之中。他跟蹌著站起身，也追在那些人的後面。逃跑途中，他扶起了一個下巴上纏著繃帶的戰友。那名戰友不能說話，僅僅抓著他的手臂跑了一段路，就又倒下去，死在了凍冰的泥沼中。他又扶起另一個人，那個人呻吟著說：「傑克是我……菲利普。」但迷霧中一陣突然響起的槍聲讓他不必再把話說下去了。

一陣凜冽的寒風從天空中吹下來，將迷霧撕成碎片。太陽如同一顆邪惡的眼珠，透過森林乾枯的樹枝窺看著這個世界。不久之後，它便從天邊落下，沒入到這片飄蕩著硝煙的血浸平原中，彷彿也變成了大地上的一汪鮮血。

IV

當聖敘爾比斯的鐘樓響起午夜鐘聲的時候，進入巴黎的大路口仍然擁擠著一支軍隊剩餘的部分。

他們在天黑後到達了市區，所有人都默然無語，身上滴著泥漿，有些人因為飢餓和疲憊而暈倒了。一開始，他們的隊伍還能勉強維持秩序，在城市入口分散成小部隊，沿著冰冷的街道依次入城。但隨著時間

推移，路口的混亂程度也在逐漸加劇。一支又一支騎兵隊和炮隊擠在一起，馬匹亂跑，彈藥箱被隨意丟棄。從前線撤下來的騎兵和炮兵開始爭搶進城的權利，步兵也雜亂無章地擠在他們旁邊。一個團殘存的士兵們竭盡全力想要保持整齊的隊伍，但一群烏合之眾一下子撞開他們，朝城裡跑去。緊接著又是一群騎兵、炮隊和沒有了軍官的士兵、沒有了士兵的軍官。還有一隊救護車，它們的車輪都在因為嚴重超載而不停地呻吟著。

巴黎市民們只能無聲地看著這悲慘的一幕。

整整一天時間，救護車不停地在城裡城外穿梭。一天時間裡，城市邊界的圍欄後面全都是衣衫破爛、不住嗚咽和顫抖的人。到中午的時候，被送回來的人數更是增加了十倍，躺滿了路口附近的廣場，並源源不斷地被送進內城堡壘區。

下午四點鐘，德國人的炮兵陣地突然騰起一片濃煙，炮彈落到他們占據的蒙帕納斯區。但僅僅二十分鐘之後，兩枚德國人的炮彈就擊中了巴克街的一幢房子。又過了不久，拉丁區承受了第一枚炮彈。

布賴特正在床上作畫的時候，韋斯特大驚失色地跑了進來。

「我希望你趕快下樓去，我們的房子已經成為炮擊的目標了。我還擔心今晚恐怕就會有搶劫犯來拜訪這裡呢。」

布賴特跳下床，披上自己的大衣 —— 因為不斷長個子，這件衣服穿在他身上已經像是一件外衣了。

「有人受傷嗎？」他一邊問，一邊努力把手臂塞進襯裡已經被磨破的袖子。

「沒有，科莉特躲進地窖了，看門人逃到堡壘區去了。但如果對這裡的炮轟繼續下去，就一定會有黑幫來這裡搶劫。你可以幫助我們……」

「當然，」布賴特說道。他們向大蛇街跑去。當他們跑進通往韋斯特的地窖的巷子裡時，跑在後面的韋斯特忽然高聲問道：「你今天看見傑克‧特朗了嗎？」

「沒有。」布賴特神色變得有些難看，「他不在救護車總部。」

「我猜想他是留在家裡照看西爾維婭了。」

一顆炮彈落進巷子盡頭的一幢房子，在房子裡爆炸，將木石碎片崩得滿街都是。第二顆炮彈砸碎了一根菸囪，落進花園裡。碎磚塊隨即紛紛落下。旁邊的街道上也傳來震耳欲聾的爆炸聲。

他們快步跑到通向地窖的臺階前。布賴特在這裡停住了腳步。

「你不覺得我最好去看看傑克和西爾維婭嗎？我可以在天黑前趕回來。」

「不，你進去和科莉特會合，我去找他們兩個。」

「不，不，我去，不會有危險的。」

「我知道。」韋斯特鎮定地說著，把布賴特拉到臺階上。地窖的鐵門還封著。

「科莉特！科莉特！」他高聲喊道。鐵門向內開啟，女孩跳上臺階來迎接他們。就在這時，布賴特向身後瞥了一眼，發出一聲驚叫，用力把兩個人推進地窖，自己也跳下去，用力關上鐵門。幾秒鐘之後，一陣沉重撞擊撼動了鐵門的鉸鏈。

「他們來了。」韋斯特喃喃地說著，面色慘白。

科莉特卻平靜地說：「這道門永遠也打不破。」

布賴特又仔細檢視了一下這道鐵門，現在外面一連串的撞擊正不停地震撼著這道門，韋斯特焦急地瞥了科莉特一眼，女孩卻沒有顯示出任

何不安的情緒，這讓韋斯特感到了一些安慰。

「我不相信他們會在這裡耽擱太長時間。」布賴特說，「他們要闖進地窖只是為了找酒喝。」

「除非他們知道這裡藏著值錢的東西。」

「但這裡肯定沒有什麼值錢的東西吧？」布賴特惴惴不安地問道。

「很不幸，這裡有。」韋斯特低聲說，「我那個吝嗇的房東……」

外面響起一陣特別刺耳的撞擊聲，緊接著是一聲喊叫，隨後又是一下接一下的凶狠撞擊，一陣尖銳的斷裂聲音 —— 一塊三角形的鐵門板掉落下來，陽光從被鑿出的破洞照進地窖。

韋斯特立刻跪倒下來，端起他的左輪手槍，從破洞中射出所有子彈。片刻間，巷子裡全是槍聲和子彈撞擊硬物的聲音，但很快又陷入了絕對的安靜。

一下試探的敲擊落在門板上，不久之後又是第二下、第三下。突然間，一道裂縫出現在鐵門板上。

「這邊，」韋斯特握住科莉特的手腕，又說道，「布賴特，你跟著我！」他快步向地窖最裡面一個圓形的光斑跑去。那一片光來自於上方一個帶柵欄的檢修孔，韋斯特示意布賴特騎到自己的肩膀上。

「把它推開，你一定要做到！」

布賴特沒費多大力氣就推開柵欄，爬出去，又輕鬆地將科莉特從韋斯特的肩膀上拉了上去。

「快，老朋友！」韋斯特喊道。

布賴特將柵欄上的鍊子纏在腿上，把身子探下去。地窖裡已經被一片黃光照亮，空氣中散發著石腦油火把的氣味。鐵門還沒有被完全攻

破，但已經缺了一大塊。他們看到一個人影正拿著火把從門上的破洞中鑽進來。

「快！」布賴特悄聲說，「跳！」韋斯特跳起來，抓住布賴特的手臂。科莉特也幫忙抓住韋斯特的衣領，將他拖了出去。然後女孩的勇氣就都用光了，開始歇斯底里地抽泣起來。韋斯特急忙摟住她，帶著她跑過一片花園，逃進了旁邊的一條街裡。布賴特重新將鐵柵放回到檢修口上，又從旁邊倒塌的牆上取來一些石板堆在上面，才追上他們兩個。現在天已經快黑了。他們匆匆跑過街道。燃燒的建築和炮彈落下時迸起的火光為他們照亮了道路。他們小心地避開所有著火的地方。藉助火光，他們能遠遠地看見強盜的身影在廢墟中四處亂竄。有時候他們會遇到憤怒的女性發出瘋狂尖叫，詛咒這個世界；或者粗野的男人 —— 他們被燻黑的臉孔和雙手表明他們都是些在火場裡撈好處的豺狗。

終於，他們逃到塞納河，過了橋。布賴特卻說道：「我必須回去，我不知道傑克和西爾維婭怎麼樣了。」他一邊說，一邊從一群急著要逃到河對岸去的難民中擠了過去，韋斯特和科莉特則跟隨著人群來到奧賽軍營旁邊的河堤上。韋斯特聽到一隊士兵齊步行進的腳步聲。一盞燈從他面前經過，後面跟著一排刺刀，然後又是一盞燈，照亮了一張死氣沉沉的臉孔。科莉特驚叫一聲：「哈特曼！」那個人已經過去了。他們恐懼地屏住呼吸，向堤岸望去。腳步聲經過碼頭，進入軍營，軍營大門隨之重重地關上了。一盞燈在軍營門口亮了一會兒，人們紛紛扒著營房圍欄向裡面望去。沒過多久，石砌營房之間傳來了一陣排槍齊射。

河堤上，石腦油火把一支接一支地亮了起來。現在這裡全都是人，從香榭麗舍大道直到協和廣場，到處都是各種零散的部隊，有的還能保持連隊建制，有的就完全是一群散兵遊勇了。他們從每一條街道上匯聚

到這裡，身後還跟著婦女和孩子。寒風裹挾著無數嘈雜的聲音吹過凱旋門，橫掃黑暗的林蔭大道，彷彿也在隨著人們一同高喊：「在哪裡！在哪裡！」

一支零散殘破的部隊從韋斯特面前走過，就像是一群劫後餘生的幽靈，韋斯特呻吟了一聲。就在這時，一個人從那批部隊的影子裡跳出來，呼喚著韋斯特的名字。韋斯特看到那是傑克，不由得高呼了一聲。傑克抓住他，臉色白得嚇人。

「西爾維婭呢？」

韋斯特只是目瞪口呆地盯著傑克，科莉特哀聲說道：「哦，西爾維婭！西爾維婭！他們正在炮轟拉丁區！」

「傑克！」布賴特喊道。他剛剛從拉丁區趕了回來。但傑克已經不見了，他們根本趕不上他。

當傑克跑過聖日耳曼大道的時候，炮轟已經停止了。但塞納街的入口被一堆還冒著煙的磚頭堵死了。路面上到處都是彈坑。咖啡館已經變成了一堆瓦礫和玻璃碎片。書店被衝開，露出地下室，早已關門的小麵包房卻倖存下來，孤零零地凸出在殘破的岩石地面上。

傑克爬過冒煙的磚塊，匆忙跑進了圖爾農街。街角處正燃燒著一堆熊熊烈火，照亮了傑克居住的街道。在一盞破碎的煤氣燈下面空白的牆壁上，一個孩子正用炭塊寫著：**這裡落下了第一枚炮彈。**

那些字彷彿正在瞪視著傑克，寫字的是那個捉老鼠的流浪兒，他後退一步，看了看自己的作品，隨後才看見傑克拿著上刺刀的步槍，便尖叫一聲逃走了。傑克步履蹣跚地走過破爛的街道，一些洗劫廢墟的凶橫婦人從破爛的房子裡鑽出來，一邊逃跑還一邊對傑克咒罵個不停。

一開始，傑克沒能找到自己住的房子，淚水讓他什麼都看不見了。

但他摸索著牆壁，終於找到了住所的樓門。看門人的小屋裡還點著一盞燈。那位老翁躺在燈邊，已經過世了。被嚇壞了的傑克只能靠在步槍上停了片刻，然後才拿起燈，跑上樓梯。他想要呼喊，但他的舌頭完全無法活動。在二樓，他看見樓梯上落了許多灰泥。三樓的地板被撕裂了，看門人倒在樓梯轉角的血泊中。再上一層就是他的家了 —— 他們的家。他們的家門歪斜著掛在鉸鍊上，牆壁上出現了一道巨大的裂縫。他爬進去，倒在床上。兩隻手臂忽然抱住了他的脖頸，一張滿是淚水的臉和他的臉貼在一起。

「西爾維婭！」

「哦，傑克！傑克！傑克！」

在他們身邊的枕頭上，一個孩子發出響亮的哭聲。

「他們把他送了過來。他是我的孩子。」西爾維婭哽咽著說道。

「我們的孩子。」傑克悄聲說著，抱住了妻子和孩子。

這時，下面的樓梯上傳來布賴特焦急的聲音。

「傑克！一切都還好嗎？」

聖母街
The Street of Our Lady of the Fields

I

　　這條街不算時尚，也並不破舊，它是街道中的一名棄民 —— 一條不屬於任何區的街道。一般認為它位於華貴的天文臺大道之外，蒙帕納斯區的學生們都認為它太過冷清，對它沒有什麼好感。就在這條街的北邊，拉丁區旁的盧森堡公園一帶，那裡的學生也嫌這裡太過莊重，並且對這條街上穿著得體的學生不以為然。很少有外人會進入這裡，只是有時候拉丁區學生們會將它當作在雷恩街和布利耶街之間穿行的通道。除此以外，只有每週的一個下午，會有靠近瓦文街修道院中修士們的父母和監護人前來探望。等到他們也離開的時候，聖母街就變得像帕西大道一樣安靜。

　　這裡最有氣派的地方也許是從大茅屋街到瓦文街這一段 —— 至少這是若埃爾·拜拉姆牧師的結論。那時他正在與海斯廷斯一起在這條街上漫步。在六月分明媚的天氣裡，這條街的景色在海斯廷斯的眼中顯得特別令人愉悅。他已經開始希望能夠選擇這裡了。而這時，拜拉姆牧師看到街對面修道院的十字架，不由得大驚失色。

　　「耶穌會！[17]」他喃喃地說道。

---

[17]　耶穌會，天主教修會，西元 1534 年於巴黎大學創立，與本文中拜拉姆牧師所屬的基督教會在信仰上有本質的區別。二者之間互不接受彼此的信仰。

　　「嘿，」海斯廷斯疲憊地說道，「我覺得我們找不到更好的地方了。
你自己也說過，惡行正在巴黎贏得勝利。在我看來，我們在這裡的每一
條街上都能找到耶穌會或者更糟糕的東西。」

　　片刻之後，他又重複了一遍：「或者更糟糕的東西。當然，如果不是
你好心的警告，我是不會注意到的。」

拜拉姆博士咬住嘴唇，看著海斯廷斯。這裡氣派得體的環境給他留下了深刻的印象，他又向修道院皺了皺眉，拉住海斯廷斯的手臂走過街道，來到一道鐵門前。這道藍色的門上用白油漆寫著門牌號「201乙」。下面印著注意事項：

1·搬運工請按一下。

2·僕人請按兩下。

3·訪客請按三下。

海斯廷斯按了三次門上的電鈕。他們在一名女僕的引領下走過花園，進入客廳。餐廳的門也敞開著，從客廳裡一眼就能看見餐桌。一名身材矮胖的婦人正匆匆站起身，向他們走過來。海斯廷斯瞥到一個頭很大的年輕人和幾位神情倨傲的老紳士正在吃早餐。矮胖的婦人關上餐廳門，搖搖擺擺地走進客廳。她的身上還帶著一股咖啡的香氣。一隻黑色貴賓犬一直跟在她身後。

「能見到你們真是高興！」婦人用夾雜著法語的蹩腳英語高聲說道，「這位先生是英國人？不是？美國人？當然，我很喜歡美國人。我們在這裡都說英語，不過僕人們多少也會說一點法語，一點而已。很高興能夠招待你們在這裡寄宿……」

「這位女士……」拜拉姆博士剛剛開口說話，卻又被打斷了。

「啊，是了，我知道，哈！上帝啊！你不會說法語，所以你需要學習！我的丈夫總是會和客人們說法語。我們有美國的親戚，他就是跟我丈夫學會了法語……」

那隻貴賓犬朝拜拉姆博士低吼了兩聲，立刻被他的女主人拍了一下。

「別這樣！」胖婦人一邊拍一邊叫道，「別這樣！哦！壞傢伙，哦！壞傢伙！[18]」

「沒關係，女士，」海斯廷斯微笑著說，「牠看起來不是很凶。[19]」

貴賓犬逃走了。女主人喊道：「啊，你的口音真迷人！你說起法語已經像是巴黎的年輕紳士了！」

拜拉姆博士努力插了一兩句話，收集一些關於價格的情報。

「我的客人們都是最好的，實際上，我們這裡真正是賓至如歸，客人們都好像回到家一樣。」

隨後，他們上了樓，檢視了海斯廷斯未來的寓所，試過了彈簧床，說定了每週的毛巾更換服務。拜拉姆博士顯露出滿意的神情。

安排好這些事之後，馬洛特夫人陪同他們走出寓所。馬洛特夫人搖鈴召喚僕人，但就在海斯廷斯剛剛踏上門外礫石小路的時候，他的嚮導和導師忽然在門裡停住腳步，用一雙溼潤的眼睛看著馬洛特夫人。

「請你理解，」拜拉姆博士說道，「他是一個以最精細和謹慎的方式被培養長大的年輕人。他的性格和道德都沒有半分汙點。他很年輕，以前從沒有過離家遠行的經歷，也從沒有見到過大城市。他的父母鄭重地懇請我將他安排在良好的環境中。作為他們一家在巴黎的老朋友，對於我這件事也是責無旁貸。他要來這裡學習藝術，但如果他的父母知道拉丁區充斥著什麼樣的墮落和敗德之事，肯定不會讓他生活在那裡。」

一陣彷彿是門閂被插上的聲音打斷了他的話。他抬起眼睛，不過沒有來得及看到那名女僕在關上的餐廳門後抽打那個大腦袋的年輕人。

馬洛特夫人咳嗽了一聲，惡狠狠地向身後瞥了一眼，又容光煥發地

---

[18] 原文為法語。
[19] 原文為法語。

向拜拉姆博士轉過頭。

「那他來這裡就是對了。這裡的環境可是極為正派的，半點差錯也不會有！」她信心滿滿地做出保證。

那麼，拜拉姆博士也沒有什麼可說的了。他來到正站在大門口的海斯廷斯身邊。

「我相信，」他看著修道院說道，「你不會和耶穌會的人有任何瓜葛吧！」

海斯廷斯也看著修道院，直到一個美麗的女孩從那座灰色的建築物前面走過去 —— 他一直在看那個女孩。女孩對面有一個拿著顏料箱和畫板的年輕人神氣活現地走過來，停在那個美麗的女孩面前。兩個人簡短地說了些什麼，又高興地握了握手，同時笑了起來。隨後拿畫板的年輕人繼續向前走去，又回過頭喊了一聲：「明天見，瓦倫丁！」女孩也在同時喊道：「明天見！」

「瓦倫丁，」海斯廷斯心中想道，「多好的一個名字啊。[20]」他追上若埃爾·拜拉姆博士，送牧師去最近的有軌電車站。

II

「你一定很喜歡巴黎，海斯廷斯先生？」馬洛特夫人在第二天早晨問海斯廷斯。這時海斯廷斯剛剛走進餐廳。因為在樓上的小浴缸裡洗了個澡，所以他的面色很紅潤。

「我相信我會喜歡上這裡的。」海斯廷斯回答，但他心中卻莫名地感到一陣憂鬱。

---

[20]　瓦倫丁，英文寫為 Valentine，情人的意思。

　　女僕給他端來咖啡和麵包捲，他和那個大頭年輕人茫然地彼此瞥了一眼。那些倨傲的老紳士們紛紛向他致敬，他也有些羞怯地向他們還禮。他沒有喝完自己的咖啡，對於麵包捲也不是很感興趣。當然，他同樣沒有覺察到馬洛特夫人投向他的同情眼神，而老於世故的夫人也沒有過多地去打擾他。

　　一名年輕女僕端著一只托盤走進來，托盤上放著兩碗熱巧克力，那些倨傲的老紳士們全都斜眼看著女僕的腳踝。女僕將巧克力放到窗邊的桌子上，朝海斯廷斯微微一笑。隨後，一位身材苗條的年輕女士在她母親的陪同下走進餐廳，坐到靠窗的桌子旁。她們顯然是美國人，海斯廷斯有些希望能夠和她們打個招呼，交流一些同鄉之誼，不過他肯定要失望了。遭到同胞的忽視更加深了他的沮喪，他只能摩挲著餐刀，看著自己的餐盤。

　　那位苗條的年輕女士實際上很健談。她當然察覺到海斯廷斯的出現，並且準備好了，只要他看自己一眼，就會接受他的一份讚美。但從另一方面來講，她認為自己比這位年輕的先生多了一份優越感，畢竟她來到巴黎已經有三個星期了。而一眼就能看出來，這位先生還沒有打開自己的行李箱。

　　她的談話充滿了自鳴得意的態度，她和母親爭辯羅浮宮和平民市場到底哪個更重要，但她的母親最常說的一句話只是：「天哪，蘇茜！」

　　那些倨傲的老紳士們一同離開了餐廳。他們外表保持著禮貌，內心裡一定已經很火大了，不堪容忍美國人讓房間裡充滿了他們的聒噪。

　　大頭年輕人看著老紳士們的背影，意有所指地咳了一聲，喃喃地說：「快活的老鳥們！」

　　對此，布萊登先生微笑著說：「他們很懂得怎麼過日子。」不過他的聲調顯然是在暗示自己並不敢苟同。

「所以他們都有那麼大的眼袋，」女孩高聲說道，「我認為年輕的紳士們不應該……」

「天哪，蘇茜。」她的母親說道，於是這段對話就此終止了。

過了一會兒，布萊登先生放下自己每天都要認真研讀的《小日報》，轉向海斯廷斯尋求支持。他開口就說道：「我看你是個美國人吧。」

對於這個巧妙而且前所未有的開場白，心中充滿思鄉之情的海斯廷斯滿懷感激地做出了回應。他們的交談因為蘇茜·賓格小姐頗有見地的評論而變得更加豐富多彩。一開始，蘇茜小姐明顯只是在對布萊登先生說話，不過隨著談話的進行，蘇茜小姐也漸漸忘記布萊登先生才是自己唯一的交談對象，海斯廷斯總是殷切回答她隨口問出的每一個問題。一種英語國家和法語國家之間的友誼正在兩位女士和布萊登先生之間建立起來──就像法國和英國政府之間達成的充分諒解一樣，而且蘇茜和她母親更是將這位本應屬於中立國家的年輕美國人當做她們的保護對象。

「海斯廷斯先生，你每天晚上一定要回旅社來，絕不能像布萊登先生那樣四處亂跑。對於年輕的紳士，巴黎是一個相當可怕的地方，布萊登先生則是一個糟糕的犬儒主義者。」

布萊登先生倒是似乎很滿意蘇茜小姐對自己的評價。

海斯廷斯急忙說道：「我整天都會待在畫室裡，相信晚上我會很高興能回到這裡。」

布萊登先生是紐約州特洛伊市的佩里製造公司駐巴黎的經紀人，一週有十五美元的薪水。他露出一抹若有所思的微笑，然後就離開旅社，去馬真塔大道赴一個約會。

海斯廷斯與賓格太太和小姐一同走進花園。在這對母女的邀請下，他與她們一同坐到鐵門前的樹蔭下。

在這裡的栗樹上，粉色和白色的穗狀花絮仍散發著宜人的芳香。房子的白色牆壁上，種植在格架間的玫瑰花吸引蜜蜂在上面嗡嗡飛舞。

空氣中瀰漫著一股淡淡的清新味道，灑水車在街道上緩速行駛，大茅屋街一塵不染的水溝中流淌著清澈的涓涓溪水。麻雀在路邊石上歡快地蹦跳，在水中洗浴，又在嬉鬧中再次弄亂了羽毛。街對面一座用矮牆圍起來的花園中，一對黑色的鳥兒正在杏樹上細聲歌唱。

海斯廷斯嚥下哽在喉頭的口水。巴黎鳥兒的歡歌和街邊的清澈小溪彷彿將他帶回米爾布魯克村陽光明媚的青草地上。

「那裡有一隻烏鶇。」蘇茜小姐說道，「就在那些粉色的花朵中間。牠全身都是黑色的，只有喙是黃色，就好像叼了一嘴的煎蛋捲。有些法國人說……」

「天哪，蘇茜！」賓格太太說道。

「那座花園和它後面的畫室有兩名美國人居住。」女孩只是平靜地說道，「我經常看到他們進進出出。他們似乎需要許多模特兒，其中大部分都是年輕女性……」

「天哪，蘇茜！」

「也許他們喜歡畫年輕的女孩，但我不明白為什麼他們一次要邀請五個人，再加上三名年輕紳士。他們乘坐兩輛馬車來到這裡，離開的時候還唱著歌。這條街，」她指了指面前的街道，「實在是太沉悶了。除了這片花園之外，只能透過大茅屋街瞥到一點蒙帕納斯大道的景色。除了警察以外，沒有人會在這裡散步。另外就是在街角有一座修道院。」

「我還以為那是一座耶穌會學校。」海斯廷斯說。但他立刻又沉浸在貝德克對這個地方的描述中。那些描述的結尾是：「一側是讓·保羅·勞倫斯和紀堯姆·塞尼亞克住得如宮殿般的旅館，對面則是斯坦尼斯拉斯

小巷，卡羅勒斯·杜蘭在這裡繪製他令世界迷醉的傑作。」[21]

那隻烏鶇忽然發出一陣有金子質感的喉音，遠方的城市出現一個綠色小點，是一隻不知名的野鳥開始以狂熱的啼囀回應烏鶇。現在就連麻雀們都停止了洗浴，抬起頭看著這一對啁啾不息的鳥兒。

一隻蝴蝶飛過來，落到一朵向日葵上，在炎熱的陽光下襬動牠深紅色的翅膀，海斯廷斯聽一位朋友介紹過這種蝴蝶。而他的眼前忽然出現了一幅幻景：高高的穆林花和散發著香氣的牛奶草搧動著彩色翅膀，一幢白色的房子和被忍冬花覆蓋的庭院。他瞥到一名男人正在閱讀，一名女子斜靠在鋪著三色堇床單的床上 —— 他感覺到自己的心被填得滿滿的。一時間，他完全陷入了恍惚之中，直到被蘇茜小姐的聲音驚醒。

「我相信你一定很想家！」聽到這句話，海斯廷斯的面色一紅。蘇茜小姐同情地嘆了一口氣，繼續說道，「剛剛來到這裡的時候，我思鄉病一發作，就會和媽媽一起在盧森堡公園裡走走。我不知道是為什麼，但那些老式的花園似乎比這座人造城市中的任何東西都讓我感覺更靠近了自己的家。」

「不過那些花園裡全都是大理石雕像，」賓格太太溫和地說道，「我看不出那裡和我們的家鄉有什麼相似之處。」

「盧森堡公園在哪裡？」海斯廷斯在沉默了片刻之後問道。

「我們到門口去，我指給你看。」蘇茜小姐說著便站起了身，海斯廷斯也跟著她朝門口走去。蘇茜小姐向瓦文街一指，微笑著說：「走過那座修道院，再向右轉。」

海斯廷斯便走了過去。

---

[21]　本段涉及的人物都是法國著名畫家。

III

盧森堡公園是一片絢爛的鮮花。

海斯廷斯緩步走過悠長的林蔭道，覆滿青苔的大理石和舊式圓柱，青銅獅子旁邊的小樹叢，來到噴泉上方的樹冠露臺。在他的腳下，噴泉池在陽光下泛起粼粼清波，開花的杏樹環繞著這座露臺。在一座更高大的螺旋形露臺上，小片的橡樹林沿著螺旋坡道若隱若現，最終與宮殿西翼潤澤的樹叢融為一體。在林蔭大道的盡頭，天文臺拔地而起，白色的圓頂就如同一座東方的清真寺。林蔭大道的另一頭是高大華美的宮殿，它的每一扇玻璃大窗都在六月如火的驕陽中放射出耀眼的光芒。

在噴泉周圍，兒童和戴著白色帽子的保母們正在用竹竿推動玩具小船，那些船的船帆無力地低垂在烈日之下。一名佩戴著紅色肩章和禮儀長劍的公園巡警看了他們一會兒，又去訓誡一位沒有給自己的狗拴狗鍊的年輕男子。那條狗則趁著沒有人管束的時候，高高興興地在草地和泥土中蹭著脊背，四條腿在半空中來回揮舞。

警察指著那條狗，臉上顯露出無言的義憤。

「您好，隊長。」那個年輕人微笑著說道。

「你好，學生先生。」警察陰沉著臉說道。

「您找我有什麼事嗎？」

「如果你不給牠拴上鍊子，那我就要處理牠了。」警察幾乎是高喊著說道。

「那跟我有什麼關係，隊長？」

「什麼！那條鬥牛犬不是你的嗎？」

「如果他是我的，難道您認為我會不給牠拴上鍊子？」

警官一言不發地瞪了那名年輕人一會兒，最後他認定這傢伙既然是一位學生，那就難免是名狡猾的人，於是他親自去抓那條狗。狗立刻開始奔逃，他們繞著花床轉了一圈又一圈。當狗感覺到警官過於逼近自己的時候，便扭頭鑽進花床裡。這場競賽顯然變得不公平了。

　　年輕人只是饒有興致地在一旁看著，狗似乎也很喜歡這種鍛鍊。

　　警察注意到了這一點，決定從邪惡源頭下手。他氣勢洶洶地來到那個年輕人面前說道：「既然你是這個公害的源頭，我現在逮捕你！」

　　「但是，」年輕人表示反對，「我已經不要這條狗了。」

　　於是警察遇到了難題。他捕捉惡犬的所有嘗試都失敗了，直到三名園丁出手相助，那條狗才感到害怕，卻一溜煙地逃進美第奇大街，再也看不見蹤影了。

　　警察拖著疲憊的身體到那群白帽保母中間去尋求安慰。那名學生看了看錶，站起身打了個哈欠，恰巧看見了海斯廷斯。他微笑著朝海斯廷斯一鞠躬，海斯廷斯笑著向他走了過去。

　　「天哪，克里福德，」海斯廷斯說道，「我都沒有認出你。」

　　「是因為我的鬍子，」對面的學生嘆了口氣，「我犧牲掉了它，只為了讓……讓一位朋友高興一下。你覺得我的狗怎麼樣？」

　　「所以說牠還是你的狗？」海斯廷斯喊道。

　　「當然，和警察遊戲是牠的樂趣之一，可以幫牠調劑一下沉悶的生活。不過現在警察都認識牠了，我不得不讓牠停止這種遊戲。牠應該是回家去了，園丁出手的時候，牠總是會跑回家去。真可惜，牠最喜歡在草地上打滾了。」隨後他們聊了一陣海斯廷斯的未來計畫。克里福德禮貌地提議讓海斯廷斯去自己的畫室，見見他的資助人。

「你知道的，老花貓，我遇到你之前，拜拉姆博士就和我說起過你。」克里福德對海斯廷斯說，「艾略特和我很高興能夠盡我們所能為你做些事。」然後他又看了看錶，喃喃地說道，「我只剩十分鐘可以趕去凡爾賽的火車了，再見。」他剛要邁步，卻有一位女孩來到他面前，帶著困惑的微笑並摘下了他的帽子。

「為什麼你不在凡爾賽？」那女孩說道。對於海斯廷斯，她只是以幾乎無法察覺的動作點了一下頭。

「我……我正要去。」克里福德嘟囔著。

片刻間，他們只是互相看著。終於，克里福德面紅耳赤，結結巴巴地說：「如果你願意的話，我很榮幸向你介紹我的朋友，海斯廷斯先生。」

海斯廷斯深鞠一躬。那名女孩則甜甜地一笑，但她歪著的巴黎人小腦袋卻彷彿醞釀著些許惡意。

「我真希望，」她開口說道，「克里福德先生能夠再和我多相處一段時間，尤其是當他帶來了這樣一位充滿魅力的美國人時。」

「我……我必須走了，那麼回頭見，瓦倫丁？」克里福德說。

「當然。」女孩回答道。

克里福德離開的時候，樣子很不好看。當那個女孩最後對他說了一句：「把我最親切的愛帶給塞西爾！」他更是打了個哆嗦。當他消失在阿薩斯街之後，女孩轉轉身，彷彿才突然想起海斯廷斯在這裡。她看著海斯廷斯，搖了搖頭。

「克里福德先生真是太毛糙了。」女孩微笑著說，「有時候這實在令人有些難堪。當然，你一定聽說過他在沙龍取得的成功吧？」

海斯廷斯顯露出困惑的表情，一下子就被女孩注意到了。

「你一定去過沙龍吧？」

「並沒有，」海斯廷斯回答，「我三天前剛到巴黎。」

女孩似乎完全沒有留意他的解釋，只是繼續說道：「沒有人會想到他還有能耐做正經事。但就在展會開始的前一天，克里福德先生走進了沙龍，把整個沙龍都震驚了。他的扣眼裡插著一枝蘭花，邁著輕鬆愉快的步伐，還帶來了一幅非常美麗的畫。」

女孩看著噴泉，彷彿是在回憶那時的情景，臉上浮現出微笑。

「布格羅先生告訴我，朱利安先生那時大吃了一驚，只是不停地和克里福德先生握手，甚至忘記了還要拍拍他的後背！真是神奇。」女孩越說越高興，「自命不凡的朱利安老爹竟然忘記了拍他的後背。」

海斯廷斯很想知道這個女孩是怎麼和偉大的布格羅結識的。他看向女孩的眼神中更增添了一份敬意。「我是否能問一下，」他有些躊躇地說，「妳是不是布格羅先生的學生？」

「我，」女孩有些驚訝地回了一句，好奇地看著海斯廷斯。畢竟他們剛剛認識不久，他是否會接受自己的玩笑呢？

海斯廷斯愉快而又認真的臉上滿是請教的神情。

「嘿，」女孩心中想，「真是個滑稽的傢伙。」

「妳肯定是在學習繪畫吧？」海斯廷斯問。

女孩將手中的陽傘拄在地上，身體倚著彎曲的傘柄，看著海斯廷斯。「你為什麼會這樣想？」

「因為聽妳聊天，好像是這樣。」

「你真是在拿我開玩笑。」女孩說，「這樣可不好。」

海斯廷斯幾乎連髮根都要紅了，這讓女孩徹底明白了他是怎樣一個人。

「你來巴黎多久了？」女孩問。

「三天。」海斯廷斯嚴肅地回答。

「但是……但是……你肯定不會是新來的啊！你的法語說得太好了！」

停頓一下之後，女孩又問：「你真的是剛剛到這裡？」

「是的。」海斯廷斯說。

女孩坐到克里福德剛坐過的大理石長凳上，將陽傘斜放在頭上，看著海斯廷斯。

「我不相信。」

海斯廷斯感覺到了女孩的讚美之意。片刻之前，他還很擔心暴露自己新人的身分會遭到女孩的鄙視。終於，他鼓起勇氣，告訴女孩自己對於巴黎，甚至對於整個世界還是多麼陌生。他的坦率讓女孩瞪大了一雙藍色的眼睛，嘴唇稍稍分開，露出了最甜美的微笑。

「你從沒有去過畫室？」

「從來沒有。」

「也沒有見過模特兒？」

「沒有。」

「非常有趣。」女孩嚴肅地說道。然後他們兩個都笑了。

「妳呢，」海斯廷斯說道，「一定去過畫室吧？」

「去過幾百個。」

「模特兒呢？」

「見過幾百萬。」

「妳還認識布格羅？」

「是的，還有埃內爾、康斯坦特、勞倫斯、皮維·德·夏瓦納、達格南、庫爾圖瓦和……和他們所有人！」

「妳卻說妳不是畫家。」

「請原諒，」女孩嚴肅地說，「我有說過我不是嗎？」

「那妳要告訴我，妳是嗎？」海斯廷斯猶豫著問。

一開始，女孩只是看著他，止不住地搖頭、微笑。然後，女孩突然低下頭，開始用陽傘撥弄腳邊的小石子。海斯廷斯坐在長凳上，用手肘撐住膝蓋，看著陽光灑落在噴泉上。一位穿著水手服的小男孩一邊戳著他的帆船一邊哭喊：「我不回家！」他的保母只能無奈地將雙手舉向天空。

「就像美國小孩。」海斯廷斯心中想。思鄉的痛楚立刻貫穿了他的全身。

保母終於捉住了小船。小男孩陷入困境。

「雷恩先生，如果你決定到我這邊來，你就能得到你的船。」

男孩皺起眉頭，向後退去。

「我說，把我的船給我，」他喊道，「還有，不要喊我雷恩，我的名字是蘭達爾，這你知道！」

「嗨！」海斯廷斯說，「蘭達爾？那是個英文名字。」

「我是美國人。」小男孩用純正的英語說著，轉頭看向海斯廷斯，「她就是個傻瓜，她叫我雷恩是因為媽媽叫我蘭尼……」

小男孩躲開了氣惱的保母，躲到海斯廷斯身後。海斯廷斯笑著抱住

他的腰，把小男孩舉到了自己的大腿上。

「我的同鄉。」他對身邊的女孩說道。他在說話的時候臉上帶著笑容，喉頭卻有一種奇怪的感覺。

「難道你沒有看到我的船上的星條旗嗎？」蘭達爾質問道。當然，那面代表美國的旗子正無力地低垂在保母的手臂下面。

「哦，」女孩喊道，「他真可愛。」說著就想要俯身去親吻小男孩，但小蘭達爾已經從海斯廷斯的手臂中掙脫出去。他的保母一下子抓住了他，又怒氣沖沖地瞥了女孩一眼。

保母就這樣紅著臉，咬住嘴唇，一邊繼續盯著女孩，一邊把小男孩向遠處拉去，還用手絹誇張地擦著小男孩的嘴唇。

偷偷地，保母用力看了一眼海斯廷斯，又咬起了嘴唇。

「真是個壞脾氣的女人，」海斯廷斯說道，「在美國，保母們看到有人親吻他們的孩子都會很高興。」

女孩撐起陽傘遮住自己的臉，卻又突然合上陽傘，帶著挑釁的神情看向海斯廷斯。

「你認為她不喜歡這樣很奇怪嗎？」

「為什麼不奇怪？」海斯廷斯驚訝地問。

女孩再一次用審視的目光迅速看了他一眼。

海斯廷斯的眼睛清澈又明亮。他微笑著重複了一遍自己的問題：「為什麼不奇怪？」

「你真是個可笑的傢伙。」女孩側過頭，喃喃地說道。

「為什麼？」

但女孩沒有回答，只是靜靜地坐在石凳上，用陽傘在塵土中畫著弧

線和圓圈。過了一會兒，海斯廷斯說：「很高興看到年輕人在這裡有這麼多自由。我明白，法蘭西和我們那裡完全不同。要知道，在美國──或者至少在我居住的米爾布魯克，女孩們擁有各種自由──能夠獨自外出，也能獨自交朋友。我一直在擔心自己會過於想念那裡，不過我現在看到了這裡的情況，很高興我的想像是錯的。」

女孩抬起眼睛，定定地看著海斯廷斯。

海斯廷斯繼續愉快地說道：「我坐在這裡，看到許多漂亮的女孩在那邊的露臺上獨自散步，還有妳也是獨自一人。我不了解法國的習俗，所以請告訴我，妳是否能在無人陪伴的情況下自由前往劇院？」

女孩將海斯廷斯端詳了很長時間，然後帶著顫抖的微笑說：「你為什麼要問我這個？」

「當然是因為妳一定知道。」海斯廷斯興致勃勃地說。

「是的，」女孩冷漠地回答，「我知道。」

海斯廷斯還在等待女孩繼續說話，女孩卻沉默了，於是他認為女孩也許是誤解了他。

「我希望妳不會以為我剛見到妳就有非分之想。」海斯廷斯說，「實際上，我覺得有些奇怪。直到現在我還不知道妳的名字，克里福德先生做介紹的時候只說了我的名字。這是法蘭西的習俗嗎？」

「這是拉丁區的習俗，」女孩的眼睛裡閃爍著一種怪異的光。突然間，她有些過分狂熱地說道：「海斯廷斯先生，你一定要知道，我們在拉丁區全都有點肆意妄為。我們是徹底的波西米亞人，禮儀和規矩對於我們都不適用。克里福德先生向我介紹你的時候就沒有怎麼講究禮數，現在他又把我們兩個丟在一起，就更是沒有規矩了。不過正因為如此，我才是他的朋友。我在拉丁區有許多朋友，我們全都很了解彼此。我沒有

在學習繪畫，不過⋯⋯不過⋯⋯」

「不過什麼？」海斯廷斯有些困惑地問。

「我不應該告訴你的⋯⋯這些都是祕密。」她帶著不太確定的笑容說道。海斯廷斯注意到她臉頰浮現出滾燙的粉紅色，女孩的眼睛也變得特別明亮。

但很快，女孩的神情又有些黯然。「你和克里福德先生很親密嗎？」

「算不上。」

一段時間以後，女孩又轉向海斯廷斯，面色嚴肅，還有一點蒼白。

「我的名字是瓦倫丁 —— 瓦倫丁·提索特。也許⋯⋯也許我可以請你幫一個忙？儘管我們才剛剛認識。」

「好，」海斯廷斯有些激動地說，「這是我的榮幸。」

「這件事，」女孩低聲說，「其實沒有多大。請答應我，不要和克里福德先生提起我。答應我不要對任何人提起我。」

「我答應。」海斯廷斯陷入了巨大的困惑。

女孩有些緊張地笑了起來。「我希望保持神祕，大概是因為我很任性吧。」

「不過，」海斯廷斯說，「我本來希望⋯⋯希望妳能夠允許克里福德先生帶我去妳家拜訪。」

「我的⋯⋯我的家！」女孩重複了一遍。

「我是說，妳住的地方。實際上，是拜訪一下妳的家人。」

女孩面色驟變，把海斯廷斯嚇了一跳。

「請原諒，」海斯廷斯高聲說，「我傷害了妳。」

電光石火之間，女孩已經明白了坐在身邊的這個男人，因為她是一個女人。

　　「我的父母去世了。」女孩說。

　　海斯廷斯用非常輕柔的聲音說道：「那麼，如果我請求妳能接受我，是否會讓妳不高興？習俗是這樣的嗎？」

　　「我不能，」女孩說著，又瞥了海斯廷斯一眼，「我很抱歉。我本應該很願意接受你。但相信我，我不能。」

　　海斯廷斯認真地低下頭，看上去隱約有些不安。

　　「並不是因為我不想。我……我喜歡你，我覺得你非常好。」

　　「好？」海斯廷斯既驚訝又困惑。

　　「我喜歡你。」女孩緩緩地說，「如果你願意，我們可以偶爾見見面。」

　　「在朋友家？」

　　「不，不在朋友家。」

　　「那在哪裡？」

　　「這裡。」女孩的眼睛裡閃爍著決絕的光芒。

　　「為什麼，」海斯廷斯高聲問，「在巴黎，妳的觀念要比我們的更自由。」

　　女孩好奇地看著他。「是的，我們是徹底的波西米亞人。」

　　「我覺得這很有魅力。」他宣布道。

　　「知道嗎，我們可是正生活在最美好的社會裡。」女孩有些缺乏自信地伸出秀美的手，指了指被鄭重擺放在露臺上的那些死去王后雕像。

海斯廷斯看著她，心中感到喜歡。女孩則為自己天真的俏皮話取得了成功而高興。

「實際上，」女孩微笑著說，「我也有監護人在很好地照看我。你看，我們全都在眾神的保護之下。看，那是阿波羅，還有朱諾、維納斯，都在祂們的基座上。」她用戴著手套的小手逐一點數著，「還有穀神、戰神、還有……啊，我看不清……」

海斯廷斯轉過頭去看那個長著翅膀的神靈——他們正坐在祂的影子裡面。

「啊，那是愛神。」他說道。

IV

「來了一位新人，」拉法特靠在他的畫架上，慢吞吞地對他的朋友鮑爾斯說道，「那真是個溫柔又青澀的傢伙，簡直讓人胃口大開。如果他真的掉進了一只沙拉碗裡，那就只能希望天堂能夠救他了。」

「是的，他好像是司齊登克人還是奧什科什人，他到底是怎麼在那裡的雛菊花叢中長大的，又是怎麼從那裡的母牛群裡逃出來的，大概只有天知道！」

鮑爾斯用拇指摩擦畫像的輪廓線，他叫這個為「加入一點氣氛」。然後他盯住模特兒，抽了一口菸斗，卻發現菸斗已經熄了，便在夥伴的背上劃了一根火柴，重新把菸斗點著。

「他的名字，」拉法特將一小塊用來擦炭筆線的乾麵包朝帽架扔過去，「他的名字叫海斯廷斯，是一顆貨真價實的鮮嫩漿果。他好像剛剛來到這個世界……」拉法特先生自己的面容能夠清楚說明他對這顆行星的

認識「……就像一隻小母貓第一次在月光下散步。」

鮑爾斯已經成功點燃了他的菸斗，又開始用拇指摩擦畫像另一側的輪廓線，同時說了一聲：「哈！」

「是的，」他的朋友繼續說道，「你能想像嗎，他似乎是認為這裡的一切都像他……家鄉的那些被森林環繞的農場一樣。他提起漂亮女孩獨自走在街上，說這樣很合理，還說法國的父母都被美國人誤解了。他說他認為法國女孩也像美國女孩一樣美好，我盡量糾正他的錯誤，讓他明白這裡什麼樣的女士才會單獨出行，或者和搞藝術的在一起。他卻完全不明白我的意思，感覺他不是太愚蠢，就是太天真。最後，我不得不和他把話挑明，他卻說我是一位內心卑鄙的蠢貨，然後就丟下我跑了。」

「你有用鞋跟敲打他嗎？」鮑爾斯一邊笑一邊好奇地問道。

「呃，沒有。」

「他都管你叫內心卑鄙的蠢貨了。」

「他說得沒錯。」克里福德在前面的畫架那裡說道。

「你……你是什麼意思！」拉法特的臉都漲紅了。

「就是這個意思。」克里福德回答道。

「誰說你了？這關你什麼事？」鮑爾斯冷笑著說。克里福德猛地轉轉身，盯住了他，讓他差點跟蹌了一下。

「是的，」克里福德緩緩地說道，「這關我的事。」

一段時間裡，沒有人再說話。

然後克里福德高聲說道：「我說，海斯廷斯！」

海斯廷斯轉過身，向驚愕的拉法特點點頭。

「這個人認為你錯了。而我想要告訴你，無論你什麼時候想踢他一

腳，我都會幫你按住另外那個傢伙。」

海斯廷斯有些困窘地說道：「為什麼呢，我只是和他見解不同，僅此而已。」

克里福德說了一句：「放輕鬆。」就伸手挽住海斯廷斯的手臂，帶著他來到自己的幾位朋友面前，為他們做了介紹。畫室中其他的新人們都只能羨慕地瞪大眼睛。現在整個畫室都明白，海斯廷斯儘管是最新進來的，有義務完成畫室中最卑微的工作，但他已經進入受到敬畏的老人圈子，真正具有魅力和權力的圈子。

休息時間結束之後，模特兒回到自己的位置上。眾人繼續作畫。畫室中充滿了歌聲、吆喝聲和美術學生們在研究何為美麗時發出的各種震耳噪音。

五點鐘一到，模特兒打了哈欠，伸伸懶腰，便穿上了褲子。六間畫室中的所有噪音都匯聚在一起，經過走廊來到街上。十分鐘以後，海斯廷斯發現自己站到了前往蒙魯日的電車上。很快克里福德就來到他身邊。

他們在蓋伊盧薩克街下了車。

「我總是會在這裡下車。」克里福德說，「我喜歡走路去盧森堡公園。」

「有件事，」海斯廷斯問道，「如果我不知道你住在哪裡，我該怎麼拜訪你呢？」

「哈哈，我就住在你對面。」

「什麼……就是有杏樹和烏鶇鳥的花園畫室……」

「沒錯，」克里福德說，「我和我的朋友艾略特住在那裡。」

海斯廷斯想要講述一下他從蘇茜・賓格小姐那裡聽說的關於街對面兩名美國畫家的事情，但轉念一想，又管住了嘴。

　　克里福德繼續說道：「如果你想來的話，也許最好還是先讓我知道，這樣……這樣我就會……留在那裡。」他的聲音忽然變得很沒有底氣。

　　「我應該不會想要在那裡見到你的模特兒朋友。」海斯廷斯微笑著說，「你知道的 —— 我的觀念很古板。我覺得你會說是很清教徒。我應該不會喜歡那種狀況，也不知道該如何應對。」

　　「哦，我明白。」克里福德說道，緊接著他又熱情地說，「儘管你可能不贊成我的行事風格和生活狀態，但我相信我們會成為朋友。而且你一定會喜歡賽弗恩和塞爾比，因為……因為他們也都像你一樣，是兩個老古董。」

　　片刻之後，他又繼續說道，「有些事我想要提一下，上個星期，我在盧森堡公園把你介紹給瓦倫丁……」

　　「別說了！」海斯廷斯微笑著打斷了他，「關於她，你絕不能和我提一個字！」

　　「為什麼……」

　　「一個字……一個字都不行！」海斯廷斯著急地說道，「我要求……以你的榮譽向我承諾，你不會提起她，除非我允許。向我保證！」

　　「我保證。」克里福德有些驚愕地說道。

　　「她是一位很有魅力的女孩。你離開之後，我們有過一段很愉快的談話。我感謝你將她介紹給我，但不要再向我提起任何關於她的事情，除非我許可。」

　　「哦。」克里福德咕噥了一聲。

「記住你的承諾。」海斯廷斯微笑著走進他居住的旅社大門。

克里福德走過街道，穿過滿是常春藤的小巷，進入了他的花園。

他一邊摸著畫室的鑰匙，一邊嘟囔著：「真奇怪……真奇怪……不過他當然是不會的！」

他走到門前，把鑰匙插進鎖孔裡，眼睛則盯著釘在門板上的兩塊牌子。

福克斯霍爾・克里福德

理查・奧斯本・艾略特

「該死的，為什麼他不想讓我提起她？」

他開啟門，趕走了兩隻湊上來求愛撫的鬥牛犬，一屁股坐進沙發裡。

艾略特正坐在窗邊，一邊抽菸，一邊用炭條畫著素描。

「嗨。」他頭也不抬地說道。

克里福德茫然地凝視著艾略特的後腦勺，喃喃說道：「恐怕，恐怕那個傢伙實在是太純潔了。我說，艾略特，」他話鋒一轉，「海斯廷斯 —— 你知道的，就是拜拉姆那隻老貓特意過來和我們說過的那個人 —— 那天你還把科莉特藏到了大衣櫃裡……」

「是的，怎麼了？」

「哦，沒什麼。他真是個榆木腦袋。」

「是的。」艾略特毫無熱情地應了一聲。

「難道你不這麼想嗎？」克里福德質問道。

「當然，但他的幻想遲早有一天會被打破，到時候就有他難受的了。」

「那些打破他幻想的人才是真正可恥！」

「是的……等到他來拜訪我們的時候，當然，除非他事先通知我們……」

克里福德露出一副鄭重其事的表情，點燃了一支香菸。

「我剛剛要說，我已經告訴了他，來這裡一定要先讓我們知道，讓我來得及把你打算進行的狂歡聚會延後……」

「哈！」艾略特有些憤慨地說道，「我還以為你要把他也一起拉下水。」

「不是這樣。」克里福德笑了一下，又恢復了嚴肅，「我不想讓這裡發生的事情對他造成困擾，他是個榆木腦袋，但可悲的是，我們實在是非常喜歡他。」

「我可不一樣，」艾略特心滿意足地說道，「我只有和你生活在一起……」

「聽著！」克里福德向艾略特喊道，「我已經做過一些很偉大的事了。你知道我做了什麼？實際上……我第一次在街上遇到他……其實那是在盧森堡公園裡，我就把他介紹給了瓦倫丁。」

「他拒絕了嗎？」

「相信我，」克里福德嚴肅地說道，「那個從田園中來到這裡的海斯廷斯根本不知道瓦倫丁是……真的是『瓦倫丁』。他自己是一個美麗的、關於道德和體面的榜樣。在這個區，他這種人簡直就像大象一樣稀罕。他不知道瓦倫丁可能也像他一樣罕見——只不過是在另一方面。我已經聽夠了那個無賴拉法特和缺德小混蛋鮑爾斯之間的談話，恨不得要教訓他們一下。我告訴你，海斯廷斯是一個寶貝！他是身體健康、心靈清澈

的年輕人，在一個小鄉村中長大，很清楚酒館就是前往地獄的車站。對於女人……」

「是嗎……」艾略特說。

「是的，」克里福德繼續說道，「對於危險的女人，他的概念可能僅限於畫中的耶洗別。[22]」

「也許吧。」他的室友回應道。

「他是一個寶貝！」克里福德強調著，「如果他發誓說這個世界就像他的心一樣善良純潔，我就會發誓他是對的。」

艾略特叼著菸斗，拈著炭條，從自己的素描上抬起頭，轉身對克里福德說：「他絕不會從理查・奧斯本・艾略特這裡聽到任何悲觀主義的東西。」

「對我來說，他是一堂課。」克里福德邊說著，邊打開眼前桌上一張帶有香水氣味的小紙條。上面的字是用玫瑰色墨水寫的。

他將紙條的內容讀了一遍，微微一笑，吹出一兩段《海萊特小姐》的旋律，然後拿出自己最好的奶油色信紙，寫下答覆。將回信寫好並封好之後，他拿起自己的手杖，吹著口哨在房間裡大步來回走了兩趟。

「要出去？」艾略特一邊繼續著素描一邊問。

「是的。」克里福德這樣說著，卻又沒有立刻出發的樣子，而是來到艾略特身後，看他用一點乾麵包在素描上擦出高光。

「明天是星期天。」沉默了片刻之後，他說道。

「哦？」艾略特問了一聲。

「你見到科莉特了嗎？」

---

[22] 耶洗別是《聖經》中提到的人物，是古代以色列國一位惡毒的王后，殺害了許多上帝的先知。

「沒有。今晚我會去找她，她與羅登和傑奎琳會去布朗家。我猜你和塞西爾也會去吧？」

「嗯，不會，」克里福德回答，「塞西爾今晚在家吃飯。我……我想要去米尼翁餐廳。」

艾略特有些不贊成地看著克里福德。

「你可以自己安排好拉羅徹的一切，不需要和我商量。」克里福德避開了艾略特的目光。

「你現在打算幹什麼？」

「不幹什麼。」克里福德表示拒絕回答這個問題。

「不要告訴我，」他的室友不以為然地說道，「布朗家有晚餐可吃的時候，人們可不會忙著跑到米尼翁餐廳去。那個人是誰？──不，我不會問這個，問又有什麼用！」他在桌上敲了敲菸斗，提高聲音，帶著抱怨的語氣說道：「就算知道你要去哪裡又有什麼用？塞西爾會說──哦，是的，她會說什麼？真可惜，你連兩個月都堅持不了，天哪！這個區的人還真是肆意妄為。而你更是在辜負它的好脾氣，還有我的！」

然後，艾略特站起身，將帽子扣在頭上，大步向屋門口走去。「只有天知道為什麼會有人容忍你犯傻。但大家都容忍你，我也一樣。如果我是塞西爾或者其他任何漂亮的傻瓜，被你這個傻瓜用最愚蠢的辦法追逐，而且還會繼續被你愚蠢地追逐下去……我要說，如果我是塞西爾，我會一巴掌抽在你的臉上！現在我要去布朗那裡了。就像以前一樣，我會給你找個藉口，把事情安排好。你去這片大陸的任何地方都好，我才不會在乎。但是，以這間畫室骷髏的頭骨發誓！如果你明天不一隻手臂夾著你的素描簿，另一隻手牽著塞西爾出現在我面前，如果你不能整整齊齊地回來，我就和你絕交。其他人願意怎麼樣是其他人的事。晚安。」

克里福德竭盡全力帶著笑容和艾略特道了晚安，然後坐下來，眼睛盯著門口，拿出錶，給艾略特十分鐘消失，才拉鈴召喚看門人，同時喃喃地說道：「哦，天哪，哦，天哪，該死的我為什麼要這麼做？」

「阿爾弗雷德，」目光銳利的看門人應聲而來，克里福德對他說道，「把自己收拾得乾淨體面一些，阿爾弗雷德，把木鞋脫了，換一雙正經的鞋，再戴上你最好的帽子，將這封信送到巨龍街那幢高大的白房子去。不必要回信，我的小阿爾弗雷德。」

看門人顯然不太願意去跑這趟差事，但他對於克里福德先生又很有好感。他離開的時候，臉上的表情因為這兩種矛盾的情緒而變得很有些複雜。看門人走後，克里福德非常仔細地用他和艾略特衣櫃中最好的衣服裝飾自己。他在這樣做的時候一點也不著急，甚至偶爾還會停下來，拿起他的班卓琴彈上一曲，或者逗弄一下鬥牛犬，讓牠們蹦蹦跳跳的。

「我還有兩個小時，」他一邊想著，一邊借了艾略特一雙絲綢襪子。又和狗玩了一會兒球，才把襪子穿上。然後他點了一根香菸，仔細檢視自己的外衣。他從外衣裡掏出四塊手帕、一把扇子、還有一對揉皺的齊肘手套。他相信這件衣服已經不會為自己增添魅力了，便開始尋思換上一件。艾略特太瘦了，而且艾略特的外衣也全都鎖在櫃子裡。羅登的衣服也許就像他自己的一樣糟糕。海斯廷斯！海斯廷斯才是他要找的人！但當他扔下滿是煙味的外衣，悠然來到海斯廷斯居住的旅社門口，卻被告知海斯廷斯已經在一個小時以前出門了。

「那麼，以所有的理由推測，他到底會去哪裡呢？！」克里福德嘟囔著朝街道遠處望去。

旅社的女僕不知道。於是克里福德給了女僕一個迷人的微笑，不緊不慢地向自己的畫室走去。

海斯廷斯並沒有走遠，從我們的聖母街步行到盧森堡公園只需要五分鐘，現在他正坐在那位長著翅膀的神靈陰影下。他已經坐了一個小時，在泥土中戳著窟窿，看著從北側露臺通向噴泉的臺階。太陽懸在空中，如同一顆紫紅色的圓球，照耀在暮冬被薄霧籠罩的山丘上，一縷縷帶有玫瑰色光暈的細長雲朵低垂在西方的天空中。遠方榮軍院的圓頂如同一顆貓眼石，放射出的光華穿透了霧氣。在宮殿後面，從一根高高的煙囱中飄出的煙塵一直升入高空，遮住太陽，被照耀成紫色，甚而變成了一道緩慢燃燒的火焰。聖敘爾比斯雙塔拔地而起，在深綠色栗樹枝葉的映襯下，變成了兩道色澤深沉的剪影。

一隻睏倦的烏鴉正在附近的樹叢中不緊不慢地鳴叫著。鴿子們飛來飛去，翅膀上帶著掠過微風時的輕柔哨音。宮殿窗戶的反光漸漸黯淡。先賢祠的穹頂在北側露臺上方依然閃閃發光，如同勇猛的瓦爾哈拉翱翔在天際。下面沿著露臺擺放著歷代王后的大理石雕像，以肅穆的身姿眺望希望。

從宮殿北立面的長廊盡頭傳來了公共巴士的聲音和街上的嘈雜叫嚷。海斯廷斯看了看宮殿上的大鐘。六點了，他的錶也走到同一時刻。他繼續俯身戳弄地上的碎石。音樂廳和噴泉之間不斷有行人來來往往 —— 身穿黑衣，鞋上裝飾銀扣的牧師；成群結隊，散漫放蕩的士兵；穿著整齊的女孩，沒有戴帽子，卻捧著盛放女帽的帽盒；穿黑色外衣，戴著高帽的學生；戴貝雷帽，拿長手杖的學生；神情緊張，步伐飛快的官員；穿青綠色和銀色衣服的樂手；滿身塵土，配飾叮噹作響的騎兵；糕點鋪的跑腿男孩們將蛋糕籃子頂在頭上，卻還在蹦蹦跳跳，全然不顧籃子可能掉落的危險；瘦弱的棄兒，步履蹣跚的巴黎流浪漢，斜肩弓背，小眼睛鬼鬼祟祟地在地上尋找菸頭。所有這些人不斷地經過噴泉，從音

樂廳旁邊重新進入城市。音樂廳長長的拱廊已經閃爍起煤氣燈的光亮，聖敘爾比斯幽怨的報時鐘聲響起，宮殿鐘塔也亮起了燈。就在這時，匆忙的腳步聲在礫石路上響起，海斯廷斯站了起來。

「妳來得好晚啊，」他開口說道。但他的聲音哽在了喉嚨裡，只有紅紅的臉頰說明他等待了多麼久。

她說道：「我被拖住了……其實，我很生氣……而且……而且我可能也只能待上一會兒。」

她坐到他身邊，又偷偷向身後基座上的神靈瞥了一眼。「真討厭，那個惹人煩的邱比特還在這裡？」

「翅膀和箭也在。」海斯廷斯說著，並沒有留意瓦倫丁讓他坐下的示意。

「翅膀，」瓦倫丁喃喃地說道，「哦，是的……當祂厭倦了這場遊戲，就會飛走。所以祂當然想要翅膀，否則該怎麼在別人受不了祂的時候逃跑呢？」

「妳是這麼認為的？」

「我相信，男人們都是這麼想的。」

「那麼女人們呢？」

「哦，」她轉過清秀的面孔，「我其實忘記我們在說什麼了。」

「我們在說愛情。」海斯廷斯說。

「我沒有說那個。」女孩說著，抬起頭去看那大理石的神靈，「我根本不在乎這個。我不相信祂知道如何射出自己的箭──祂就是不知道，祂是一個懦夫，只會躲藏在暮色裡，就像一名刺客。我不喜歡懦弱。」她高聲說完，就將後背對準了那尊雕像。

「我覺得，」海斯廷斯平靜地說，「祂射得很好 —— 是的，甚至還會在射箭之前先發出警告。」

「這是你的經驗嗎，海斯廷斯先生？」

海斯廷斯看著她的眼睛說：「祂在警告我。」

「那麼就小心祂的警告。」女孩緊張地笑了兩聲，脫下手套，又小心地將它們戴上。然後，她朝宮殿的大鐘瞥了一眼，說：「哦，天哪，已經這麼晚了！」她將陽傘收攏又開啟，最後又看向海斯廷斯。

「不，」海斯廷斯說，「我不應該在意祂的警告。」

「哦，天哪，」女孩又嘆了口氣，「我們還在談論那個令人厭倦的雕像！」然後她偷偷瞥了一眼海斯廷斯，「我想，我想你是在戀愛了。」

「我不知道，」海斯廷斯喃喃地說，「我想應該是吧。」

女孩一下子抬起頭，對海斯廷斯說：「你似乎很喜歡這種心情。」在海斯廷斯的注視中，她咬住了嘴唇，身體開始顫抖。突然間，恐懼占有了她。她跳起身，雙眼凝視著越來越濃重的陰影。

「妳冷嗎？」海斯廷斯問。但女孩只是不停地說著，「哦，天哪，哦，天哪，已經晚了，這麼晚了。我必須走了……晚安。」

她將戴著手套的手伸給海斯廷斯，又打了個寒顫，將手抽了回去。

「怎麼了？」海斯廷斯問，「妳害怕嗎？」

女孩以奇異的眼神看著海斯廷斯。

「不……不……不是害怕……你對我真好……」

「老天爺！」海斯廷斯脫口說道，「妳說我對妳好是什麼意思！這至少已經是妳第三次這樣說了，我不明白！」

一陣鼓聲從宮殿的門衛室那邊傳過來，打斷了海斯廷斯的話。

「聽，」女孩悄聲說，「他們要關門了。太晚了，哦，這麼晚了！」

連綿不絕的鼓聲越來越近。就在這時，鼓手出現在東側露臺上，就像昏暗天空下的一片剪影。迅速消失的陽光在他的腰帶和刺刀上又逗留了一會兒，然後他便走進黑影之中，只留下一陣陣迴盪的鼓聲。不久之後，鼓聲也在東側露臺上逐漸減弱。直到鼓手走過青銅獅子前的林蔭道，轉向西側露臺，鼓聲才再一次增強，鼓點漸漸恢復了清晰。越來越響亮的鼓聲撞在灰色的宮殿牆壁上，引起了更具震撼力的回音。現在鼓手又出現在他們面前 —— 他的紅色長褲在積聚起來的暮色中如同一個黯淡的斑點。鼓上的黃銅配件和他肩頭的刺刀還在閃爍著微光。他走過去，將高亢的鼓聲留在他們耳中。當他遠遠走進林間小道的時候，他們還能看到他背包上的小錫杯在發亮。就在這時，哨兵們開始了一成不變的呼喊：「關門了！關門了！」圖爾農街的軍營中傳來了軍號聲。

「關門了！關門了！」

「晚安，」女孩悄聲說道，「今晚我必須獨自回去。」

他看著女孩消失在北側露臺後面，然後坐到大理石長凳上，直到一隻手按住他的肩膀，一點刺刀的光亮警告他馬上離開。

瓦倫丁走過小樹林，轉到美第奇街，穿過那裡，進入了林蔭大道街。她在街角買了一束紫羅蘭，沿著林蔭大道街到達了學校街。在布朗家門口，一輛馬車停下來，一名漂亮的女孩被艾略特攙扶著下了馬車。

「瓦倫丁！」那個女孩喊道，「來和我們一起吧！」

「不行，」瓦倫丁駐足片刻，「我在米尼翁餐廳有一個約會。」

「不是和維克託？」漂亮女孩笑著喊道。瓦倫丁只是微微打了個哆嗦，從他們兩個身邊走過去，轉進了聖日耳曼大道。克呂尼咖啡館前面有一群正在尋歡作樂的人招呼她加入，她稍稍加快了腳步，避開了那些

人。在米尼翁餐廳的門口站著一個穿排扣制服，如同黑炭一樣的非洲人。瓦倫丁踏上鋪著地毯的臺階時，他便摘下尖頂帽，向瓦倫丁行禮。

「叫歐仁來找我。」瓦倫丁對黑人侍者說了這一樣一句，便穿過門廊，來到餐廳右側的一排嵌板門前。另一名侍者跟從瓦倫丁。她重複了一遍要見歐仁的要求。沒過多久，歐仁就悄然出現在她身邊，一邊鞠躬，一邊喃喃地說道：「女士。」

「誰在這裡？」

「包間裡還沒有人，女士。在大廳裡有瑪德隆夫人和蓋伊先生、克拉瑪特先生、克萊森先生、馬利先生和他們的同伴。」說到這裡，他向周圍環顧一圈，又鞠了一躬，喃喃說道，「先生已經等待女士半個小時了。」說著，他敲響了標著號碼 6 的嵌板門。

克里福德開啟門。瓦倫丁走了進去。

歐仁又鞠了一躬，悄聲說：「如果先生有事，請搖鈴叫我。」隨後他就消失了。

克里福德幫助瓦倫丁脫下外衣，又接過她的帽子和陽傘。瓦倫丁在一張小桌旁坐下，克里福德坐到對面。瓦倫丁微笑著向前傾過身，用臂肘撐住桌面，看著克里福德。

「你在這裡做什麼？」她問克里福德。

「等待。」克里福德的聲音中充滿了愛慕。

瓦倫丁轉過頭，看了一眼鏡子中的自己。那雙藍色的大眼睛、光潤的捲髮、挺直的鼻子和嬌小的嘴唇在鏡子裡閃動了一下。隨後鏡子又映照出她修長的脖頸和窈窕的腰背。「我只會將後背朝向虛榮。」她說著，又向前傾過身，「你在這裡做什麼？」

「等妳。」克里福德重複了一遍，稍稍感到些困擾。

「和塞西爾一起。」

「現在沒有，瓦倫丁……」

「你知道嗎，」瓦倫丁平靜地說，「我不喜歡你的行為。」

克里福德有一點不安，便拉鈴呼喚歐仁上菜，以掩飾自己的慌亂。

第一道菜是貝類濃湯，配波默里酒。一道道菜餚按照常規被端上來，空盤被撤掉。最後歐仁送來了咖啡。桌上只剩下一盞小銀燈。

得到吸菸的許可之後，克里福德說：「瓦倫丁，我們是去看滑稽歌舞，還是去看《黃金國》……或者兩個都去看看，或者是新馬戲團，或者……」

「就在這裡。」瓦倫丁說。

「嗯，」克里福德有些受寵若驚，「恐怕我沒辦法逗妳發笑……」

「哦，你可以，你比《黃金國》更有趣。」

「聽我說，不要只把我當兄弟，瓦倫丁。妳一直都是這樣，但是，但是……妳知道人們會怎麼說 —— 一個好玩笑會殺死……」

「什麼？」

「呃……呃……愛情和所有。」

瓦倫丁大笑起來，直到自己的眼睛被淚水潤溼。「嘿，」她高聲說道，「那它就已經死了！」

克里福德看著瓦倫丁，眼神中漸漸多了一分警惕。

「你知道我為什麼會來嗎？」瓦倫丁問。

「不，」克里福德不安地回答，「不知道。」

「你和我做愛已經有多久了？」

「嗯，」聽到這個問題，克里福德顯得有些驚訝，「應該是……大約一年吧。」

「我也覺得有一年了。你沒有厭倦嗎？」

克里福德沒有回答。

「難道你不知道，我太喜歡你了，所以……所以從沒有真正愛上過你？」瓦倫丁說，「難道你不知道我們作為夥伴太和諧了，是太熟悉彼此的老朋友？難道我們不是嗎？難道你以為我不知道你的歷史嗎，克里福德先生？」

「不要……不要這麼諷刺，」克里福德急忙說道，「不要對我這樣冷酷，瓦倫丁。」

「我沒有。我對你很好。我非常好 —— 對你和塞西爾。」

「塞西爾已經厭倦我了。」

「我希望她會厭倦你。」瓦倫丁說，「她應該得到更好的命運。天哪，你知道你在拉丁區的名聲嗎？你的花心，最糟糕的花心，完全無可救藥，還比不上夏天夜晚的山羊。可憐的塞西爾！」

克里福德顯得非常不安。瓦倫丁便讓語氣和緩下來。

「我喜歡你，這一點你知道，所有人都知道。你在這裡是一個被寵壞的孩子，你可以為所欲為，所有人都容忍你，但並不是所有人都可以成為你反覆無常的犧牲品。」

「反覆無常！」克里福德喊道，「老天爺，如果拉丁區的女孩們還不反覆無常的話……」

「隨便你 —— 隨便你怎麼說！但你沒有進行評判的資格。你們男人

全都沒有。為什麼你今晚會在這裡？哦，」瓦倫丁喊道，「我告訴你為什麼！一位先生收到了一張小紙條，他寄出另一張小紙條作為答覆。然後他穿上征服者的戰衣……」

「我沒有。」克里福德面紅耳赤地說。

「你有，你就是這樣，」瓦倫丁帶著微笑反駁，然後她又以極低的聲音說道，「我已經被你控制了。不過我知道，控制我的是我的朋友，我來這裡就是為了向你承認這一點。也正是因為如此，我還要在這裡求你……求你幫我一個忙。」

克里福德睜大了眼睛，但什麼都沒有說。

「我正處在巨大的困苦之中，是因為海斯廷斯先生。」

「嗯。」克里福德口中這樣應著，心中卻不由得有些驚訝。

「我想要請求你，」瓦倫丁繼續壓低聲音說，「我想要請求你……萬一你在他面前提起了我……不要說……不要說……」

「我不應該和他提起妳。」克里福德平靜地說道。

「你……你能阻止其他人談論我嗎？」

「如果我在場的話，應該可以。我能否問一下是為什麼？」

「這樣不好，」瓦倫丁喃喃地說道，「你知道他……他是如何看待我的……就像他看待所有女人一樣。你知道他與你和其他那些人是多麼不同。我從沒有見到過一個男人……一個像海斯廷斯先生這樣的男人。」

克里福德手中的香菸熄滅了，卻沒有人注意到。

「我幾乎有些害怕他……害怕他會知道我們在拉丁區都是些什麼樣的人。哦，我不希望他知道！我不想讓他……讓他丟下我……我不想讓他不再和我說話——儘管那也許才是他應該做的！你……你和其他人不可

能知道這對我意味著什麼。我無法相信他⋯⋯我無法相信他是那麼好，那樣⋯⋯那樣高尚。我不希望他知道⋯⋯知道得這麼快。當然，他遲早會知道——這是躲不過的。他自己也能夠發現，然後他就會丟下我。天哪！」她激動地哭泣起來，「為什麼他要拋棄我，而不是你？」

克里福德非常窘迫，只能看著自己的香菸。

女孩站起身，面色慘白。「他是你的朋友——你有權警告他。」

「他是我的朋友。」克里福德遲疑了半晌才說道。

他們在靜默中看著彼此。

然後女孩哭著說：「但最神聖的我只會留給自己。所以你不需要警告他！」

「我相信妳。」克里福德愉快地說道。

V

在海斯廷斯的感覺中，這個月過得很快，而且幾乎沒有什麼事情給他留下深刻的印象。但也絕不是平安無事，其中一個痛苦的回憶是在嘉布遣大道與布萊登先生相遇。那時海斯廷斯正陪著一位極為飛揚跋扈的年輕人，他的笑聲讓海斯廷斯感到很是沮喪。當他終於從那傢伙的身邊逃走時，他覺得彷彿整條大道上的人都在看他，在因為他的同伴而批評他。海斯廷斯因此而變得面紅耳赤。後來，當他就這樣面紅耳赤地回到旅社的時候，蘇茜小姐立刻察覺到了他悲哀的心情，卻勸說他應該認真克服自己的思鄉之情。

另一段記憶同樣讓他難以忘懷。一個星期六的早上，他感覺很孤獨，便在這座城市中閒逛了幾圈，無意中走到了聖拉扎爾火車站。現在

吃早飯還有些早，但他還是走進了總站酒店，找一張靠近窗戶的桌子坐下去。當他轉頭想要點菜的時候，一名快步從他身邊走道穿過的人撞到他的頭。他抬起頭準備接受道歉，那個人卻熱情地拍拍他的肩膀說道：「你來這裡做什麼，老朋友？」來的人是羅登。他抓住海斯廷斯，讓海斯廷斯跟他走。海斯廷斯溫和地表示拒絕，卻還是被拉著走進一個單間。克里福德正在裡面。看到海斯廷斯，他臉色一紅，急忙從桌邊跳起來，以一種令人有些吃驚的激動情緒表示歡迎。

不過高興的羅登和顯得特別彬彬有禮的艾略特很快就沖淡了克里福德造成的尷尬氣氛。艾略特向海斯廷斯介紹了三位和他們在一起的女孩。那三位女孩都顯得很是妖媚，她們都熱切地對海斯廷斯表示歡迎，和羅登一起要求海斯廷斯加入他們的聚會。海斯廷斯立刻就同意了。當海斯廷斯吃早餐的時候，艾略特簡單地向海斯廷斯介紹他們去拉羅什遊覽的計畫。海斯廷斯一邊高興地吃著煎蛋捲，一邊向不斷和他攀談、對他表示好意的塞西爾、科莉特和傑奎琳報以微笑。與此同時，克里福德則板著臉，悄聲對羅登說 —— 你是個混蛋。可憐的羅登一臉委屈的表情，直到艾略特猜到了是怎麼回事，便向克里福德皺起眉頭，又告訴羅登，他們會將這次聚會好好進行下去。

「你閉嘴。」他對克里福德說，「這是命運，一切都是命運造成的。」

「是羅登造成的。」克里福德嘟囔著，卻又藏起了一絲笑意。畢竟他不是海斯廷斯的媽媽。於是他們登上了九點十五分從聖拉扎爾火車站出發的火車。這趟車在哈夫爾稍作停留，隨後便到達了拉羅什的紅屋頂火車站。於是一群開心的年輕人帶著遮陽傘和鱒魚釣竿下了車，只有臨時參加的海斯廷斯手中拿著一根手杖。當他們在細小的愛普特河岸邊，一片梧桐樹林中建立起營地之後，眾人公認的運動大師克里福德開始指揮

眾人的行動。

「你，羅登，」他說道，「把你的飛釣誘餌分給艾略特，盯住他，別讓他給自己的魚線拴上浮標和墜子。如果他想從土裡挖蠕蟲出來掛在魚鉤上，就用暴力阻止他。」

艾略特表示反對，卻在眾人的大笑聲中也不得不露出微笑。

「你真讓我生氣，」他說道，「難道你以為這是我第一次釣鱒魚？」

「如果這是你第一次釣鱒魚的話，我會非常高興。」克里福德一邊說，一邊躲過了艾略特朝他扔過來的飛鉤，同時還為塞西爾、科莉特和傑奎琳準備好了三根細長的垂釣魚竿，讓她們能夠盡情在河水中尋找快樂和鱒魚。他給每根魚線都安裝好四根咬鉛釣組，一只小魚鉤，還有一只漂亮的羽毛浮標。

「我絕不會碰那些蠕蟲。」塞西爾一邊說一邊打了個哆嗦。

傑奎琳和科莉特急忙對她表示支持，海斯廷斯愉快地提議由他來給女士們上餌和取魚。但塞西爾在克里福德的書中讀到過許多關於飛釣的華而不實的描述，顯然已經被這種奇特的釣魚方法迷住了。這次她決定要接受克里福德的現場指導，於是他們兩個很快就跑進愛普特河的河灣裡，不見蹤影。

艾略特帶著詢問的神情看向科莉特。

「我更喜歡鯉魚。」這位少女已經打定了主意，「妳和羅登先生想去哪裡都可以。對不對，傑奎琳？」

「當然。」傑奎琳回應道。

艾略特仍然有些猶豫地檢視自己的魚竿和線軸。

「你的卷軸方向錯了。」羅登說。

艾略特仍然在猶豫著，不住地偷看科莉特。

「我⋯⋯我⋯⋯其實差不多已經決定⋯⋯這次不甩這些飛蠅了。」他說道，「而且塞西爾也留下了一根釣桿⋯⋯」

「那不能被稱為釣竿。」羅登糾正他道。

「好吧，是垂釣桿。」艾略特看著那兩個女孩繼續說道。但羅登已經抓住了他的衣領。

「別這樣！一個男人怎麼能在手裡拿著飛釣竿的時候卻用浮標和鉛墜釣魚！快過來！」

平靜的愛普特河穿過許多樹叢，一直流向塞納河。一片長滿青草的河岸向河面投下陰影，為水中的鯉魚提供了掩護。科莉特和傑奎琳就坐到這片河岸上，有說有笑地看著猩紅色的羽毛浮標晃動。海斯廷斯用帽子遮住眼睛，頭枕在一片苔蘚上，傾聽著她們的低聲細語。每當魚竿揮起，某位女孩用稍有控制的歡呼聲宣布魚被釣上來的時候，他就會殷勤地從魚鉤上摘下憤怒的小鯉魚。

陽光透過枝葉茂盛的樹冠，灑落在他們身上。森林中不斷有鳥叫聲傳來。黑白兩色的喜鵲相互追逐著，從他們身邊飛過，落在附近，抖動尾巴，蹦跳著相互調情。藍白色的松鴉挺著玫瑰色的胸脯，在樹叢中尖聲長鳴。一隻低飛的鷹在一片快要成熟的小麥田中盤旋，嚇得樹籬中的鳥雀紛紛四散逃命。

遙遠的塞納河對岸，一隻海鷗如同一片羽毛落在水面上。空氣純淨又安寧，幾乎連一片抖動的樹葉都沒有。遠處的農田中傳來微弱的聲音 —— 是高亢的公雞打鳴和沉悶的犬吠聲。一艘名字是「蓋夫 27」的蒸汽拖船頂著不斷噴出黑煙的粗大煙囪在河中行駛，拖曳著一長串駁船。一艘小艇撐起風帆，順著水流向靜謐的魯昂駛去。

空氣中飄散著一股泥土和水的清新氣味。翅尖帶一點橙色的蝴蝶穿過陽光，在溼潤的草地上翩翩起舞，飛進遍布苔蘚的森林，如同輕柔光潔的微風。

海斯廷斯心中一直想著瓦倫丁。大約兩點鐘的時候，艾略特回來了。他坦然承認自己是背著羅登悄悄溜回來的。隨後他便坐到科莉特身邊，準備心滿意足地小睡一會兒。

「你的鱒魚呢？」科莉特不依不饒地問道。

「牠們都還活著。」艾略特嘟囔了一聲，很快就睡著了。

羅登也在不久之後回到營地，朝著那個逃進夢鄉裡的傢伙輕蔑地瞥了一眼，然後向眾人展示三條有深紅色斑點的鱒魚。

「這個，」海斯廷斯微笑著，慵懶地說，「就是有信念的人努力追求的神聖結果 —— 用一點細絲和羽毛殺死了這些小魚。」

羅登沒有理會海斯廷斯的揶揄。科莉特又釣上了一條小鯉魚，急忙叫醒艾略特。艾略特一邊嘟嘟囔囔地抗議著，一邊瞪著惺忪的睡眼去尋找午餐籃子。克里福德和塞西爾也回來了，他們一到營地就立刻要求吃東西。塞西爾的裙子完全浸溼了，手套也撕破了，但她顯得非常高興。克里福德抓出一條兩磅重的鱒魚，在眾人面前挺起胸膛，準備接受鼓掌和喝采。

「你是從哪裡釣到這傢伙的？」艾略特問。

渾身溼透卻又精神百倍的塞西爾講述了他們的戰鬥。克里福德稱讚塞西爾使用飛蠅的技巧與力量。作為證據，他從魚簍中拿出一條已經不再動彈的白鮭魚，宣稱這是和鱒魚一樣的好獵物。

大家在午餐的時候都很高興。海斯廷斯被評選為「最迷人的紳士」。

他非常喜歡這個稱號，只是，有時候他也覺得這種戲謔的舉動在法蘭西未免要比在米爾布魯克時要過分得多。如果還是在康乃狄克州，他相信塞西爾對克里福德應該就不會表現出如此親暱的熱情；也許傑奎琳會坐得離羅登遠一點；還有科莉特可能不會這樣一直凝視著艾略特的臉，絲毫不顧其他。不過海斯廷斯還是很喜歡現在的樣子——只不過他的思緒總會飄到瓦倫丁那裡。有時這又讓他覺得自己距離瓦倫丁非常遙遠。拉羅徹和巴黎之間就算是坐火車也要至少一個半小時。當晚上八點的鐘聲敲響，載著他們離開拉羅徹的火車進入聖拉扎爾火車站時，他也真真切切地感到高興，甚至連他的心跳都加快了——他又回到瓦倫丁所在的城市。

VI

第二天早晨他醒來的時候，心跳再一次加快了，因為他首先想到的就是瓦倫丁。

太陽已經滑到了聖母院的高塔上方。工人們的木鞋踏在下方街道上，發出響亮的撞擊聲。街對面，粉色杏花樹上一隻烏鶇正開始發出一陣喜悅的鳴叫。

海斯廷斯決定叫醒克里福德，去郊外進行一次充滿活力的散步。實際上，他還打算過些時候把那位年輕紳士哄騙進美國教堂——這對於克里福德的靈魂絕對是有好處的。走過大街，他發現目光犀利的阿爾弗雷德正在擦洗通往克里福德畫室的柏油小路。

當海斯廷斯向阿爾弗雷德問起畫室的主人時，阿爾弗雷德只是有些敷衍地應聲道：「艾略特先生？我不知道啊。」

「那麼克里福德先生呢？」海斯廷斯覺得有些吃驚。

「克里福德先生，」這個看門人用略帶一點諷刺的口吻說，「他應該會很願意見你，雖然他習慣於早上休息。實際上，他剛剛回來。」

海斯廷斯還在猶豫，這名看門人已經頗有些激動地論述起人們絕不該整晚留在外面，又在凌晨時分跑回來大聲敲門，就算是憲兵也要尊重這個神聖的睡眠時刻。阿爾弗雷德還雄辯地指出戒酒之美，甚至還喝了一大口庭院噴泉中的水，以證明清水是多麼美好的飲料。

「我還是先不要進去好了。」海斯廷斯說。

「請原諒，先生，」看門人說道，「也許你還是應該見一見克里福德先生，他有可能需要幫助，我看到他正在拿梳子和靴子撒氣。如果他沒有用蠟燭把房子點著了，那真是要謝天謝地了。」海斯廷斯猶豫了一瞬間，但還是將自己想要轉身離去的願望嚥進喉嚨裡，緩步走進被常春藤覆蓋的小巷，穿過庭內花園，來到畫室門前。他敲了敲門。門裡一片寂靜。他又敲了敲門。這一次，有什麼東西猛地撞到了另一面的門板上。

「那……」看門人說，「應該是一只靴子。」他拿出備用鑰匙，插進鎖孔裡，開門請海斯廷斯進去。克里福德穿著被揉皺的晚禮服，坐在房間中央的地毯上，手裡拿著一只鞋。海斯廷斯的出現絲毫沒有引起他的驚訝。

「早上好，你用梨牌香皂嗎？」克里福德含混地擺擺手，臉上掛著一副同樣含混的微笑。

海斯廷斯的心一沉。「老天爺，」他說道，「克里福德，快去睡覺吧。」

「才不，那個……那個阿爾弗雷德總是把他毛茸茸的腦袋探進來，而且我還丟了一只鞋。」

海斯廷斯吹熄了蠟燭，撿起克里福德的帽子和手杖，帶著無法壓抑

的激動情緒說道：「這太可怕了，克里福德……我……從來都不知道你會變成這種樣子。」

「嗯，我可以。」克里福德說。

「艾略特在哪裡？」

「老朋友，」克里福德忽然顯露出一副醉鬼才會有的傷感樣子，「你說是什麼在餵飽……餵飽……那些麻雀，在照看那些肆意放縱的流浪者……」

「艾略特在哪裡？」

但克里福德只是搖晃著腦袋，擺著手說道：「他出去了……在外面。」突然間，他彷彿非常想見到他失蹤的夥伴，便提高了聲音，狂喊艾略特的名字。

海斯廷斯完全被驚呆了，只能一言不發地坐下來。而克里福德在灑下幾滴熱淚之後，又精神百倍地站起來，彷彿想要做一件大事情。「老朋友，」他說道，「你想要看……看看奇蹟嗎？好吧，這裡就有。我要開始了。」

他停頓一下，臉上露出空洞的笑容。

「奇蹟。」他又說了一遍。

海斯廷斯覺得克里福德的意思是現在他還能站穩就已經是奇蹟了。對此，他沒有做出任何評論。

「我要上床去了，」克里福德說，「可憐的老克里福德要上床去了。這就是奇蹟！」

克里福德的確很好地計算了前往臥室的距離和每一步的平衡。如果艾略特在這裡，一定會熱情地為這位老朋友鼓掌歡呼。但他現在做不了

這件事，他還沒有回到畫室。直到半個小時以後，海斯廷斯才發現艾略特正躺在盧森堡公園的長凳上。艾略特給了他一抹屈尊俯就的華麗微笑，允許海斯廷斯扶自己站起來，撣去他身上的塵土，送他到了公園門口。但到這裡之後，他拒絕海斯廷斯更多的幫助，以高人一等的姿態向海斯廷斯點點頭，然後就以大致還算正確的方向朝瓦文街走去。

海斯廷斯看著艾略特走出自己的視野，然後才緩步向噴泉走去。一開始，他只覺得心情沉悶而沮喪。不過慢慢地，早晨清新的空氣除去了他壓抑的心情。他坐到雙翼神靈影子下面的大理石長凳上。

空氣新鮮又甜美，帶著橘樹花的香氣。胸脯上閃耀著彩虹光暈的鴿子在水中洗浴嬉鬧，出沒於浪花之間，或者匍匐在拋光的石雕水池邊緣，幾乎只有頭頸露在外面。麻雀們也成群聚集在水池中，將土褐色的羽毛浸在清澈的池水中，一邊還發出充滿活力的鳴叫。在瑪麗・德・麥地奇噴泉對面，被梧桐樹環繞的野鴨池塘裡，各種水禽或者在水草中尋食，或者沿岸邊結隊而行，進行著莊重卻漫無目的的巡遊。

剛剛在丁香葉下度過了一個寒冷夜晚的蝴蝶們還很缺乏力氣，只能在白色的夾竹桃上攀爬，或者有些遲鈍地飛向已經被陽光晒暖的灌木叢。蜜蜂已經在芥菜花之間開始忙碌了。一兩隻有著磚紅色眼睛的灰色大蒼蠅正趴在大理石長凳旁邊的陽光中，轉眼又開始彼此追逐，偶爾還會回到陽光下，興奮地搓弄前腿。

哨兵們在彩繪格子前邁著有力的步伐來回巡邏。有時也會停下來，看看警衛室，似乎是想回那裡去休息。

他們向海斯廷斯走過來，腳步整齊，號令響亮，刺刀「咯咯」作響。他們又走了過去，靴子踏在石子路面上，發出碾磨岩石的聲音。

一陣柔和的鐘聲從宮殿鐘樓上傳來，和聖敘爾比斯的渾厚鐘聲交織

在一起。海斯廷斯正坐在神靈的影子裡發呆。有人走過來，坐在他身邊。一開始，他沒有抬起頭。直到那個人開口說話，他才猛地被驚醒。

「妳！在這個時候？」

「我睡不著，我根本無法入睡。」然後，她的聲音又變得快樂起來，「那你呢？也在這個時候？」

「我……我睡著了，只是太陽叫醒了我。」

「我沒辦法睡覺。」她說道。片刻間，她的眼眸彷彿掠過了一片無法解釋的陰影。然後她又微笑著說：「我很高興……我彷彿知道你會來。不要笑，我相信夢。」

「妳真的夢到了……夢到了我在這裡？」

「我覺得我在夢到你的時候是清醒的。」她承認。然後，他們都閉口不言，靜靜地享受著二人世界的快樂，只有淡淡的笑容和飽含情意的眼神慢慢開始在兩個人之間流動不息。在這片刻的沉默之後，他們又忽然開始了無法停止的交談。嘴唇開始翕動，言辭輕快地飛揚，只是這一切似乎又都是多餘的。他們並沒有提起什麼意義重大的事情。也許從海斯廷斯唇間跳出的最有意義的一句話就是問瓦倫丁是否吃過了早餐。

「我還沒有喝巧克力。」瓦倫丁說，「不過你還真是個重視物質的男人啊。」

「瓦倫丁，」海斯廷斯衝動地說，「我想……我希望妳能夠……只是這一次……給我一整天……只是這一次。」

「哦，天哪，」女孩微笑著說，「不僅物質，還很自私。」

「不是自私，是飢餓。」海斯廷斯看著她。

「還是個食人族，天哪！」

「妳願意嗎，瓦倫丁？」

「但我的巧克力……」

「我們一起喝。」

「但是午餐……」

「我們一起吃，在聖克勞德。」

「但我不能……」

「一起……一整天……從早到晚，妳願意嗎，瓦倫丁？」

女孩陷入了沉默。

「只是這一次。」

那一層難以捉摸的陰影再一次籠罩了女孩的眼睛。當那片陰影消失的時候，女孩嘆了口氣。「好吧……一起，只是這一次。」

「一整天？」海斯廷斯對自己的幸福充滿懷疑。

「一整天，」瓦倫丁微笑著說，「哦，我可真是餓了。」

海斯廷斯笑了起來，彷彿是著了魔。

「妳真是一位物質的年輕女士。」

在聖米歇爾大道有一家牆壁塗成藍白兩色的乳品點。店裡整齊乾淨得令人驚嘆。經營這家小店的是一名褐色頭髮的年輕女子，看到瓦倫丁和海斯廷斯走進來，她帶著微笑請他們在雙人小桌兩邊坐好，將乾淨的餐巾鋪在他們面前的桌子上，高興地用當地法語介紹自己名叫摩菲。隨後，她又飛快地端來了兩杯巧克力和一籃子新鮮香脆的羊角麵包，還有櫻草色的奶油餅，每一塊上面都印著一朵三葉草，看上去充滿了諾曼底牧場的香醇味道。

「真香啊。」他們同時說道，又同時歡笑起來。

「我們總是在想同一件事嗎？」他開口道。

「那太荒唐了，」女孩驚呼著，臉頰綻放出玫瑰的顏色，「我想，我要一個羊角麵包。」

「我也是，」海斯廷斯用勝利的語氣說道，「這已經足夠作為證明了。」

然後他們開始了一番爭吵。她指責他的行為太過幼稚，無法成為能照顧好孩子的成年人；他則予以否認，並發動了反擊。摩菲小姐看著他們，露出同情的笑容。終於，最後一個羊角麵包在休戰的旗幟下被吃掉了。兩個人站起身，女孩抱住紳士的手臂，神采奕奕地向摩菲小姐一點頭。摩菲小姐歡快地對他們說：「再見，夫人！再見，先生！」然後就看著他們登上一輛路過的馬車離開了。「上帝啊！真是一對佳偶，」她嘆了口氣，片刻之後又說道，「不知道他們有沒有結婚……不過我相信他們會是很好的一對。」

馬車駛過美第奇大街、沃吉拉赫街和雷恩街，在車水馬龍的街道上一路前行，最終停在了蒙帕納斯火車站前面。他們剛好趕上一趟火車。當他們匆忙跑上月臺的樓梯，衝進車廂，通報火車即將出發的喊聲也響徹了拱頂火車站。車掌用力關上了他們包廂的門。一陣高亢的汽笛聲響起，隨後車頭方向就傳來了巨大機械啟動的聲音。長長的列車從站臺開始移動，速度越來越快，逐漸衝進清晨的陽光之中。夏天的風從敞開的窗戶吹在他們的臉上，讓輕柔的髮絲在女孩的額頭舞動。

「這個隔間完全屬於我們了。」海斯廷斯說。

瓦倫丁靠在窗戶座位的軟墊上，明亮的眼睛大睜著，嘴唇略微張開。風輕輕掀起她的帽子，撥動她下巴上的綢緞帽帶。她飛快地解開帽帶，抽出將帽子固定在頭髮上的長別針，把帽子放到身邊的座位上。列

車已經在飛一般地行駛了。

隨著每一次激動的呼吸，紅暈湧上她的臉頰，在她喉頭的百合花結下面，她的胸脯一起一伏。樹木、房屋和池塘不斷從他們的眼前掠過。一片由電報桿形成的薄霧又將所有景色都遮在後面。

「再快一點！再快一點！」女孩喊道。

海斯廷斯的眼睛卻從沒有離開過女孩。女孩的一雙大眼睛就像夏日的天空一樣碧藍，彷彿正凝望著某個遙遠的東西 —— 那東西從沒有向他們靠近過，反而正在從飛速前行的他們面前逃走。

她看的是地平線嗎？但地平線剛剛到了山丘上高大城堡的後面，又到了一座鄉村小教堂的後面。她看的是夏季尚未落下的月亮嗎？如同幽靈一般，躲藏在藍色的天空中。

「再快一點！再快一點！」女孩喊道。

女孩的雙唇如同火一般紅豔。

車廂不住地微微晃動著。田野如同翡翠的河流不斷湧過。海斯廷斯也感覺到興奮之情，臉上煥發出光彩。

「哦，」女孩高喊著，下意識地抓住海斯廷斯的手，把他拉到自己身邊，「來！和我一起探身出去！」

這時火車正透過一座棧橋，火車前進的隆隆聲陡然變強。海斯廷斯只能看到女孩的雙唇在翕動，她的聲音被淹沒在巨大機械的咆哮中。不過他們的手緊握在一起，他和她一同向窗外探出身子，風在他們的耳邊呼嘯而過。「不要探得太遠，瓦倫丁，小心！」海斯廷斯喘息著說道。

向下望去，透過橋面的空隙，海斯廷斯看到一條寬闊的河流奔騰進入自己的視野。火車穿過了一條隧道，發出雷鳴般的聲音。衝出隧道口

的時候，車窗外又是一片川流不息的綠色原野。強風在他們身側吼叫。女孩已經將很長一截身子探出了車窗，海斯廷斯抱住她的細腰喊道：「別探出太遠！」但女孩只是喃喃地說著：「再快一點！再快一點！離開那座城市，離開這片土地，再快一點，再快一點！離開這個世界！」

「妳都在說些什麼，」海斯廷斯沒有能把話說下去，風將他的聲音都捲回到了他的喉嚨裡。

女孩聽到了海斯廷斯的話，從窗戶轉回頭，看了看抱住自己的海斯廷斯，然後又抬頭看著海斯廷斯的眼睛。車廂又抖動了一下，讓車窗發出輕微的咯咯聲。他們現在衝進了一片森林，朝霞薄噴出的火焰正掃過掛滿露水的樹枝。海斯廷斯看著女孩哀傷的雙眸，將她拉進自己的懷中，親吻那微張開的雙唇。女孩苦澀而絕望地哭喊道：「不要這樣……不要這樣！」

但他用有力的臂膀將她抱緊，悄聲向她訴說甜蜜的愛意和感情。當女孩啜泣著說道：「不要這樣……不要這樣……我已經做出了承諾！你必須……你必須知道……我……不值得……」但在海斯廷斯純淨的心中，女孩的這些話對他毫無意義，永遠都不會有任何意義。女孩的聲音消失了，她將頭枕在海斯廷斯的胸膛上。海斯廷斯靠在窗邊，耳邊只有迅疾的風聲，一顆心在喜悅中飛快地跳動。森林被甩在後面，太陽正在從大樹後面冉冉升起，讓光明再一次遍布大地。女孩抬起頭，透過車窗望向這個世界。她開始說話，但她的聲音非常低微，讓海斯廷斯不得不將耳朵貼到她的唇邊。「我不能離開你，我太軟弱了。你早已成了我的主人 —— 我的心與靈魂的主人。我打破了對一個信任我的人的承諾。但我既然已經將這一切都告訴了你 —— 其餘的又有什麼關係？」海斯廷斯微笑著凝視她純真的雙眼，她充滿愛戀地看著海斯廷斯，再一次開口說

道：「接受我，或者丟棄我 —— 這又有什麼關係？現在，你只要用一個字就能殺死我，當這樣的幸福無法得到，也許還是死會更容易一些。」

他將她抱在懷裡。「噓，妳在說什麼？看，看看這明亮的陽光，還有這草地和溪流。在這樣一個美麗的世界裡，我們只應該感到高興。」

女孩的目光轉向窗外，在陽光的照耀下，這個世界果然顯得特別美麗。

她在喜悅中顫抖著，嘆息著，輕聲說道：「這個世界原來是這樣的？我從來都不知道呢？」

「我也不知道啊，上帝寬恕我。」海斯廷斯喃喃地說道。

也許寬恕他們兩個的正是我們溫柔的聖母。

聖母街 The Street of Our Lady of the Fields

巴雷街
Rue Barrée

不是紅色玫瑰，不是黃色玫瑰，

只有漲起的大海味道，才是我喜歡的香氣，

能夠緊緊抓住你。

慵懶的睡蓮令人倦怠，

靜止的水面讓我悲哀；

我難以壓抑心中的渴望，

渴望你沒有休止的激情。

這個世界只有這樣一點東西 ——

你如火的嘴唇，

你的胸脯、你的纖手、你捲曲的髮絲，

還有我的渴望。

I

　　一天早晨在朱利安學院，一名學生對塞爾比說：「那就是福克斯霍爾・克里福德。」他一邊說，一邊用畫刷指向一個坐在畫架前，什麼都沒有做的年輕人。

　　塞爾比害羞又緊張地走過去，開口道：「我名叫塞爾比，剛剛到巴黎。我有一封介紹信……」他的聲音被畫架倒下的聲音淹沒了。那個畫架的主人向旁邊的人發起了攻擊。片刻間，打鬥的噪音甚至一直傳到 M. 布朗熱教授和勒菲弗教授的畫室。不久之後，鬥毆的學生打到外面的樓梯上。塞

爾比這時更加開始擔心自己是否能夠被這所學院接納，只能看著克里福德。而克里福德仍然只是坐在畫架前，平靜地看著那場搏鬥。

「這裡有一點吵鬧，」他終於對塞爾比開了口，「不過你認識了這些傢伙之後，就會喜歡上他們的。」他波瀾不驚的態度讓塞爾比的心情安定了不少。隨後克里福德的一個簡單舉動更是贏得了塞爾比的好感 —— 他將塞爾比介紹給另外六位同樣來自異國他鄉的學生。他們對塞爾比都很禮貌，其中還有人對他特別熱情，甚至負責畫室日常的班長也隨和地對他說：「我的朋友，如果一個人的法語能像你這樣流利，還是克里福德先生的朋友，他在這個學院裡就不會有任何麻煩。當然，你現在有責任填滿畫室的火爐，直到下一個新人到來。」

「當然。」

「你不介意開開玩笑吧？」

「不介意。」塞爾比回答。實際上他很討厭無聊的玩笑。

克里福德則一邊戴上帽子，一邊饒有興致地對他說：「你畢竟剛來這裡，可是會被開上不少玩笑的。」

塞爾比也戴上帽子，跟隨克里福德向門口走去。

當他們從模特兒身邊經過的時候，畫室中突然響起一陣陣響亮的喊聲：「帽子！帽子！」一名學生離開畫架，跳到塞爾比面前。塞爾比只能紅著臉看向克里福德。

「脫帽向他們行禮。」克里福德笑著說道。

塞爾比有些困窘地轉過身，向畫室中的人們敬禮。

「那我呢？」模特兒也喊道。

「你真是魅力四射。」塞爾比一邊說，一邊對自己的魯莽感到驚訝。

但畫室中的人們卻異口同聲地喊道：「做得好！幹得漂亮！」模特兒也笑著伸出手讓他親吻，同時高聲說道：「明天見，美麗的年輕人！」

隨後一個星期裡，塞爾比在畫室中的工作一直都很順利。法國學生們都稱他為 l'Enfant Prodigue —— 這個稱號被翻譯成「神童」、「神奇小子」、「塞爾比小子」和「小子比」、「小比比」，又被自然而然地簡化成「小比」—— 這是克里福德最終給他的外號。不過這個外號很快便徹底簡化成了「小子」。

星期三到了，這是 M. 布朗熱前來授課的時間。連續三個小時裡，學生們只能在他尖刻的冷嘲熱諷之中苦挨著。克里福德得到的評價是他在繪畫之道中懂的比做的還要少。塞爾比要幸運得多，教授一言不發地審視過他的作品，又用犀利的目光看了他一眼，便不明所以地擺擺手，走了過去。當布朗熱教授和布格羅手挽著手離開畫室之後，克里福德才長出了一口氣，將帽子按在頭上，也走出了畫室。

第二天，克里福德沒有來畫室。塞爾比本打算能夠和他在畫室見上一面，後來他才知道，想要確認克里福德能夠去什麼地方完全是徒勞的，於是他獨自一人返回了拉丁區。

巴黎對他而言仍然是一個奇異而全新的地方，這座城市的壯麗輝煌讓他感到了一種不知名的困擾。在沙特萊廣場上，沒有任何東西能夠攪動他對美國的溫柔記憶，就連聖母院也是一樣。司法宮和它的大鐘、塔樓、身穿紅藍兩色制服邁正步行進的衛兵；聖米歇爾廣場和它擁擠的公共巴士、醜陋的噴水獅鷲；聖米歇爾大道的山丘、不斷響著喇叭的有軌電車、兩兩並肩而行的警察；瓦切特咖啡廳整齊排列著桌椅的露臺，所有這一切對於他都毫無意義。他甚至不會意識到，當他離開聖米歇爾廣場的石板路面，踏上同名的柏油大道時，他就已經越過邊界，走進了藝

術生的地盤 —— 著名的拉丁區。

一名計程車司機稱呼他是「資產階級先生」，賣力地向他宣揚坐車勝過步行的好處。一名賭徒滿心關切地打聽關於倫敦電報的最新訊息，又邀請塞爾比來一次孤注一擲的壯舉。一位漂亮女孩用紫羅蘭色的雙眼看了他許久，塞爾比並沒有看到那名女孩，但女孩看到自己在窗玻璃上的倒影，不由得為自己臉頰上的紅暈感到驚奇。她轉轉身，一眼看到福克斯霍爾·克里福德，便急忙跑開了。克里福德張著嘴，一雙眼睛直勾勾看著離去的女孩，又轉回頭去看塞爾比。這時塞爾比已經轉進聖日耳曼大道，朝塞納街走去了。克里福德又在商店的窗戶上檢視了一下自己的樣子，結果似乎並不令人滿意。

「我是不算漂亮，」他嘟囔著，「但也不是妖怪吧。她為什麼會因為塞爾比臉紅？我以前還從沒有見過她這樣看一名男人。我相信她在拉丁區就沒有過這種樣子。不管怎樣，我能發誓，她從沒有這樣看過我。天知道，我對她可從來都是尊敬有加，充滿好意的。」

他嘆了口氣，喃喃地說了一句關於他的不朽靈魂將會得到拯救的預言，便邁著充滿克里福德風格的優雅步伐，施施然走出商店，沒費多大力氣就在街角追上塞爾比和，他一同穿過陽光燦爛的大道，在賽爾克咖啡館的遮陽棚下坐下來。克里福德朝周圍的每一個人點頭致意，同時對塞爾比說道：「這些人你遲早都會認識，不過現在先讓我給你介紹兩位巴黎的焦點人物 —— 理查·艾略特先生和斯坦利·羅登先生。」

這兩位「焦點人物」正喝著苦艾酒，看上去都很和藹可親。

「你今天一直沒有回畫室。」艾略特突然向克里福德說道，克里福德則避開了他的目光。

「去親近人之本性了？」羅登問。

「這次她的名字叫什麼？」艾略特問。羅登搶著回答道：「伊薇特，布列塔尼人……」

「錯，」克里福德面無表情地說，「是巴雷街人。」

他們的話題立刻發生了變化。塞爾比驚訝地聽著一連串對他完全陌生的名字，以及對於羅馬大獎[23] 得主的讚美。他很高興能夠聽到前輩們大膽的觀點表達和誠實而針鋒相對的討論。儘管他們的對話中有一半都是法語，甚至還夾雜了許多俚語。他渴望著有朝一日，自己也能夠去爭取這輝煌的榮譽。

聖敘爾比斯的報時鐘聲響了，盧森堡宮的鐘聲也在同時予以回應。克里福德瞥了一眼正在向波旁宮後面金色塵霧中落下去的太陽，便叫眾人一同站起身，向東走過聖日耳曼大道，朝醫學院悠然而去。轉過街角時，一個女孩從他們身邊經過，腳步很是匆忙。克里福德暗自一笑，艾略特和羅登則顯得有些不安。不過他們都向女孩點頭致敬。女孩向他們還禮，卻連眼睛都沒有抬一下。塞爾比這時因為欣賞一家商店的華麗櫥窗而落在後面。當他轉過頭的時候，正好看到一雙他這輩子見過最為湛藍的眼睛。一察覺到塞爾比的目光，那雙眼睛立刻低垂了下去。塞爾比急忙追趕上其他人。

「老天爺，」他說道，「知道嗎，我剛剛看到了這世上最美麗的女孩……」前面的三個人同時發出一聲感嘆，那聲音顯得陰鬱而不祥，就如同希臘戲劇中的副歌。

「巴雷街！」

「什麼！」塞爾比困惑地喊道。

---

[23] 羅馬大獎 (Prix de Rome)，法國國家藝術獎學金，西元 1663 年創立，至今仍是法國非常重要的藝術獎項。

　　克里福德只是含糊地擺了擺手。

　　兩個小時以後，在吃晚餐的時候，克里福德轉向塞爾比說道：「你想要問我一些事。看你坐立不安的樣子，我就知道。」

　　「是的，我有問題。」塞爾比天真地問道，「是那位女孩，她到底是誰？」

　　羅登的微笑中帶著憐憫，艾略特的笑容則頗有些苦澀。

　　「她的名字，」克里福德鄭重地說道，「任何人都不知道。」他的語氣顯得特別認真，「至少就我所知是這樣，這個區的每個人都會向她點頭致敬，她也會同樣認真地還禮，但我們不知道有誰能夠和她有更進一步的關係。她總是拿著一卷樂譜，看樣子應該是一位鋼琴家。她住在一條狹小簡陋的街道上，市政府對那裡的修繕工作似乎永遠都無法結束，所以那條街的街口也永遠豎著禁止車輛通行的柵欄。那道柵欄上用黑色字母寫著『巴雷街』，於是我們就用這個名字稱呼她。羅登先生則會用他不算完美的法語稱她為『巴麗』……」

　　「我不是這麼叫她的，」羅登激動地說道，「而且無論巴麗還是巴雷，難道今天我們的任務就是討論那名被拉丁區每一位畫匠所愛慕的……」

　　「我們可不是畫匠。」艾略特糾正他。

　　「我不是，」克里福德也反駁道，「我要請你注意，塞爾比，這兩位紳士都曾經不止一次主動將自己的生命和一切獻到巴雷腳下，也因此而經歷許多不幸的時刻。在那些時候，巴雷女士只會丟給他們一抹冰寒刺骨的微笑。」說到這裡，克里福德的表情也變得陰鬱起來，「我也不得不相信，無論是我朋友艾略特的學者風範，還是羅登光芒四射的活力風采，都沒有能碰觸到那顆冰凍的心。」

　　艾略特和羅登帶著義憤之情，異口同聲地喊道：「你也一樣！」

「我，」克里福德板起一張撲克臉說道，「的確不敢重蹈你們的覆轍。」

二十四小時以後，塞爾比已經完全忘記了巴雷。這個星期裡，他大部分時間都在畫室奮力工作。到了週六晚上，他實在是太累了，沒有吃晚飯就上了床，還做了一個噩夢——夢到自己掉進一條滿是黃色赭石的河裡，就要被淹死了。週日上午，就在他的腦子一片空白的時候，他忽然想到了巴雷。而十秒鐘以後，他看見了她。那是在大理石橋附近的一片花卉市場，巴雷正在仔細端詳一盆三色堇。賣花的園丁顯然竭盡全力想要達成這筆交易，但巴雷還是搖了搖頭。

此時塞爾比正在專注地觀察一株甘藍玫瑰。如果不是克里福德在週二時和他提起過這種花，塞爾比會不會注意到它可能都是一個問題，不過他的好奇心在那時就被激發了。除了母火雞以外，也許十九歲的男孩是這世界上最無法管束自己好奇心的雙足動物了，隨後從二十歲開始直至死亡，他都會努力將好奇心藏起來。不管怎樣，對於塞爾比來說，這座市場的確具有無窮的吸引力。在一片無雲的天空下，豔麗的花朵世界沿著大理石橋一直延伸到防護矮牆邊。輕柔的微風中，陽光在棕櫚樹下用影子編織出一片片蕾絲花紋，在上千朵玫瑰的花芯中跳動。春天正展現出它全部的熱情，灑水車和自動灑水器將清新的露珠灑向整條大道，麻雀變得莽撞而喜好炫耀。

塞納河上，期盼收穫的垂釣者們正焦急地盯著他們花哨的浮標——儘管河水中還泛著洗衣池中流出來的肥皂泡。白刺栗子樹上已經覆蓋了一層嫩綠色，蜜蜂用牠們短小的翅膀震動空氣。熬過冬季的蝴蝶開始在

芥花叢中展示牠們光鮮的衣裳，空氣中瀰漫著泥土清新的氣息，林地中流淌的小溪回應著塞納河浪花的呼喚。燕子在停泊於河中的航船周圍飛速掠過，在一扇窗戶後面，一隻籠中小鳥正向天空唱出自己的心聲。

塞爾比看著那株甘藍玫瑰，又抬頭望向天空。那隻籠中小鳥的歌聲給他帶來一陣感動。或者觸動他心靈的是這五月的空氣中危險的甜美氣息？

一開始，他並沒有意識到自己停下了腳步。然後他也沒有多想自己為什麼會停下。他覺得自己應該繼續向前走 —— 或者就停在這裡？就在這時，他看到了巴雷。

那名賣花的園丁正說道：「小姐，這毫無疑問是一盆上好的三色堇。」

巴雷搖搖頭。

園丁給了她一個微笑。她顯然是不想要這盆花，她向這名園丁買過許多三色堇 —— 每年春天都會有兩三盆，而且從沒有講過價。那麼她想要什麼？ —— 園丁心中暗自尋思。這株三色堇應該只是一個幌子，她真實想要的是別的。於是園丁揉搓著雙手，開始動起了腦筋。

「這些鬱金香非常不錯。」他說道，「還有這些風信子……」一看到這些散發著芬芳的花草，園丁自己不由得陷入了恍惚之中。

「這個。」巴雷用手中收攏的陽傘指著一棵玫瑰花樹，喃喃地說道。她顯然在努力克制激動的心情，但聲音還是難免有一點顫抖。塞爾比注意到了女孩的這一點異樣。但他立刻又為自己感到羞愧 —— 正直的紳士不應該這樣仔細地偷聽別人說話。園丁也注意到了女孩語氣的變化。他的鼻子立刻嗅出玫瑰花給他帶來的利潤。不過這個園丁是一個正直的人，他只是報了實價，沒有加一分錢。畢竟，巴雷可能沒有什麼錢，但

任何人都能感受到她非凡的魅力。

「五十法郎，小姐。」

園丁的語氣很認真，巴雷感覺討價還價完全是在浪費時間。她和園丁面對面地站了一會兒，園丁沒有強調自己的價格是多麼公道 —— 這一束玫瑰非常漂亮，所有人都能看出來。

「我還是要三色堇吧。」女孩從一只破舊的錢包裡掏出兩法郎。然後她抬了一下頭，一滴淚水出現在她的眼角，在明亮的陽光下，它就像是一枚璀璨的鑽石。淚水沿著女孩高俏的鼻樑滾落下來，塞爾比的眼前一陣恍惚。當女孩用手絹擦拭那雙藍得令人吃驚的眼眸時，塞爾比已經來到了園丁面前，表情異常羞窘。他立刻將頭轉向天空，彷彿突然對於天文學充滿了興趣。當他對天空進行了足足五分鐘的研究之後，園丁和旁邊的一名警察也抬起了頭。塞爾比又低頭盯著自己的鞋尖，園丁便轉過頭來看他，警察則沒精打采地繼續去巡邏，巴雷不知什麼時候已經離開了。

「那麼……」園丁說道，「我能為先生做些什嗎？」

塞爾比完全不知道是為什麼，但他突然就開始買起了花。園丁也很興奮，以前從沒有一位客戶向他買過這麼多花，更沒有給過他如此合理的價格。最重要的是，他絕對、絕對沒有和一位客戶有過如此意見一致的時候，但他還是有些想念那種討價還價、費盡唇舌，向天發誓的生意經，和這樣的好顧客做買賣實在是有些缺乏刺激。

「這些鬱金香很漂亮！」

「沒錯！」塞爾比熱切地喊道。

「但是，唉，它們太貴了。」

「我買。」

「上帝啊！」園丁有些汗顏地嘟囔著，「他真是比絕大多數說英語的人都更瘋狂。」

「這株仙人掌……」

「美麗極了！」

「但是……」

「把它和其他的花一起打包！」

園丁定定神，把屁股倚在河邊的護牆上，有些虛弱地說道：「這棵華麗的玫瑰樹……」

「實在是太美了，我相信它值五十法郎……」塞爾比聲音一頓，面色變得通紅，園丁只覺得他這副表情很是有趣。突然間，塞爾比冷靜下來，他趕走腦子裡的一團亂麻，緊緊盯住園丁，用氣勢洶洶的語氣說道：「我會買下這些玫瑰，但我想知道，為什麼剛才那位年輕的女士沒有買它？」

「那位小姐並不富裕。」

「你怎麼知道的？」

「該死，我賣過她很多三色堇。三色堇很便宜。」

「她買的就是這盆三色堇？」

「就是這盆，先生，藍色和金色的。」

「那你是要把它送到她的住處去囉？」

「等到中午，閉市之後。」

「把這些玫瑰也一並送過去。還有……」塞爾比繼續瞪著園丁，「絕對不能說是誰送的。」園丁的眼睛瞪得好像兩只茶盤。但塞爾比只是以勝

利者的淡定語氣說，「把其他花送到圖爾農 7 號，參議院酒店，我會通知那裡的櫃檯。」

然後他就威風凜凜地扣好手套，大步走開了。但是一轉過街角，避開了園丁的視線，他的臉立刻就紅了 —— 他知道，自己剛才的行為簡直就像白痴一樣。十分鐘以後，他坐到自己在參議院酒店的房間裡，臉上帶著愚蠢的微笑，不斷重複一句話：「我真是個廢物，真是個廢物！」

一個小時以後，他還坐在同一把椅子裡，保持著同一個姿勢。他的帽子和手套都沒有摘下來，手杖還握在手裡。他一言不發，看上去彷彿正在認真思考自己的鞋尖。他的微笑卻已不再顯得那樣蠢笨，更像是在回味過去某件美好的事情。

III

那天下午大約五點鐘的時候，站在參議院酒店櫃檯的那位眼神略帶一點憂傷的嬌小女士驚訝地攤開雙手，看著整整一車花卉草木被拉到酒店門口。她叫來了侍應生約瑟夫。約瑟夫數點了這些種在玻璃花盆中的鮮花，大概猜想著它們的價值，同時也只能沮喪地承認，自己完全不知道它們是屬於誰的。

「天哪，」身材嬌小的櫃檯接待說道，「到底是哪位女士買的花！」

「是你嗎？」約瑟夫問。

接待員默默地站了片刻，嘆了一口氣。約瑟夫只是撓著自己的鼻子 —— 這個漂亮的鼻子倒是足以和這些花朵相媲美。

就在這時，賣花的園丁將帽子拿在手中，走進了酒店。幾分鐘以後，塞爾比站在他的房間正中央，脫了外衣，襯衫袖子也挽了起來。終

於，他把這個房間裡除了家具之外的所有空間都占滿了，最後兩平方英尺的活動空間被用來收容那株滿身是刺的仙人掌。他的床在成箱的三色堇、百合和芥花的重壓下呻吟著，躺椅上鋪滿了風信子和鬱金香，盥洗架上多了一棵小樹。園丁曾向他保證，這棵樹再過不久就能開出很美麗的花朵。

不久之後，克里福德來看望他，一腳踢翻了一盆甜豆。他低聲嘟囔了一句，向塞爾比道了歉，在所有花草向他撲過來之前找地方坐了下去，卻驚訝地撞上一株天竺葵，那株天竺葵完全被毀了，不過塞爾比只是說了一句：「沒關係。」就繼續瞪著那株仙人掌。

「你要舉行舞會嗎？」克里福德問。

「不⋯⋯不，我只是非常喜歡花。」塞爾比說道。但他的這句話實在是缺乏熱情。

「我能想像。」克里福德嘟囔著，又沉默片刻才繼續說道，「這是一株好仙人掌。」

塞爾比對這株仙人掌保持著沉思的態度，以內行人的姿態伸手去撫摸它，卻還是被扎了手。

克里福德用手杖戳了戳一株三色堇。就在這時，約瑟夫拿著帳單走進來，大聲報上價錢 —— 他這麼做一是為了讓克里福德知道一下住在這裡的是什麼樣的客人；二是想讓塞爾比掏出一筆和買花錢相匹配的小費，如果他願意的話，還可以把小費分給園丁一些。克里福德裝作自己什麼都沒聽到，塞爾比則一言不發地付了帳單，再加上小費。然後他回到房間裡，試圖裝出一副從容不迫的樣子，但是當他的褲子被仙人掌刮破的時候，他的這份努力即告完全失敗了。

克里福德和塞爾比說了些閒話，點燃一支香菸，轉頭去看窗外的景

色，好給塞爾比一個交代實情的機會。塞爾比努力想要抓住這個機會，卻只是說了一句：「是啊，春天終於來了。」就又僵住了。他看著克里福德的後腦勺，彷彿那個後腦勺向他表達了很多東西。那雙俏皮的小耳朵似乎正因為強行壓抑的幸災樂禍而不住地抖動。塞爾比絕望地想要控制住局面，便邁步要去拿俄國香菸，希望以此來找到一點交談的靈感。但仙人掌再一次抓住了他，打破了他的計畫，也成為壓垮駱駝的最後一根稻草。

「該死的仙人掌。」塞爾比抑制不住火氣地說道。這種任性的態度本來是他極力排斥的，完全不符合他的自我修養。但這些仙人掌的刺實在是……太長太尖了！在它們的反覆刺激下，他努力壓抑的怒火終於噴發出來了，現在想要掩飾已經太晚了，錯誤已經鑄就。克里福德也在這時回過了頭。

「話說回來，塞爾比，你到底為什麼會買這些花？」

「我喜歡它們。」塞爾比說。

「你要拿它們怎麼辦？你現在連睡覺的地方都沒有了。」

「我能睡覺，只要你幫我把三色堇從床上搬下來。」

「你能把它們放到哪兒去？」

「我就不能把它們送給櫃檯嗎？」

這句話剛一出口，塞爾比就後悔了。老天在上，現在克里福德會怎樣看他！克里福德也聽到他為這些花付了多少錢，他會相信塞爾比投資這些奢侈品只是為了羞怯地向櫃檯表示好意？拉丁區的人們會以怎樣的無禮方式議論這件事？塞爾比有一種芒刺在背的感覺，他知道克里福德的名聲。

就在這時，有人敲門。

塞爾比帶著一種驚恐萬分的表情看向克里福德。甚至把那位年輕紳士的心都打動了——他在對克里福德表示懺悔，同時又在懇求克里福德的援助。克里福德只好跳起來，小心翼翼地走過這片鮮花迷宮，同時還用一隻眼睛盯著門縫說道：「該死的到底是誰？」

這種優雅的問詢風格正是拉丁區的本色。

「是艾略特，」克里福德將屋門拉開一道縫，向外看了一眼，然後回頭說道，「還有羅登。還有他們的兩條鬥牛犬。」然後他又隔著門縫對外面說，「坐到樓梯上去，塞爾比和我馬上就出來。」

為他人著想，謹言慎行是一種美德。拉丁區很少有人具備這種美德，甚至很少有人知道這種美德。那兩個傢伙一坐下來就開始吹口哨。

羅登先喊道：「我聞到花香了。不知道他們在裡面搞什麼好事情呢！」

「你們應該了解塞爾比是什麼樣的人。」克里福德在門後說道。但那兩個傢伙顯然從門縫裡看到了塞爾比被撕破的褲子，立刻又交換了一個浮想聯翩的眼神。

「看來我們真的了解塞爾比是什麼人了。」羅登說，「他只讓克里福德一個人走進用鮮花裝飾的房間，我們卻只能坐在樓梯上。」

「是的，拉丁區的年輕紳士和俊美少年正在一起狂歡作樂。」羅登擺出一副若有所思的樣子，突然他又憂心忡忡地問，「奧黛特也在裡面嗎？」

「讓我們看看，」艾略特問，「科莉特在嗎？」他哀嚎了一聲，「妳在嗎，科莉特？難道妳就讓我在這裡坐涼石頭嗎？」

「克里福德無所不能，」羅登說，「而且自從巴雷對他不理不睬之後，

他的本性就壞掉了。」

艾略特提高了聲音：「我告訴你們，我們看見中午的時候有人送花去巴雷街了。」

「有一大棵玫瑰樹。」羅登特別加強了語氣。

「可能就是送給巴雷的。」艾略特一邊說，一邊愛撫他的鬥牛犬。

克里福德突然轉向塞爾比，眼神中充滿懷疑。塞爾比只是哼著不知名的小調，選了一雙手套和一打香菸，將它們放到隨身的小匣子裡，然後走過仙人掌，採了一朵花插在鈕扣眼裡，又拿起帽子和手杖，向克里福德微微一笑，讓克里福德感到十分困擾。

IV

週一上午，朱利安學院，學生們正在爭搶著好位置。一些在開門時就占住好位子的學生沒能把自己的優勢堅持到點名，就被另一些具有優先權的學生趕走了。調色盤、畫刷和其他工具也都成了被爭奪的對象，甚至乾麵包也不例外。一名曾經扮演過猶大的前模特兒現在更是變得汙穢不堪，他流竄在各畫室中，以一個蘇一份的價格售賣乾麵包，換一些錢買菸抽。朱利安先生走進來，向學生們展露出父親般的微笑，隨後又走出去。他剛一走，畫室管理員就像幽靈一樣出現了。他簡直就像是一隻狐狸，在爭鬥不休的學生中尋找獵物。

三個沒有繳費的學生被叫了出來。隨後他又嗅到第四個人。那個人本想悄悄溜到門邊，卻被他半路攔住，從火爐後面被抓了出來。就在這時，學生們的紛爭呈現出愈發激烈的趨勢，於是他又高喊了一聲：「朱爾斯！」

朱爾斯來了，用他一雙棕色大眼睛裡的哀傷神情平息了兩場爭鬥，和所有人握手，融入人群之中，給畫室帶來一番安寧祥和的氣氛 —— 獅子盤踞在羔羊群中就會造成這樣的作用。最厲害的羔羊很快就給自己和自己的朋友們找到最好的位置。於是朱爾斯登上模特兒臺，開啟花名冊。

下面的人在竊竊私語：「這週會從首字母是 C 的名字開始點起。」

的確如此。

「克萊森！」

克萊森像閃電一樣跳起來，在一個前排座位前面的地板上用粉筆寫下自己的名字。

「卡隆！」

卡隆急忙跑過去確定下自己的位置，還撞翻了一個畫架。「老天爺！」—— 有人用法語說。「你他媽……到底要去哪裡！」有人用英語說。「哐！」一只顏料箱倒在地上，畫刷飛得到處都是。「該死……」咒罵、揮拳！衝撞和扭打。又是朱爾斯嚴厲的責罵。

「科瓊！」

點名還在繼續。

「克里福德！」

朱爾斯停頓一下，抬起頭，用一根手指撥弄著花名冊。

「克里福德！」

克里福德不在，此時他和畫室的直線距離有三英里遠，而且這段距離還在不斷增加之中。倒並不是因為他走得很快 —— 恰恰相反，他正以其特有的悠閒步伐散步。艾略特在他身邊，兩條鬥牛犬跟在他們身後。艾略特正在閱讀文藝期刊，他似乎覺得刊中的內容特別有趣，不過這些

熱鬧滑稽的內容顯然不適合克里福德現在的心情，於是他只能將得到的樂趣強制壓抑，變成一陣陣克制的的微笑。克里福德知道艾略特在幹什麼，但心情不佳的他什麼都沒有說，只是帶頭走進盧森堡公園，一屁股坐到北側露臺的一張長凳上，用不以為然的眼光審視周圍的風景。艾略特依照公園的規定，將兩條狗拴好，又向自己的朋友投去詢問的一瞥，才繼續看起報紙，不斷露出那種克制的微笑。

今天的天氣很好。太陽高懸在聖母院上方，將整座城市照耀得閃閃發亮。栗子樹的細枝嫩葉將淡淡的陰影灑在露臺上。只要在這裡的小路上仰起頭，就能透過那些如同窗花格一樣的枝葉看見碧藍色的天空。如果克里福德這樣看一眼，他甚至有可能為自己的強烈「印象」找到一些鼓舞。但就像他每一次處在這種人生階段的時候一樣，他的思緒可能飄往所有地方，就是不在他的工作上。周圍有許多麻雀在吵鬧不休，或者唱著求愛的歌曲。玫瑰色的大鴿子在樹木之間飛翔，飛蟲在陽光中轉圈，花朵散發出一千種芳香，這些都以一種慵懶的慾望攪動著克里福德的心境。在它們的影響下，克里福德說話了。

「艾略特，你是一位真正的朋友……」

「你真讓我感到噁心，」艾略特疊起報紙，「就像我猜的那樣……你又惦記上某條新的襯裙了。」他繼續怒氣沖沖地說道，「如果只是因為這種事，你就讓我不要去畫室，如果你只是想告訴我某個小白痴有多麼完美……」

「不是白痴。」克里福德輕聲抱怨道。

「那好吧，」艾略特提高了聲音，「那麼你有沒有膽量告訴我，你又戀愛了？」

「又？」

「是的，一次又一次，一次又一次……這一回是喬姬嗎？」

「這一次，」克里福德哀傷地說，「是認真的。」

片刻間，艾略特很想用雙手抓住克里福德，然後他發出了全然無助的笑聲，「哦，好吧，好吧，讓我看看，你愛克萊芒絲、瑪麗·泰勒克、珂賽特、菲芬、科莉特、瑪麗·韋迪耶……」

「她們都很有魅力……大部分都很有魅力，但我從沒有認真過……」

「摩西帶我逃脫苦海吧，」艾略特的語氣變得嚴肅起來，「這些名字中的每一個都曾經把你的心撕得粉碎，並且以同樣的方式讓我幾乎失去在畫室的位置。每一個都是如此。這一點你不承認嗎？」

「你說的也許是事實……從某種角度講是的……但請相信我，總有一次，我會忠誠於……」

「直到下一個人出現。」

「但這次……這次真的非常不一樣。艾略特，相信我，我都要崩潰了。」

艾略特知道自己什麼都做不了，只能咬緊牙關仔細聽著。

「是……是巴雷。」

「哦，」艾略特頗為輕蔑地說道，「如果你在為那個女孩悶悶不樂——那個女孩可是會讓你和我有充分的理由找個地縫鑽進去——好吧，繼續！」

「我正在說……我不在乎，我的羞怯早已不復存在……」

「是啊是啊，你與生俱來的羞怯。」

「我已經不顧一切了，艾略特。我是戀愛了嗎？我絕對、絕對沒有感

覺到如此悲哀痛苦，我根本睡不著覺。說實話，我連好好吃東西都做不到。」

「你在愛上科莉特的時候也犯過同樣的毛病。」

「你好好聽著行不行？」

「先停一下，下面的戲碼我都能猜得到。現在，讓我問你幾件事。你相信巴雷是一個純真的女孩嗎？」

「是的。」克里福德臉上一紅。

「你真的愛她……而不是像以前那樣，在感到乏味後踮起腳尖一走了之？我是說，你真真正正愛上她了？」

「是的，」克里福德固執地說，「我會……」

「停一下，你會和她結婚？」

克里福德的臉頰紅得像火燒一樣。「是的。」他低聲嘟囔道。

「這對你的家人真是一個喜訊，」艾略特努力壓抑住自己的怒火，「『親愛的父親，我剛剛和一位美麗的灰姑娘結婚了，我相信你一定會張開雙臂歡迎她。她將在她母親的陪同下前來拜訪您，那是一位最值得尊敬，最乾淨的洗衣女工。』老天爺！這似乎比其他人都更過分一點！謝天謝地，年輕人，我的頭腦還算清醒，可以為我們兩個進行思考。不過在這件事上我實在沒什麼可害怕的，巴雷顯然已經徹底占據了你的心。」

「巴雷，」克里福德直起身子，但他突然停止了所有動作──在撒滿金色陽光的小路上，巴雷正一步一步地走過來。她的長裙一塵不染，頭頂的大草帽稍稍傾斜，露出了一點雪白的額頭，在她的眼睛上灑下一片影子。

艾略特站起身，鞠了一躬。克里福德摘下帽子。他的表情是那樣哀

怨、那樣充滿渴求、那樣虔誠謙卑，讓巴雷不由得微微一笑。

這個微笑是如此賞心悅目。當不能自已的克里福德因為雙腿失去力量而站不穩的時候，巴雷禁不住又笑了一下。片刻之後，她坐到了露臺上的一把椅子上，從捲起的樂譜中抽出一本，翻開書頁，找到要讀的地方，將書攤放在膝蓋上，微微嘆了一口氣，又露出一點笑容，抬頭向城市望去。她把福克斯霍爾‧克里福德完全忘了。

過了一會兒，她拿起自己的書，但她沒有閱讀，而是調整了一下衣服上的玫瑰花。那朵玫瑰紅豔而碩大，就像一團烈火在她的胸口燃燒，絲緞一般的花瓣放射出的光芒彷彿正在溫暖她的心。巴雷又嘆了一口氣，能看出來，她實際上非常高興。天空無比湛藍，帶著花香的風輕柔宜人，太陽愛撫著大地上的所有生命。她的心在和她一起歌唱，向她胸前的玫瑰歌唱：「在擁擠的路人之中，在昨天的世界之中，在千百萬的過客之中，有一個人轉過身，向我走來。」

她的心就在那朵玫瑰花下不停地唱著。這時，兩隻鼠灰色的大鴿子伴隨著呼嘯的風聲從她身邊飛過，落到露臺上，開始了一連串的點頭、邁步、跳躍和轉身。巴雷看著它們，發出歡快的笑聲。她一抬頭，才發現克里福德已經來到她面前。這位年輕紳士手中拿著帽子，臉上帶著一種渴求的微笑，讓巴雷覺得自己好像看到了一頭孟加拉虎。

片刻之間，巴雷皺起眉頭，略有些好奇地看著克里福德。不過她很快就發現，低頭弓背的克里福德和那兩隻正不斷點頭的鴿子很有些相似，雖然心中感到害怕，但她還是禁不住發出了一陣最迷人的笑聲。巴雷不由得對自己感到有些驚訝，這就是她嗎？如此多變，甚至連她自己也認不出自己了。但是她心中的歌聲已經淹沒了其餘一切，那歌聲開始在她的唇邊顫抖，努力想要飛向這個世界 —— 最終，她放聲大笑 ——

可能是在笑那昂首闊步的鴿子，或者克里福德先生，或者不為任何原因。

「你是不是以為，因為我會向拉丁區的藝術生們還禮，所以你就能成為我特別的朋友？我不認識你，先生，但我知道，虛榮是男人的另一個名字。我會謹慎地回報你們的敬意，或者盡量做到謹慎，你應該對此感到滿意了，虛榮先生。」

「但是我懇求……我乞求妳能夠允許我將早已藏在心中的敬意……」

「哦，天哪，我可不在乎什麼敬意。」

「還請允許我偶爾能和妳說說話 —— 偶爾 —— 非常偶爾。」

「如果我答應了你，為什麼不能答應別人？」

「完全不一樣……我會仔細斟酌的。」

「斟酌？你為什麼會斟酌？」

女孩的眼睛異常清澈，克里福德不由得瑟縮了一下，不過只是一下。然後莽撞的魔鬼就抓住了他。他坐下來，開始提出要獻出自己的全部 —— 靈魂和肉體，權利和財產。他知道，自己現在就是一個徹頭徹尾的傻瓜，這種痴迷根本就不是愛。他說出的每一個字都是一條捆住他的繩索，讓他除非拋棄自己的榮譽，否則就無路可逃。

自從他向巴雷走過來開始，艾略特就一直陰沉著臉，緊盯著噴泉廣場，一隻手用力握緊兩條鬥牛犬的繩子，以免牠們跑到克里福德那裡去 —— 就連這兩條狗都覺得有什麼地方出了問題，艾略特更是怒火中燒，不停低聲咒罵著。

克里福德終於把話說完了，此時他已是興奮得滿臉紅光。但巴雷久

久沒有做出回應，克里福德的熱情漸漸冷卻下來，局勢也呈現出真實的樣子。懊悔之情悄悄溜進克里福德的心中，但他還是將這些負面情緒推到一旁，再一次發起攻勢。但他剛一張口，巴雷就攔住了他。

「謝謝你，」巴雷非常嚴肅地說，「以前還沒有人和我提過結婚的事情。」她轉過頭，望向城市，又過了一會兒，她才繼續說道，「你要給我太多。而我只是孤身一人，什麼都沒有，什麼都不是。」她再次轉過頭，看著巴黎 —— 輝煌、美麗，被太陽照亮，在這完美的一天呈現出它最完美的樣子。克里福德順著她的目光也望了出去。

「哦，」巴雷喃喃地說道，「這很難 —— 一直工作，一直單身，沒有一個能夠真正信任的朋友。街上到處都是愛情，但我知道，我們都知道，等到激情退去，我們什麼都不會剩下。是的，當我們相愛的時候，會毫不遲疑地交出我們自己，交出我們全部的心和靈魂，我們都知道結局會是什麼。」

她碰了一下胸口的玫瑰。片刻間，她似乎忘記了克里福德。隨後她又低聲說道：「謝謝你，我非常感謝。」她開啟書本，摘下一片玫瑰花瓣，將它放在書頁之間，然後抬起頭，溫和地說：「我不能接受。」

▌V

克里福德用了一個月才完全恢復過來。不過在第一週結束時，艾略特就宣布他沒事了 —— 在這方面，艾略特是當仁不讓的權威。同時他的康復也要感謝巴雷對他鄭重告白的誠摯回答與感謝，克里福德每天會祝福巴雷四十次，因為她溫柔而乾脆地拒絕了他，為此他還會感謝自己的幸運星辰。但與此同時，他仍然在承受著被拋棄的苦痛折磨 —— 我們的心靈還真是一種奇妙的東西！

艾略特則憤懣難平，部分是因為克里福德的沉默寡言；部分是因為一直冷如冰霜的巴雷現在卻因為某種無法解釋的原因，彷彿正開始漸漸解凍。在他們頻繁相遇的過程中，巴雷仍然步履匆匆地走在塞納街上，腋下夾著樂譜，頭上戴著大草帽，從克里福德和他們的熟人身邊經過，朝東邊走向瓦切特咖啡館。在這樣的時候，她會神采奕奕地向克里福德露出微笑。艾略特早已沉睡過去的疑心也會因此而再度甦醒，不過他沒有察覺到任何異常之處，於是終於放棄了對這件事的探究 —— 如果這其中真的還有什麼內情，那也已經超出了他的理解。他只能認為克里福德是個白痴，並且對巴雷持保留的觀點。

對於這件事，塞爾比一直都充滿了嫉妒。一開始，他拒絕承認巴雷的變化和自己的感情，甚至為此離開畫室，去郊外度過了一天。但森林和原野同樣讓他心緒不寧。小溪在流淌時還歌唱著巴雷的名字，割草機在草地上你唱我和，全都在顫動中高喊著：「巴 —— 雷 —— ！」結果在郊外度過的那一天讓他氣憤了整整一個星期。在朱利安畫室中，他悶悶不樂地工作著，心中卻只想知道克里福德在哪裡，正在做些什麼，並因此而備受折磨。在星期天的一次不安定的散步中，這種情緒達到了高潮。他一直走到兌換橋的花卉市場，又在憂鬱中走到殯儀館，再回到那座大理石橋頭。塞爾比感覺到自己永遠都不可能擺脫這種情緒，於是他去拜訪了克里福德。此時克里福德還在他的花園裡，靠薄荷朱利甜酒療養身體。

他們坐在一起，討論道德和為人的快樂，都覺得對方是能給自己帶來撫慰的好人。而朱利酒更是給嫉妒的刺痛撒上了一層香膏，在枯萎的心靈中激發出了希望。當塞爾比說他必須告辭的時候，克里福德便起身相送。隨後塞爾比又堅持要陪克里福德返回他的家門口，克里福德則要

把塞爾比送到半路上。當他們終於發現很難就此告別的時候，便決定共進晚餐，一起去「逍遙」一下。「逍遙」這個詞很適合用來描述克里福德的晚間行動，尤其是他尋歡作樂的各種計畫。他們首先去了米尼翁餐廳。當塞爾比與主廚攀談的時候，克里福德則以慈父般的眼光看著侍者。晚餐非常棒，或者從一般意義來講，應該是不錯的。直到甜點被端上來的時候，塞爾比忽然聽到有人在很遠的地方說：「塞爾比小子，喝酒時就像是一位君王。」

　　一群人來到他們身邊，塞爾比覺得自己似乎和每一個人都握了手，還一直在放聲大笑。這些人中的每一個都是那樣機智詼諧。他看到克里福德就在自己對面，對自己有著堅定的信心；周圍似乎還有其他人，或者坐在他和克里福德身邊，或者不停地走來走去，讓裙襬拂過拋光的地面。玫瑰花的香氣、扇子的沙沙聲、圓潤手臂的碰觸和清脆的笑聲變得越來越模糊。整個房間彷彿都被一重迷霧所包裹。然後，彷彿就在眨眼間，所有東西又都清晰得令人感到痛苦，只是每一件物體和容貌又都在扭曲變形，聲音也讓耳朵感到刺痛。塞爾比挺起胸膛，平靜而嚴肅。這一刻，他是自己的主人，儘管他已經喝了許多酒，他能夠控制住自己，他只是有一點面色蒼白，身體比平時有一點僵硬，動作有一點緩慢，說話更加拘謹。

　　當午夜時分，他離開的時候，克里福德正平靜地躺在某個人的懷中，手裡拿著一只絨面革長手套，一條蓬鬆的長圍巾包裹住他的脖子，以免冷風吹襲他的喉嚨。塞爾比走過大廳，下了樓梯，發現自己來到了一條他不認識的人行道上。他機械地抬起頭，想要看到這條街的名字。那名字讓他感到陌生。他轉過身，朝街道另一端有燈光聚集的地方走去。那裡比他預料的更遠。經過一段長時間的探尋之後，他得出結

論 —— 他的雙眼已經被神祕地從正常的地方挪開，重新安放在頭兩側，就像那些鳥一樣。想到這種變形帶來的種種不便，他不由得感到一陣哀傷。於是他像雞一樣昂起頭，想要測試一下脖子的靈活性。就在這時，一種巨大的絕望感悄悄溜進他的心中。淚水在淚腺中聚集，他的心都要碎了。他撞到一棵樹上，這讓他對現實情況有了一些了解。他壓抑住胸口強烈的痛楚，撿起帽子，加快腳步向前移動。他的嘴唇變得慘白，喉嚨一陣陣發緊，牙齒更是狠狠咬在一起。

這次他的步伐穩定了許多，幾乎沒有怎麼偏離方向。經過一段彷彿沒有盡頭的跋涉，他發現自己經過了一排計程車。明亮的燈光 —— 紅色、黃色和綠色都讓他感到氣惱。他覺得如果能揮起手杖將這些燈全部打碎，一定是一件非常愉快的事情。但他克制住了這種衝動，繼續向前走去。隨後他才想到，也許坐上一輛計程車能夠緩解自己身體的疲憊。帶著這個主意，他轉身想要回去。但那些計程車看上去是那麼遠，那些燈又是那樣亮，令人感到困擾，於是他放棄了這個打算，打起精神朝周圍看了看。

一個影子，一道巨大宏偉、無可名狀的黑影在他的右側升起。他認出那是凱旋門，便鄭重地向它揮揮手杖。那座建築的規模也讓他感到氣惱。他覺得那東西實在是太大了。然後他聽到有什麼東西噹啷一聲掉在地上 —— 可能是他的手杖。不過這沒有關係。當他終於掌控住了自己，讓桀驁不馴的右腿重新服從指揮以後，他發現自己正在穿過協和廣場，照這種樣子走下去，他恐怕會一直走到瑪德蓮廣場。這可不行。他急忙轉向右方，快步走過波旁宮橋，拐進了聖日耳曼大街。儘管陸軍部蠻橫地矗立在他面前，彷彿是在向他挑戰，但他還是冷靜地放過了這傢伙。

他很想念自己的手杖。如果手杖還在，他就能將它按在那道鐵柵欄

上，一路拖過去，敲打每一根欄杆。這讓他想起來，無論如何他都要保住自己的帽子。但是當他找到帽子的時候，他又忘了自己想要帽子做什麼，便重重地將帽子扣在頭頂上。然後他又不得不和自己奮力打拚，抵抗一股坐下來痛哭流涕的強烈衝動。這場戰鬥一直持續到他走進雷恩街，在這裡，他一下子被巨龍街口陽臺下面的那頭巨龍吸引住了，開始對它進行仔細的觀察和思考。時間一點點流逝，他終於模糊地想起自己在這裡並沒有什麼事情可做，於是他又邁開步伐。走路真是一個緩慢的過程，現在他已經不再想坐下來痛哭一場，而是想要進行一場孤獨而深刻的反思。

他的右腿又忘記了對身體的服從，開始攻擊左腿。他想要走進一條街道，卻發現那條街已經關閉了。他努力想把門推倒，卻發現自己力有未逮。然後他注意到了柵欄門裡面的石柱頂端有一盞紅燈，那紅光很令人感到愉快。但如果街道封閉了，他又該如何回家去？不過這似乎並不是酒店所在的那條街，他狡詐的右腿哄騙他走錯了路，在他身後是一條排列著無數街燈的大道。那麼他面前這條年久失修，堆積著泥土、砂漿和石塊的狹窄街道又是哪裡？他抬起頭，看到柵欄門上醒目的黑色字跡：**巴雷街。**

他坐下來。兩名他認識的警察走過來，建議他起身離開，但他開始從個人品味的角度辯論這個問題，於是警察們笑著走開了。就在此刻，他的腦子裡只有一個問題，那就是如何看到巴雷。她一定在某個地方，或者就在那幢有鑄鐵陽臺的大房子裡。那裡的門是鎖住的，但那又有什麼關係？他的心中突然冒出一個簡單的想法，那就是大聲呼喊，直到她出來。隨後這個念頭又被一個同樣簡單可行的想法所取代 —— 用力捶這道門，直到她出來。不過他最終還是放棄了這兩個前途未卜的計畫。

他決定爬進那個陽臺，開啟一扇窗，禮貌地詢問巴雷是否在家。他能看到，這幢房子只有一扇窗戶還亮著燈。那是二樓的一扇窗戶。他的雙眼定定地望著那裡，然後他翻過木柵門，爬過成堆的石塊，來到那幢房子前，開始尋找向上攀爬的立足點。

他什麼都沒有找到，但突然間，怒火在他的心中燃起，血液湧上他的頭頂，猛烈地脈動著，撞擊他的耳膜，就像是大海凶猛的波濤。憑著醉酒者盲目的固執，他咬緊牙，拚命向上一跳，抓住窗臺，將自己掛在窗戶下面。他的一切理性都逃走了，又好像有許多人同時在腦海中說話，他的心臟彷彿奏響了一曲瘋狂的軍樂，就這樣抓住窗臺，沿著牆壁挪動身體，蹭過一些管子和百葉窗，最後用力把身體撐上去，翻進亮燈窗戶所在的陽臺。他的帽子撞上了窗戶玻璃，離開頭頂，掉在陽臺上。片刻之間，他只能靠在陽臺欄杆上不住地喘氣。這時，那扇窗戶緩緩地從裡面開啟了。

他們瞪視著彼此，隨後的一段時間裡都是一動不動。終於，女孩有些搖晃著退進房間，他看見了她的臉 —— 那張臉上已經滿是紅潮。他看見她坐到了一把椅子上，身邊就是亮著燈盞的桌子。他一言不發地跟隨她走進房間，關上身後門一樣的落地窗，然後他們就在寧靜中看著彼此。

這個房間很小，房中的一切都是白色的 —— 帶簾子的床，角落裡的小盥洗架，裸露的牆壁，白瓷燈，還有塞爾比自己的臉 —— 這一點塞爾比自己很清楚，但巴雷的臉和脖頸就像她身邊壁爐上的那株玫瑰花樹一樣紅豔欲滴。塞爾比不知道該說些什麼，女孩更是不可能會預料到發生這樣的事情。塞爾比的腦子裡全都是這個房間 —— 他能想到的只有這裡的潔白，這裡每一樣東西的純潔無瑕。

他的心越來越亂，直到他的眼睛開始適應屋中的光亮，其他東西才

開始顯現出來，占據燈光周圍的空間。這裡還有一架鋼琴和一只煤斗、一只小鐵箱、一個浴缸。門板上有一排木釘掛鉤，掛鉤下面是一幅白色的棉布簾子，罩住裡面的衣服。床上放著一柄雨傘和一頂大草帽。桌子上正攤開著一卷樂譜，還放著墨水架和一疊直紋紙，塞爾比的身後有一只帶鏡子的衣櫃。塞爾比不必去看那面鏡子就知道現在自己是什麼模樣 —— 他正逐漸清醒過來。

女孩坐在椅子上，一言不發地看著他，臉上沒有任何表情，只是嘴唇有時會難以察覺地抖動一下。她的眼睛在光下藍得令人稱奇，卻呈現出一種溫柔的紫羅蘭色，隨著她的每一次呼吸，她的脖頸忽而變紅，忽而泛白。和塞爾比在街上看見她的時候相比，現在的她似乎變得更加嬌小窈窕，她雙頰的曲線有些像是嬰兒。

當塞爾比終於轉身去鏡子裡檢視自己的樣子時，一陣驚駭掠過了他全身的神經。他看到了一個令人感到羞恥的傢伙。他被雲霧遮蔽的意識立時變得清醒了許多。片刻間，他們再一次四目相對，然後他急忙將目光轉向地板。他緊緊抿起雙唇，心中的糾結迫使他只能低垂著頭，全身每一根神經幾乎都要繃斷了。現在，一切都結束了 —— 他心中的聲音在這樣對他說。他聽著自己的心聲，遲鈍地意識到一切已經結束，一切都

沒有關係了，結局對他來說永遠都會是一樣的，他已經明白了，永遠都是一樣的。

他用遲鈍的意識傾聽著一個正在內心中逐漸增強的聲音，過了一會兒，他挺起胸膛。女孩立刻站起身，一隻小手按在桌面。他開啟窗戶，拿起自己的帽子，又將窗戶關好，走到玫瑰花樹前，用自己的臉頰輕觸那些花朵。有一支玫瑰花被摘下來，插在桌上的水瓶中。女孩機械地將那支花拿起來，在自己的唇上輕觸了一下，又把它放到他身邊的桌上。他一言不發地走過房間，開啟屋門。樓梯黑暗而沉寂，女孩拿起燈，經過他的身邊，走下有著拋光扶手的樓梯，來到門廊裡，拉開門閂，開啟了那道鐵門。

他穿門而過，帶著他的玫瑰花。

黃衣之王：

受詛咒的邪異書籍，讀過之人都陷入瘋狂，錢伯斯的恐怖之作

作　　者：[美] 羅伯特·W·錢伯斯（Robert W. Chambers）

翻　　譯：李鐳

編　　輯：吳真儀

發 行 人：黃振庭

出 版 者：崧燁文化事業有限公司

發 行 者：崧燁文化事業有限公司

E-mail：sonbookservice@gmail.com

粉 絲 頁：https://www.facebook.com/
　　　　　sonbookss/

網　　址：https://sonbook.net/

地　　址：台北市中正區重慶南路一段六十一號八
　　　　　樓 815 室

Rm. 815, 8F., No.61, Sec. 1, Chongqing S. Rd.,
Zhongzheng Dist., Taipei City 100, Taiwan

電　　話：(02)2370-3310

傳　　真：(02)2388-1990

印　　刷：京峯數位服務有限公司

律師顧問：廣華律師事務所 張珮琦律師

定　　價：399 元

發行日期：2024 年 04 月第一版

◎本書以 POD 印製
Design Assets from Freepik.com

國家圖書館出版品預行編目資料

黃衣之王：受詛咒的邪異書籍，
讀過之人都陷入瘋狂，錢伯斯的
恐怖之作 / [美] 羅伯特·W·錢伯斯
（Robert W. Chambers）著，李
鐳 譯 . -- 第一版 . -- 臺北市：崧燁
文化事業有限公司 , 2024.04
面；　公分
POD 版
ISBN 978-626-394-163-2(平裝)
874.57　　113003699

電子書購買

臉書

爽讀 APP

獨家贈品

親愛的讀者歡迎您選購到您喜愛的書，為了感謝您，我們提供了一份禮品，爽讀 app 的電子書無償使用三個月，近萬本書免費提供您享受閱讀的樂趣。

| iOS 系統 | 安卓系統 | 讀者贈品 |

請先依照自己的手機型號掃描安裝 APP 註冊，再掃描「讀者贈品」，複製優惠碼至 APP 內兌換

優惠碼（兌換期限2025/12/30）
READERKUTRA86NWK

爽讀 APP

📖 多元書種、萬卷書籍，電子書飽讀服務引領閱讀新浪潮！

🎧 AI 語音助您閱讀，萬本好書任您挑選

🔍 領取限時優惠碼，三個月沉浸在書海中

📶 固定月費無限暢讀，輕鬆打造專屬閱讀時光

不用留下個人資料，只需行動電話認證，不會有任何騷擾或詐騙電話。